錯視畫的利牙

塩田武士

目錄

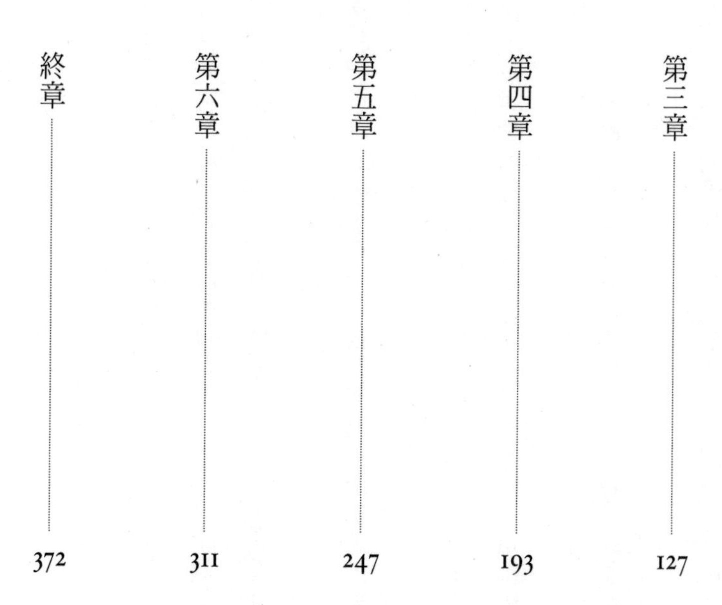

攝影（封面、扉頁） 間仲宇
攝影（章名頁） 江森康之

致　台灣讀者

這部小說的主題是日本的出版業界。

在全世界的傳統紙媒陷入苦戰的困境當中，身為文化雜誌總編的主角為了克服廢刊的危機，在公司派系鬥爭的驚濤駭浪中奔走，尋找新的事業夥伴。

由於主題是我們置身的出版業界，我和編輯團隊史無前例，挑戰以特定演員為主角來創作小說。

本作品所預設的主角，就是日本首屈一指的名演員大泉洋先生。

歷經多次採訪及討論，耗時四年光陰，終於完成了這部「大泉洋主演小說」。

社會派小說的寫實性、毫無妥協的劇情發展、以及超越小說及影像框架的跨媒體結合。

這是唯有在全新的、結構變革的現代才能夠誕生的作品。

如果我最喜愛的台灣讀者能夠享受這部作品，將是我最大的喜悅！
台灣一級棒！

喜歡台灣!!

塩田武士

塩田武士

致　台灣讀者

這部小說是由作家塩田武士老師以身為演員的我為主角來創作故事，在日本出版業界也是史無前例的嘗試。

主角是個風趣幽默的「成熟男士」，他儘管遭遇種種困難，仍挺身對抗「組織」的身影戲劇性十足，而且帥斃了！

本作品改編電影的計畫也正在進行當中，希望在台灣也能有更多的讀者讀到它。

然後希望作品大賣，讓我可以在台灣被迷哥迷妹尖叫追逐（笑）。

台湾でもワーキャー言われたい!!

（想要在台灣被迷哥迷妹尖叫追逐！）

大泉洋

──序章──

初雪消失得無影無蹤。

小山內甫踩著沉重的步伐爬上地鐵階梯，稍微舉起充當拐杖的舊傘。解開束起傘布的帶釦，折得一絲不苟的螺旋邋遢地鬆脫開來。

眼前的馬路一片潮濕，但並非殘雪所致。早上歡快地在天空飄舞的雪花後來變成了索然無味的雨滴，滲入東京街道的每一個角落。太陽西下後，氣溫也隨之下降，吐出來的呼吸變白，皮鞋裡的腳冰冷麻木。

小山內得先深深地嘆上一口氣，才能撐起兩傘。進公司後已經過了約二十個年頭，這段歲月實在過於漫長，讓他無法一一回想起過去令人提不起勁的種種工作。這天晚上的事，二十年後恐怕也會被忘得一乾二淨。但即使想像退休後的自己，也安慰不了當下。

小山內抱著肩包，打開雨傘，跨出腳步。左邊是私立高中，他走在學生和貌似下班的職員身後。經過精品店和投幣式停車場，在大馬路上走了約五分鐘，便看到目的地的飯店。

橫長型的外牆是穩重的褐色，相對地，入口玻璃門的門框和把手卻是燦爛的金色。小山內走到半圓形的遮雨簷下，不顧手會弄濕，將雨傘重新折回螺旋狀。

制服筆挺的門房面露優雅的笑容，為他打開玻璃門。小山內對身上只有厚重可取的俗氣大衣、泛著青色鬍渣的臉龐感到羞恥，頷首後快步入內。看到鋪滿地毯的寬闊大廳，小山內被這家飯店氣派非凡的景觀給震懾，想像這一刻正在這處非日常的空間上演的鬧劇，嘆了一口氣。

搭手扶梯來到二樓，踩著柔軟的地毯經過走廊。會場門口處設有長桌，五、六名西裝男女正忙著接待或打電話。小山內看到電子告示板，停下腳步。

二階堂大作老師　出道四十周年紀念會

說到四十年前，自己甚至還沒有進幼稚園。當然，他對大師長年來的耕耘心存敬意，然而這份重量如今只令人感到心煩。

小山內在櫃台發現自家出版社的晚輩，微微揚手。文藝線的後輩行禮後，揚眉做了個戲謔的表情。是忙到暈頭轉向嗎？起碼看得出他一點都不樂在其中。

「雨傘我來保管。」

晚輩伸手，小山內道過謝，遞出雨傘。

「真是熱鬧非凡。」

「是啊，再怎麼說，畢竟是『將軍』的紀念會嘛。」

後輩的讚嘆中摻有一小匙——不，一大匙的揶揄。他的心情和自己看到電子告示板時的感受應該相去不遠。

「已經開始了吧？」

「嗯，開場致詞和乾杯結束，現在正在各自暢談。」

「瞭解。領帶沒歪吧？」

「有點鬆了，不過跟前輩臉上的鬍子反倒是渾然天成，很搭喔。」

「我是在問，我看起來像不像個紳士。」

「怎麼看都只是個關西平民。再說，咱們出版社裡可沒有什麼紳士。」

「果然還是只能重新投胎了嗎？」

小山內靠著打諢來轉換心情，撫著無從修飾的鬍渣進入會場。他把皮包寄放在門口附近的長桌，環顧整個場內。

這是一場立式自助餐會，會場兩邊是一字排開的料理和飲料。有人站在散布的圓桌旁吃喝，也有人手中拿著酒杯，圍成一圈談笑風生，或有女人站在置物處長桌前無所事事——估算起來約有一百五十人。

然後，前方正面舞台上的金屏風輝映著水晶燈的光芒，上方誇張地掛了塊看板，寫著「祝二階堂大作　作家生涯四十周年紀念慶祝會」。儘管覺得在出版不景氣的這年頭，這排場實在令人咋舌，但還是看得出背後各家出版社的企圖，讓人頗覺無味。只是包下一家精緻的餐廳應該不夠吧。

距離午飯已經過了八個小時，但小山內沒有食欲，為了融入場子，他拿了一杯兌水威士忌。雖然三三兩兩看到一些認識的面孔，但也不是需要特地上前致意的關係。再說，現在他也沒有那個餘裕去進行只是撐場面的尷尬對話。

他回到會場後方的置物區前，搜視要找的對象。這是小說家的慶祝會，出席者當然多半是出版業人士，但也有社長級人物蒞臨，只能說四十年資歷的老作家面子夠大。其他還有電影公司和電視台人員、頗有深交的演員和運動選手，甚至還有圍棋棋士。

身穿和服或晚禮服，豔光四射的一群，是銀座的酒店小姐。小山內自己也是，有不少機會陪小說家及漫畫家去銀座喝酒。看這些小姐輕聲細語、巧笑倩兮的模樣，不愧是來自會員制酒店。一身皺巴巴西裝、顯然是記者的男人拿著單眼相機對準她們。小山內在心裡吐嘈：這種照片是能放在哪一版？然後睜大了眼睛掃視會場。

門口傳來熟悉的笑聲。看來總算可以開始幹活了——小山內想，轉向聲音的方向，正準備跨出去的腳步頓時收住，咬緊了牙關。

愉快地說話的是在海外也相當知名的重量級漫畫家坂上實。小山內身為編輯，自認為是他提攜了坂上實，讓原本只是個不起眼新人漫畫家的他爆紅的；就算坂上實現在已成為超級暢銷作家，小山內也沒必要感到矮人一截。但是他會停步，是因為坂上實旁邊的人。

三島雄二——

小山內想起來似地望向變得太淡的威士忌。他藉由自嘲地笑，勉強維持心理平衡，喝了一口結滿水滴的杯子。

「喔，是來報仇的嗎？」

小山內朝旁邊一看，速水輝也正一臉賊笑對著他。惺忪的雙眼皮眼睛和總是漾著笑意的嘴巴十分討喜，不同的表情，讓速水能夠英氣逼人，也能搞笑逗趣。西裝底下搭配水點花紋的背心，時髦洗練，卻不顯做作。

「不，被擊敗的人是我。」

「這樣啊。」

速水爽朗地笑，伸手搭在小山內厚實的肩上。這個人不會多餘地安慰。只是這樣，卻讓小山內心裡頭輕鬆了一些。

在大出版社薰風社，小山內光是同期就有二十個左右。速水是其中唯一可以稱為朋友的人。

「或許就得像他那樣，才有辦法生存吧。」

速水毫不客氣地接著說。半年前的惡夢掠過腦海，小山內露出苦笑。

「最近坂上態度很冷淡。」

衝口而出的洩氣話連自己都感到吃驚，卻不怎麼覺得丟臉。因為看著速水愉快的表情，總覺得懶得戴上大人的假面具了。

「他會爬到多高的地方去呢?」

聽到速水悠哉的語氣,視線前方的三島那傲然的神情,感覺也不算什麼了。不過實際上,狀況不容他如此安心。

半年前,三島是小山內在漫畫雜誌編輯部的下屬,然而他卻帶走小山內擔任責編的坂上等五名當紅漫畫家,自己成立了經紀公司。基本上,漫畫家是自雇工作者,並非隸屬於薰風社。但是不同於從許多出版社出版作品的小說家,漫畫家多半會持續在固定的出版社發表作品。小山內和出版社就是因此而過度自信了。由於和每一名漫畫家的個人關係緊密,他們缺乏漫畫家是利用出版社這個舞台發表作品的意識。

三島現在擔任漫畫家的代理人,為出版社仲介邀稿,或代表漫畫家與出版社談判稿費及版稅比例,優游在業界的驚濤駭浪中。

三年前小山內當上漫畫雜誌的總編時,把坂上交給三島負責的不是別人,就是他自己。然而現在除非透過以前的部下,就無法和坂上合作。

作品在全世界熱賣,而且能夠透過動畫、周邊產品的銷售獲得巨額利潤的漫畫家,是出版社的搖錢樹。一直以來,出版社多少可以要求坂上通融配合,是因為在他尚未走紅的時候,出版社曾對他多方「關照」。然而卻被以前提攜的部下搶走,小山內不可能嚥得下這口氣。

「坂上的新連載，有可能跑去其他出版社嗎？」

「應該不至於吧。不過他非常強勢。」

小山內用左手拇指和食指扣成一個圈說。

「世上果然還是錢呢。你說坂上變得很冷淡？」

「訊息都回得很慢，而且……」

「愛理不理的？」

「沒錯。」

「女朋友要分手的時候，多半都是這種感覺呢。」

「對，快被甩的時候。」

即將有新總編取代自己的傳聞，即使不願意也會傳入耳中。如果坂上跑去其他出版社開了新連載，那簡直就慘到谷底了。今天無論如何都必須挽回坂上的歡心。小山內想起坂上尚未走紅的時候，自己陪著滿腹苦水的他一起喝便宜的酒，一直鼓勵他直到天亮的遙遠過去。兩人的交情之深，不是三島可以相比的。居然必須任由乳臭未乾的年輕人擺布，這簡直太沒道理了。

「那麼，現在我們來回顧一下二階堂老師華麗的歷史！」

站在舞台右側講台前的女司儀對各自找樂子的參加者宣布。

眾人朝著最前排的圓桌處，正與各家出版社的社長和高層相談甚歡的二階堂送上熱烈的掌聲。圓滾的身軀上穿著黑西裝的主角撩起白色的瀏海，對賓客們行禮。高級飯店，各界名流。如果光看這一幕，出版不景氣彷彿風馬牛不相干。這誇張過頭的祭典狂歡，讓小山內內心由掃興變成了目瞪口呆。

舞台中央放下螢幕，場內光線暗了下來。投影機射出的光線照出空氣中的塵埃，白色螢幕映出黑白照片。一名身穿和服的年輕婦人站在一戶人家的玄關前，懷裡抱著嬰兒。

「喂喂喂，這不是我嬰兒時期的照片嗎？難道六十五年份，全部都要這樣搞嗎？」

不知何時拿到麥克風的二階堂發出滑稽的怪叫聲說，引起會場哄堂大笑。一旁的速水也拍手笑著。

就讀東京私大時在麻將桌旁拍的照片、新人賞得獎宴會上演講的場面、在圍棋大賽會場上瞪著棋盤的身影、在時事節目擔任評論員時在攝影棚拍的照片——接在司儀的介紹之後，二階堂以他渾濁的嗓音加以解說。不愧是長年在第一線活躍，說明扼要敏銳。

二階堂的全盛期只到十五年前左右，但前年開始，他迅速反映時事問題的幽默推特博得孫輩年輕世代的歡迎，追蹤者擴張到廣泛的年齡層。最近他過去出版的作品逐一改編成影劇，收視率相當不錯，因此「二階堂原作」的品牌滲透到大眾，使他漂亮地東山再起。他現在擔任作家協會會長，在業界的發言權與日俱增。

幻燈片播放完畢，場內亮了起來，這位出版業界以代號「將軍」稱呼的男子步上了舞台。各出版社的歷代編輯也開始聚集到前方，就彷彿野手就定位一般。

即使二階堂要求為其他出版社連載的作品尋找參考資料，也心甘情願地假日加班達成使命；就算在大雨中淋成落湯雞地攔下經過的計程車，也只會被罵「不得要領」。但即使編輯如此鞠躬盡瘁，也不一定能拿到二階堂的稿子。沒有犧牲奉獻的心情，是幹不來編輯這一行的。

這場宴會，當然是眾編輯為了討好二階堂而企劃的。看到如此盛大的場面，普通人應該會覺得不勝負荷，但從出版業如日中天的時候就是一線作家的二階堂，很習慣這種渾身解數的「抬轎」了。他在舞台上顯得落落大方，但內心肯定正鉅細靡遺地評點各出版社的表現。

這年頭書很難賣，所以為了追求效率，出版社的邀稿都集中在暢銷作家身上。這與「財富集中」和「差距擴大」的結構如出一轍。

「你不用過去嗎？」

小山內問速水，發現他正用叉子戳著影片播放時跑去拿的帶殼龍蝦。

「不，我才上不了檯面呢。看看前面那群紳士就知道，那是『新御三家』（註1）世代。而咱們呢，喏，是『小貓俱樂部』（註2）世代嘛。」

「小貓俱樂部這種命名品味，完全反映出八〇年代的輕浮呢。起碼應該叫初代秋元內閣（註3）吧。」

「你喜歡幾號？」

「哦，中規中矩，八號。」

小貓俱樂部會員八號國生小百合的海報，現在應該還收藏在老家某處。

「我還是喜歡三十二號。」

「那不是山本蘇珊久美子嗎？」

好久沒像這樣聊些傻話了，小山內覺得暢快，但二階堂沙啞的聲音立刻蓋了上來：

「呃，各位今天百忙之中，而且天氣這麼糟糕，還特地賞光前來，真的太感謝了。託各位的福，二階堂大作我才能在這四十年之間，一心一意創作小說。唔，雖然途中也跑去當什麼不熟悉的電視評論員，不小心說出禁止播放的用語，出過大糗……」

除了小山內以外，幾乎所有的人都笑了。等於滿會場都是配合二階堂作戲的樁腳。

「當然，過去也並非完全一帆風順。有段時期，我無法寫出理想中的作品，還曾經被某出版社的某編輯委婉地拒絕連載說『老師也差不多該專心養病了』，啊，這裡說的病是痔瘡啦。」

註1：指一九七〇年代人氣偶像歌手鄉廣美、西城秀樹及野口五郎。

註2：小貓俱樂部（おニャンこクラブ）是一九八五年從富士電視台的節目「晚霞貓咪」（夕やけニャンニャン）中誕生的女子偶像團體。製作人為秋元康。成員變動頻繁，皆有會員號碼，上節目時都會自我介紹是「小貓俱樂部會員第N號」。

註3：這是以內閣戲稱知名製作人秋元康所打造的各種偶像團體。

會場再次響起哄堂大笑，但被二階堂點名的出版社人員則面露苦笑。實際上似乎並未說得這麼直接，但二階堂收回在這家出版社的版權，讓他們無法繼續出版他的作品。雙方直到最近才又重修舊好，但聽說合作條件變得相當嚴苛。

出版業這碗飯，小山內已經端了很久了，但出版業故步自封的樣態，令他幾乎感到窒息。然而另一方面，卻也被三島這樣的新潮流殺個出其不意。他想起來似地東張西望，卻不見坂上和三島的身影。

「那麼，就請各出版社的責編來發表一下感言好了。」

二階堂的無厘頭要求也不是今天才開始的。二十幾歲的時候，還在文藝線的小山內也在高級俱樂部中受害過許多次。

二階堂的目光就像發表結果時的聚光燈般，掃視著站在舞台前畢恭畢敬的男人們。被「將軍」指名第一棒，是「寵兒」的證據，對編輯來說，無疑是無上的光榮。

「那，速水，就從你開始好了。」

場內一陣嘩然。在前方等待「上榜發表」的，都是各出版社的幹部級人員，然而雀屏中選的卻是四十五歲左右的中堅員工。速水以前是二階堂的責編，但現在是文化雜誌的總編。不是幹部也不是現任責編的一介雜誌總編拔得頭籌，這發展令場內一陣困惑。

打雜的出版社員工連忙把麥克風遞給速水。

「咦，老師，我正準備大快朵頤我的龍蝦欸！」

速水的回話戳中笑點，令場內窘迫的氣氛一掃而空。小山內也忍不住笑了出來。

「叫你快點過來！」

「那恕我失禮……」

速水端著龍蝦，小跑步穿過會場，走上舞台。這又引起一陣笑聲。

「沒有人要偷你的龍蝦啦！」

二階堂開心地吐嘈說。速水說著「那……」，把龍蝦交給二階堂，會場掀起爆笑。

「喂喂喂，我當了這麼久的作家，頭一次有編輯叫我幫他拿龍蝦！」

會場氣氛熱絡起來，速水走到中央麥克風前。站在二階堂旁邊，身材頎長的速水被襯托得格外英姿煥發。

「讓各位久等了，我是薰風社的速水。」

「沒人在等你啦！」台下的人噓道，又是一陣笑聲。

指名速水的二階堂很了不起，但一瞬間就把詭譎的緊張感轉變成歡笑聲的速水，更令人甘拜下風。小山內再次對這名同期刮目相看。速水沒有半點緊張的模樣，在台上展露迷人的笑容。

小山內雖然不得志，對速水卻全無嫉妒，只是純粹地羨慕他討人喜愛的個性。

第一章

1

黑白液晶螢幕的文字開始變淡，顯示電池殘量不足。

速水想起用的應該是三號電池，闔上套著黑色皮套的電子辭典。他把厚重的辭典與薄冊子疊在一起收進皮包。

總編的座位在房間最深處，速水背部是一面南向大窗。他等於就像是被流放「窗邊」（註4）的總編。外頭是一月的嚴寒，但晴朗的日子，光線明亮到不需要開燈。

這裡是月刊雜誌《三位一體》編輯室。公司大樓老舊，有許多小房間，因此室內只有《三位一體》的編輯團隊。正職加上約聘，總共十人。在為發行的雜誌進行最後確認的清樣校對時，會多幾名檢查錯漏字和邏輯事實的「校閱」部門女員工，但她們都在門口旁邊的書庫作業，因此速水等編輯部人員，每天都待在狹小的房間裡，瞪著一成不變的臉孔工作。獨立作業雖然輕鬆，但有時也覺得這樣的安排，正方便直接裁掉。現在每家出版社都一樣。雜誌銷量尤其慘澹。

速水的辦公桌很整齊，經常被同事和晚輩說「意外」。文件只保留必要的，並收在文件夾，立在書架之間，參考用的資料則放在抽屜裡。公司筆電的周邊機器——滑鼠和耳機是無線的，電源線和變壓器插頭也都收在盒子裡，看不到雜亂的線材類。也沒有辦公桌周圍常見的蒙塵的相框，或桌子底下意義不明的紙箱。沒有動輒插滿多餘文具、搞得像花椰菜似的筆筒，而是使用小筆盤，只擺放喜愛的原子筆、自動筆和橡皮擦。

若說有哪樣東西是多餘的，那就只有立在筆盤旁邊的電動理髮剪，這是上個月尾牙賓果大會上抽到的東西。尾牙已經過了一個月，但偶爾毫無意義地把它擺出來，是為了逗人發笑。

辦公桌周圍整整齊齊，對比之下，速水卻是睡眼惺忪，他把一疊A４紙張放進光滑無折痕的透明文件夾裡。望向款式平凡的壁鐘。再五分鐘時間就到了。三、四名編輯部員工魚貫走出辦公室。

速水跟著同事走向編輯部前的U型階梯。上面的樓層是文藝雜誌、單行本、文庫本等等的部門，以電梯為中心，辦公室呈甜甜圈狀展開，與區隔成小房間的樓下大異其趣，簡直就像兩家不同的公司。

去年改裝的會議室，是可以依據會議規模，以隔板來區隔房間的形式。投影機和音箱都是最新型的，但《三位一體》的團隊有些應用不來。

今天是十五人左右的會議，因此房間隔成一半，中央擺著長桌。幾乎所有的成員都到齊了，

註４：日文中有「窗邊族」一詞，意指不受重用，被調至閒差的上班族。

速水在上首坐下，隨即對廣告局的戶塚健介說「聽說有寒流要來」，誇張地哆嗦了一下。

「聽說沖繩搞不好會下雪。」戶塚應道。

「沖繩不是那個嗎？沒在賣毛衣吧？」

聽到戶塚附和，速水回以無聊的問題。

「呃，應該有賣吧⋯⋯」

副總編柴崎真二不太有自信地加入對話。

「就算有賣，也是無袖的吧。」

「不，沖繩有賣毛衣。」

留了顆西瓜皮頭的篠田充從筆電螢幕抬起頭來。他在編輯部裡是最內向的一個，但有其他部門的人在場時，就會加入閒聊。

「你又來了，馬上就上網查。應該再多抬槓幾句再對答案吧？現代小孩就是這樣，真傷腦筋。」

「對不起。不過我都已經三十六了耶。」

「哎呀，那已經是個大叔了嘛。」

氣氛緩和下來，這時高野惠喘著氣進來了：「抱歉我遲到了。」惠是編輯部正職員工裡最年輕的一個，但也三十多歲了。公司這十年左右不斷地縮減錄取人數，造成人員急速高齡化。

速水看到惠在下首坐好後，說道「那麼開始吧」，從文件夾取出一疊紙，分成兩份，遞給副總編柴崎和與他同期的編輯中西清美。會議概要逐漸分到每位成員手中。

這是文化雜誌《三位一體》每個月一次的特輯會議，根據列出每位編輯提案的概要來進行討論，決定接下來三個月的特輯主題。除了編輯以外，還有幾名戶塚這些廣告人員參加，參考他們的建議和要求，來進行會議。

《三位一體》是為廣泛年齡層的讀者提供搶先一步的「精緻資訊」的月刊雜誌。流行、生活方式、文化、娛樂、冷知識等，無所不包，十分自由，但相反地，難以樹立個性也是它的課題。眾人得到約五分鐘的精讀時間，氣氛漸漸緊繃起來。不必說，特輯是雜誌的招牌，對銷售量有著至關重要的影響，因此這場會議將會成為往後許多小會議的核心。事實上，發行數量會隨著特輯內容而變動，如果估計暢銷無望，減少印量，降低成本，也是他們的工作之一。

「那麼來縮小範圍吧。」

速水說完後，有了一段彆扭的空白。這段空白與其說是在相互禮讓，更像是彼此推諉。提案的是除了速水與副總編以外的八名編輯部成員。

空氣異於尋常地沉重。因為每個人都對自己的提案沒有自信。接下來自己的提案將被毫不留情地打槍。

雜誌編輯總是忙碌異常。特輯和報導要從企劃案開始做起，採訪的時候則要委託撰稿人、攝影師、髮妝造型師，並預約攝影棚。當然還要參與採訪現場，採訪後則要找設計師製作版面設計。接著在試印後稱為「清樣」的版面上，進行「初校」與「二校」兩次檢查；即使雜誌順利發行了，接下來還有經費報銷等行政事務等著處理。除此之外，還有各種交際飯局，一年到頭忙得團團轉。

但是不管再怎麼忙，編輯工作基礎的這項「提案」仍是最重要的，直接考驗雜誌編輯的實力。

如同「雜誌陪伴時代共眠」這句話，雜誌要求的是領先時代的感性，這不是憑開會討論就能夠如何的。這類會議就像是烹飪，如果沒有新鮮的食材，放上盤子的成品從一開始就無法期待。

速水望向會議概要。除了某程度算是穩健的演藝題材之外，還有在社群網站掀起風潮的療癒系寵物、讓人另眼相待的溝通技巧、只要用「簡單」、「自然」囊括，便能不過不失的女性生活方式——每位編輯都提出了十至二十個提案，但沒有任何一個讓人眼睛一亮。

如果喝點酒，氣氛多少也會不同，但也不好大白天就在公司裡喝開來。這種時候故意提出無聊的意見，降低發言門檻，也是總編的職責。

「說到沖繩的毛衣我想到了，不是有那個故意穿很俗的毛衣的活動嗎？」

「總編是說聖誕醜毛衣嗎？」惠迅速反應。

那是歐美的文化，在聖誕節或派對上故意穿上花樣俗氣的毛衣參加，相互比醜。雖然並未在日本普及開來，但日本具有凡事都愛模仿的國民性，不知何時會突然爆炸性地流行起來。

「像柴崎的毛衣，不就滿醜的嗎？」

「我就知道總編要這樣說。」

帶著笑意的視線集中在柴崎的深藍色毛衣上。胸口是一串反白字母「FRUITS」，而且高領部分是白色的。

「突然向人主張『FRUITS』，是什麼意思呢？」

「我超喜歡吃水果的。不要管我啦。」

「而且那脖子的地方簡直像富士山。」

柴崎就如同他的短髮和肌肉結實的身材，直到大學以前都參加棒球隊，是眾所公認的體育健將。但是服裝方面，也擺脫不了昭和年代的職棒選手品味，有時會被拿來當成開會時的調侃話題。

「FRUITS好像是同志之間的暗號喔。」

篠田一如平常，立刻上網搜尋說。

「喂，就說你這樣太快了啦。照這個發展，FRUITS還有得玩吧？那，柴崎，怎麼樣？」

「總編是在問我是不是同志嗎？當然不是啊。你明明就知道吧？而且毛衣又不能拿來當成春天的特輯主題。」

氣氛熱絡了一些，轉回正題。

也有人說雜誌是屬於總編的。如果是能搶先潮流，斷定「下一個流行的就是這個」，強勢領導的人，會議應該會進行得更快。但速水的領導力，源頭在於「和」。他的作風是讓每個成員的熱情好好地灌入模型當中，來完成一本雜誌。

「有沒有什麼勁爆的點子？像是一看封面就知道的。」黑皮膚的柴崎露出潔白的牙齒說。

「那副總編支持哪一個？」女編輯中西的語氣有些冷。

中西在負責文藝雜誌的二十多歲時，有段時期陸續說動多名當紅小說家在自家雜誌上連載，獨占出版社的暢銷作品。但此後就再也沒有可觀的表現，現在已經成了典型的燙手山芋。

「我覺得《真心話要認真聽，還是倒頭就睡？》不錯……」

那是一九九〇年代翻拍成電視劇和電影的人氣作品，今年夏天將改編為電影版動畫上映。

「也不能老是報動畫吧？」中西嗤之以鼻。

兩年前速水成為《三位一體》總編時，為了要讓柴崎還是中西擔任副總編而傷透腦筋。兩人都沒有企劃力，也沒有人脈，等於是半斤八兩，最後因為柴崎比較能拿捏現實的數字，才選了他當副總編。從此以後，中西便對她這個同期副總編改用敬語說話了。

「那妳又有什麼點子嗎？」

「妳什麼妳啦？」

中西尖厲的語氣讓場子一片安靜。可能是覺得不太妙，她接著說「呃，我口氣好像衝了點」，但沒有人笑。

應該要引領編輯部的兩人，關係惡化得比想像中的更糟糕。如果中西意氣用事起來，別人會對她更加退避三舍。

「寒流來了呢。」

速水在絕妙的時機插口說，引起一陣笑聲。

「怎麼辦？就做外遇和LINE外洩這兩大特輯嗎？」

「那都什麼時候的事了啦？」

聽到總編提起過時的演藝新聞，柴崎吐嘈說，但速水是在暗示可以搭配多個特輯。增加特輯的數量──這叫「雙特」、「三特」，是企劃不夠力時的彌補方案。每個特輯的密度會降低，但版面會變得更豐富，目次顯得更有看頭。

「廣告那邊有沒有什麼意見？」

見沉默再次降臨，速水為了改變氣氛，向其他部門的人問道。

「用劍持悟做封面可行嗎？」

「哦，《怦然心動老師》啊……」

速水望向發言的戶塚，筆記下來。《怦然心動老師》是二十五年前流行的電視劇，電視拍了三次，電影也拍了四次，有許多死忠影迷。二十五年前就已是當紅男星的主角劍持悟飾演現在說的「男大姊」高中老師，引發話題，讓他二度走紅。

應該是廣告客戶的電影公司人員推薦的。《三位一體》的讀者年齡層廣泛，雜誌形象佳，銷量也大，是最適合打廣告的媒體。

「對方說電影春天就要上映了，務必拜託……」

「劍持啊……」

速水抱起手臂沉思，副總編柴崎也不甚起勁地低吟。

「那部電影會賣嗎？」

「好像花了不少錢做行銷。」

沒有一個人感興趣，因為劍持本身已經難說是一線男星，而且這年頭「男大姊」也一點都不新奇了。

「我覺得劍持跟我們雜誌形象不合……」

下首的高野惠說，眾人全都點點頭。提案的戶塚本人似乎也清楚有些微妙，果斷地撤回說：

「瞭解。」

結果眾人決定好「大進化！賞櫻最前線」、「聰明利用訂購技巧　充實大人生活」等總共六個特輯主題及大概的頁數、各別的負責人時，距離會議開始已經過了三個小時。會議總是如此，到了最後，每個人都失去專注力，變得毫無建設性。平常的話，速水總是會說個一兩句笑話，但今天只是簡短地作結便宣告散會。

不知不覺間即將邁入四十五，最近特別容易疲累。速水坐著伸懶腰，雙手在有些自然捲的頭髮後面交握。

他看著大夥離開會議室，結果篠田一手抱著筆電和文件夾走了過來。這很難得，速水稍微坐正。

「速水總編，現在方便嗎？」

「什麼事？好消息還是壞消息？」

篠田沒有回答，粗眉垂成了八字型：「是那個合作案……」

目前雜誌業界正處於銷路好的特輯至上主義之中，但實銷率能直接帶來廣告效果的時代老早就已經結束了。因此廣告廠商喜歡更能吸引讀者目光的「合作稿」、「廣編企劃」，像是用報導風格的廣告文案將讀者引導至自家網站，或是請作家寫小短篇來行銷商品。

文化雜誌會隨著旅行、娛樂、生活方式等各期的特輯而呈現不同的風貌，而《三位一體》因為文藝線出身的速水重視「故事」，是罕見地擁有小說和漫畫連載的雜誌。也多虧了這樣的編輯方針，特別容易與作家進行合作廣告。

篠田負責的是主要販賣天然皂的化妝品公司與中堅男作家霧島哲矢的合作案。這份企劃根據

「肥皂」，延伸出「滑」、「清潔」等五個主題，每個月連載一篇小說，第一篇的截稿日迫在眉睫。

「七彩肥皂的常務是霧島老師的大粉絲，說他很想跟老師吃一次飯。」

霧島是一名實力派作家，三年前描寫殯葬業的小說改編成電影，作品也多次被提名文學賞。目前四十八歲，也是身為作家創作力最旺盛的時期。

在文藝圈待了很久的速水當然從霧島出道時就認識他了。霧島是個念舊的人，但最近工作似乎太順利了，感覺變得有點難相處。也許是獲得世人肯定的自信令他如此，但這種時期的人際關係必須步步為營。

只要稍微想想，立刻就能明白把這種作家請到應酬場合是一大禁忌。速水都會定期去看霧島的部落格，注意到他的發言和社會價值觀開始出現落差。光是這樣，就隱約可以看出周圍的編輯是如何追捧霧島。但是出錢的廠商也習慣受人招待了。把兩個相同的磁極放在一起，不可能相處融洽。

「唔……有點困難呢。風險很高。」

速水委婉地指示篠田回絕這件事。但篠田遲鈍地歪起頭來。他進公司的時間也不算短了，但因為沒有待過文藝部門，或許無法想像作家這種人有多難搞。

「萬一變成廠商和霧島老師之間的夾心餅，那就棘手了。這次的合作案都還沒有開始吧？」

「啊，不行是嗎……？」

篠田又把眉毛垂成八字型，露出軟弱的笑。八成是隨便向人拍胸脯保證飯局沒問題吧。篠田對編輯這份工作沒有特別的熱忱，但也不想調去其他部門。加上去年他和相親結婚的妻子之間生下獨生女，心思都放在孩子的成長上面了。儘管身為編輯，但篠田幾乎從不加班，假日也一定休假。雖然這是當然的權利，但是在出版社這個散漫的組織裡，往往很難確實地享受這項權利。

速水想起三個月前為了介紹霧島，帶篠田一起去吃飯的時候。霧島答應廣告合作案，三人正在把酒言歡，這時篠田離席去接聽電話，拿著高球雞尾球的霧島立刻低聲說：

「那傢伙有點糟糕。」

2

好像是無意識當中把耳機裡的聲音給唸出來了。

擦身而過的瞬間，西裝中年男子投以粗魯的瞪視。速水面露苦笑，走過早稻田大道。太陽已經西沉許久，但能感覺到上空厚重的雲層。也許是因為如此，雖然正值一月下旬，風卻相當柔和。

從馬路往左彎，進入鋪石板的小巷。穿過木造住宅或一樓是法國餐廳的低矮大樓之間。盡頭處的白牆民宅旁邊有條細窄的階梯，速水輕快地步下那道石階。階梯底下還有小巷，整骨院旁邊的木造二層樓建築物的屋簷下，小小的燈籠正淡淡地照亮石板地。

速水停下腳步，吞下薑黃錠。接著穿過深綠色短簾，打開歲月浸染成飴黃色的拉門。

『來了。』

聽到拉門聲，裡頭傳來沉穩的女聲。狹小的脫鞋處是石造的，木製的台階板看得出細心擦拭的痕跡。

無聲無息地現身的老闆娘一身和服，她屈膝跪下，指頭擺在前方說：「恭候大駕已久。」

「好久不見了。已經來了嗎？」

「是的，已經喝起來了，心情很好呢。」

老闆娘目光含笑地點點頭。她的年紀應該超過五十了，但容貌很年輕。她應該很清楚速水與二樓的上司的關係。

一樓是檜木吧台，對面有兩間包廂。速水跟在老闆娘身後，走過中間的榻榻米通道。爬上內裡的階梯後，二樓有三間包廂，右邊是大包廂，左邊是兩個小包廂，各為八張與四張半榻榻米大。老闆娘在左邊裡面的紙門前跪坐下來。

「速水先生到了。」

『進來！』

裡頭傳出男人粗野的聲音，速水挺直背脊。老闆娘對著打開的紙門另一頭行禮。四張榻榻米半的正中央是嵌地桌，上首是相澤德郎那張黑肉底的臉。

「噢，辛苦啦！」

相澤已經自個兒拿著小酒杯喝起來了，就像剛才老闆娘說的，心情很好。

速水將大衣和圍巾交給老闆娘，說著「今天還很暖和呢」，在靛藍色的座墊坐下。

「先喝點什麼？啤酒嗎？」

相澤以關西腔問著，舉起通透的水藍色小酒壺。玻璃瓶裡的酒已經連一半都不剩了。

「好像很好喝。」

「是龍力酒。」

「那我也喝那個吧。」

「好！那拿小酒杯，還有隨便什麼吃的過來。」

相澤夾著醃魚，津津有味地喝著冷酒。

「不過啊，最近有沒有什麼熱賣的作品啊？」

「《火花》、《進擊的巨人》、《航海王》、《你的名字》……」

「怎麼都是別家出版社的？」

「真希望在我們睡覺的時候，版權自己跑過來呢。」

「就是這志氣！」

兩人自虐地對話時，速水的小酒杯斟滿了龍力酒，紅魽生魚片和鯖魚三明治、味噌烤麵筋等菜餚送上桌來。

兩人一邊喝酒，聊了一陣作品改編電影的演藝消息和公司八卦，像是專務可疑的跨業種人脈和總務局長的假髮疑雲等等。和上司一起喝的冷酒，是最危險的酒，速水中間穿插開水，應和著上司的話。

昨天晚上，速水接到眼前這位編輯局長的電話。指定在神樂坂這家蕎麥麵店碰面時，速水內心便警鈴大作。兩人在這間四張半榻榻米房間密談的次數，也不下一兩次了。根據消息，相澤不只會找速水，好像也會找其他的心腹部下來這裡。

相澤撫摸突出的腹部，吐出帶著酒精味的呼吸。他身材胖碩，頭髮稀疏，頭皮上殘留的短短的白髮就像汗毛。渾圓的輪廓嵌著深深的皺紋，是一張老派卻迫力十足的臉孔。

老闆娘過來招呼，兩人點了燉牛筋、炸西太公魚，以及有點早的第三壺酒。

「不過，老闆娘還是一樣美吶。」

「會這樣稱讚的也只有相澤先生了。」

「又來了，就會哄我……」

相澤握住老闆娘的纖纖玉手拍了拍。身為同一家公司的人，速水覺得很丟臉，但相澤的這種惡官吏嘴臉，擺起來頗為有模有樣。

「那麼，我去拿酒來。」

老闆娘輕巧地敷衍惡官吏，離開包廂。相澤直盯著她的和服背影看。

「身材苗條，屁股倒是翹得很。」

「是那種脫光了令人驚豔的型吧。」

「女人真是可怕。不過噯，好久沒喝得這麼醉了。」

「果然料理好吃，就讓人一杯接著一杯呢。」

速水一喝完小酒杯裡的酒，相澤便拿起酒壺為他斟滿。

「《三位一體》也已經七年啦。你當總編也兩年了。噯，你真的很拚。」

柔和的語調中有著無法完全掩飾的「堅硬」。速水感覺就要進入正題，繃緊神經，嘴唇按上杯緣。

「我忘記是幾期之前的特輯了，用故事回顧百年歷史的那一次，真的很不錯。」

那次特輯介紹了從第一次世界大戰到現代約一百年之間，以各個時代為主題的故事作品，從小說、漫畫、電影、電視劇當中平均挑選。這是注重文化與故事的「速水三位一體」的強項，以詳盡但易讀的版面，介紹了世界史的背景及名作誕生的祕辛等等。

這是一次鎖定成年讀者、略偏冷硬的特輯，但是在目前的雜誌業界，再也沒有比純粹鎖定年輕人做為目標客群更高風險的事了。英勇善戰的雜誌幾乎都是以三十歲以上族群為目標，比方說流行服飾雜誌，辣妹系的已經全滅，故事系的大幅衰退慘不忍睹。與其說是年輕人遠離鉛字，倒不如說他們嚴重遠離「印字」。

「託您的福，那次特輯頗受好評。」

「讓我想起以前做週刊雜誌時的『調查報導』。」

「調查報導」是不分國內外，追查歷史八卦內幕的連載專欄。這件事速水已經聽過五遍了，而且其中兩次是在這間包廂聽的。每次聽到這個連載花掉的經費，都要假裝驚訝不已，也漸漸讓他覺得荒謬了。

相澤進公司的一九八七年，是以貼現率二・五％及ＮＴＴ（日本電信電話）股票上市為象徵的泡沫經濟的開始，有許多花錢如流水的應酬，以及眾多採訪的豪邁事跡。那是不論金錢或女人，都不像現在被「正義感」綁得死死的幸福的時代。

說的人愈是誇耀自己，聽的人愈是把那些功績當成時勢造英雄。上班族的當年勇就是這麼回事。

「噯，不管怎麼樣，總之這時代真是沒意思透了。在出版這種半吊子業界，也沒法全力去幹傻事……」

相澤一直以來也都待在編輯圈。從週刊雜誌記者進入文藝界，這樣的經歷也跟速水相同。後來相澤進入體育雜誌、月刊雜誌、綜合月刊雜誌等等，待過形形色色的雜誌，在作家、運動選手、政經界建立起自己的人脈。

七年前，相澤以廣受所有年齡層喜愛的媒體為目標，企劃並創刊了文化雜誌《三位一體》。相澤擔任第一任總編，不過只有短短半年。速水是第三任總編。

相澤再次倒酒壺，假惺惺地嘆了一口氣。

「雜誌已經近二十年銷售額連續下滑了，市場規模也從全盛時期腰斬了一半。」

用不著上司提點，這些基本數字，速水都記在腦裡。相澤應該也明白這一點。這番「囉唆」是黃燈信號。

「不管是股價上揚還是熊市來了，都跟我們沾不上邊。不僅如此，消費稅又要調升，躲得過的只有報紙。現在的我們，競爭對手不是同業，你知道是什麼嗎？」

速水想了一下，回道：「時間嗎？」

「沒錯。能從成天盯著手機跟電腦的讀者的一天二十四小時裡面搶到幾小時——不，幾分鐘，就是勝負關鍵。」

速水不打算現在才慢半拍地埋怨什麼愈來愈少人在電車裡看書報雜誌了。《三位一體》創刊的時候，是智慧型手機的黎明期，但現在網路資訊已經滲透到日常了。雜誌的價值，與

「Windows95」之前從根本上不同了。這七年來，雜誌訂戶愈來愈少，廣告收入降低，從來沒有一刻是輕鬆的。儘管處在維持現狀就是萬萬歲、為了維持雜誌存續而奮鬥的狀況中，但速水具備掙扎前進的強烈意志。

「這是遲來的赤色清洗。紅色不行啊。」

速水察覺「赤色」、「紅」是在暗示「赤字」，不舒服的汗水淌下背部。

「赤色清洗？聽起來真可怕。」

「實際上可沒法優雅地面對囉。」

「雖然是低空飛過，但實銷量是過關的。」

雜誌的最底線是死守六成的實銷量。雜誌的退貨率整體平均高達四成，年間創刊雜誌也低於一百種，嚴峻的狀況持續著。每一家出版社都一樣，如果不在這時候撐住，雜誌文化就沒有未來了。

「如果不是你，不可能維持這樣的數字，我覺得你真的夠拚了。」

聽到撫慰的話，最好提防已經進入末期了。出社會二十年以上的經驗法則，在大半的情況都是對的。

「就沒辦法設法挽救嗎？」

「沒辦法。」

對於部下語帶懇求的話，相澤冷冰冰地否決了。之前是誰說「我還沒翹辮子以前都可以放心」的？速水留意不讓感情顯露在表情上，含了一口開水。

「不管做出再怎麼棒的雜誌，赤字絕對不行。現在就得行動……你懂吧？再撐至多也就一年了。」

聽到具體的數字，速水閉上惺忪的眼皮。他從沒想過自己的雜誌會廢刊。他想不到能怎麼回話，只能吐出帶著酒味的呼吸。

「換句話說，得在這半年內一決勝負。」

一點一點夾著醃魚的相澤，把最後一塊放入口中。

3

司機的聲音叫醒了速水。

他立刻想起自己在計程車裡，眨了眨乾澀的眼睛。夜已經深了，但熟悉的景色浮現在路燈光中。這裡是占了七個區畫的住宅建案。雖然櫛比鱗次的房屋全是相同的外觀，但既然是位在東京都二十三區內的新建案，也沒有什麼好挑剔的了。

速水在東端的屋子前面下了計程車。沒有外牆，只有平面的門柱寂然佇立，彷彿顯示土地境界。門柱上有信箱，上面立體地浮現「HAYAMI」（速水）的英文字母。速水想要普通的門牌就好，但妻子強烈要求，因此他讓步了。他確實有非讓步不可的理由。

從門柱到玄關有一條短通道，旁邊的空位停著油電混合國產車。車子的貸款已經付清了。經過通道，走上兩階半圓形的石階，站在門前，在微弱的戶外照明下尋找鑰匙孔。一個月前，夫妻倆才為了這盞燈熄掉而吵了一架。

速水在脫鞋處輕輕甩了甩醉意未醒的腦袋，看到鞋櫃上的聖誕紅盆栽，蹙起眉頭。不符合季節的紅花失去水分而乾枯，一片褪成了灰色的葉子掉在盆子外。

客廳門透出光來。速水噘起嘴唇脫了鞋，往燈光走去。客廳與餐廳是相連的，有地暖系統。妻子早紀子坐在餐桌旁，正在寫東西。

「我回來了。」

速水說，早紀子看也不看他，應道：「你回來了。」

速水坐到客廳沙發上，看向正面牆上的時鐘。午夜十二點半多。

「今天怎麼這麼晚了還沒睡？」

「突然想唸點書。」

直到不久前，早紀子還在教英文當打工。不過比較接近家教，是在學生家或咖啡廳教英文會話。

「美紀呢？」

「剛才睡了。」

「這麼晚睡？」

「她說她一定要考上第一志願。」

獨生女美紀現在讀小五，明年就要準備考國中了。她想考進都內的名門女子中學，如同字面形容地從早到晚埋頭苦讀。這在速水家不算特別，因為妻子一樣是那所中高一貫學校畢業的。速水和早紀子是都內私立大學的同屆，但丈夫是填答案卷時吉星高照，候補撈到，而妻子則是聯合考試中失利，勉為其難地入學，兩者之間可說是雲泥之差。

看到母親和女兒為了打造共通點而努力邁進，速水重新深切感受到自己娶到的是個千金小姐。早紀子的父親在廣告代理商任職，年薪驚人，但對岳父來說，那點薪水只算是零用錢。岳父出身大地主世家，光是這樣，人生便可以說與貧窮完全絕緣了。速水從房屋門牌到女兒的升學都順著妻子的意，就是因為這棟房子的頭期款是妻子娘家出的。

「差不多該睡了。」

妻子把課本文具夾在腋下，冷淡地說了句「晚安」，回臥室去了。速水當場脫下襯衫，前往浴室。他泡進浴缸，重新加熱變溫的水。

速水想起在餐桌上讀書的妻子。妻子不算特別漂亮，但一雙分明大眼惹人憐愛。臉型和體型都開始變圓了，但考慮到她四十四歲的年紀，已經夠美了。

但是，腦中的想法和心中的感受不一定總是吻合。速水和早紀子已經大概三年沒有肌膚之親了。起初妻子還努力想要親近，但歷經憤怒的階段，接著擔心起丈夫的性功能，最後什麼都不說了。

婚後十三年。自從生下美紀，速水開始覺得家庭就是守護女兒成長的地方。

速水喜歡一邊泡澡一邊想事情，但今天因為喝太多，不太能專注思考。

進出版社以前，速水在全國性報紙做了三年的報社記者。他無論如何都想從事和小說有關的工作，因此應徵出版社，然而學生時期時遇上誇張的低錄取率，他拿不到聘用內定。他在埼玉縣內的警察線跑了兩年，地方法院一年。記者生活驚險刺激，不是搶得獨家，就是落後報導，意外地頗合他的性子，但他還是無法放棄夢想，私下進行轉職活動。

進入薰風社以後，起初的三年，他的職位是週刊雜誌記者，因此上一份工作的經驗可以直接派上用場。其中之一是喝酒。尤其在報社裡，他好幾次經歷早報截稿後的深夜被帶去小酒家，都喝到凌晨三點半了，上司竟開起卡拉ＯＫ大會來的絕望。也許是這時候的鍛鍊，讓他的身體學到了如何調節喝酒的速度，不再被灌得爛醉。

但現在他卻在蒸氣中頭昏腦漲。大吟釀並沒有錯，是下酒的話題太糟了。

速水離開浴缸，坐到矮凳上，用蓮蓬頭的水沖著頭。洗頭髮的時候，腦中響起相澤的話：「要在這半年一決勝負。」那位編輯局長特別關照速水。就是相澤推薦速水接任他一手創刊的《三位一體》的總編位置的，所以這一點應該不會錯，但相澤也是個無法輕忽大意的角色。

要讓赤字的雜誌轉虧為盈，是極沉重的任務。以前女性時尚雜誌打出贈品戰，或是可以放進皮包的「小尺寸版」等戰略，引發話題，卻都無法成為根本的解決之道。至於週刊，市場規模甚至縮小到一九七〇年代。坦白說，速水認為光靠企劃力已經無力回天了。總編現在需要的是打造出持續帶來收益的機制，因此俯瞰整體的平衡感是不可或缺的。

雜誌的收入來源有三樣：銷售、廣告及內容的再利用。由於網路發達，實銷率難以提升，廣告也全是合作廣編，了無新意。這樣的話，就只能利用雜誌的連載作品或周邊商品。

洗完身體，再次泡進浴缸。速水思考紙本雜誌還剩下多久的壽命。他想起《日本經濟新聞》收購英國財經報《金融時報》的新聞。《金融時報》與美國的《華爾街日報》並稱雙雄，是世界一流的財經報紙。這份報紙的訂購者有三分之二都住在海外，搶先一步成功電子化，電子版的銷售量占了約七成。與《日經》競爭收購《金融時報》的德國媒體企業「施普林格集團」也因為讓電子化上軌道，大幅提升了自家公司的股價。

世界正大步朝媒體重組邁進。不可能只有日本能夠逆勢而行。如果讀者自身對高度專門的內容及美麗的視覺圖像有著強烈的感情，那另當別論，但社會問題、八卦和娛樂資訊雜誌，都會在某個時間點轉換成數位電子版。問題在於，紙本的讀者並不會就這樣跟著進入電子世界。

尋思至此，速水想起在被這樣的潮流吞沒之前，自己的雜誌正瀕臨危機。然後他得到一個極為天經地義的結論：說到底還是「質」的問題。秀出「只有這裡才讀得到」的內容，正面迎戰讀者。同時避免淪為編輯機器，提升合作廣告及再利用作品的「質」。

速水在腦中逐一列出他們做得到的事。他想起上個月在飯店宴會上，在舞台上笑容滿面地傲視參加者的二階堂大作。或許差不多該是收獲的時候了。

洗完澡後，速水在餐廳喝涼水，女兒美紀走進客廳來。基因真的很有意思，不管是臉部五官、體型甚至是個性，美紀都很平均地遺傳了父母的特徵。幸好那雙分明的雙眼皮是遺傳到妻子，速水想。

「咦，妳還沒睡？」

「嗯，不過我要睡了。」

美紀走到餐廳，從保特瓶倒了一杯橘子汁，一口氣喝光。看見滿足地嘆氣的女兒，速水笑了：

「最近有看什麼書嗎？」

「沒怎麼讀，或者說，我完全沒看課外書。」

「沒有什麼想看的作品嗎？」

「我盡量不要去想。萬一現在迷上什麼作品就慘了。」

女兒的閱讀愛好無疑是受到父親的影響，但速水不知道最近她對什麼樣的小說感興趣。他想和女兒多聊點書的話題，但美紀似乎沒有要坐下來的意思，所以速水也不提了。

「那，我要去睡了。爸也不要太勉強身體喔。」

才幾年以前，兩人無話不談，但現在女兒已經會對父親客氣了。兩人不再一起洗澡，但女兒也還不到可以把酒談心的年齡。

美紀離開後，速水在無人的餐廳仰望天花板，喃喃：「都一樣。」

女兒和雜誌，都無法盡如人意。

4

速水拂掉紙上的橡皮擦屑。

他把具重量感的自動筆擱到一旁，抱住了頭，身體靠在椅背上。

該怎麼做？他瞪住眼前的稿子。但他自覺到儘管內心頭疼不已，嘴角卻浮出笑容。這塊原石，該怎麼打磨才好？速水覺得自己還是適合做小說編輯。

七彩肥皂的合作廣告案。連續五個月刊登霧島哲矢寫的短篇。第一回的主題是「滑」，霧島將主角設定為一對菜鳥漫才師（註5）。

剛從大型演藝事務所的培訓學校畢業的兩人，積極地參加各種現場表演，卻完全不受歡迎。某天兩人一起去公共澡堂，看到一名男子踩到肥皂跌了個四腳朝天，靈機一動：反過來刻意用「讓人滑倒（註6）」的方法來搞笑如何？他們在台上表演誇大「無聊」的笑梗，博得全場哄堂大笑。然後兩人感謝讓他們反向思考的肥皂——是這樣的情節。

要在十張四百字稿紙的篇幅內表現起承轉結，確實相當困難。但這篇稿子糟透了。首先，把肥皂寫成危險物品，肯定會引來贊助廠商的抗議，而且現在的澡堂早就不擺塊狀肥皂了，都是用液體肥皂。再來，把「滑倒」當成反向思考，可以說落後了世人的感性不曉得幾十年。「滑倒藝」——故意耍冷搞笑的作風是早就存在的表演類型，要把它寫得彷彿新發現一樣，若非寫作手法夠精湛，否則是行不通的。

編輯在列印出來的稿子寫下指摘的作業，稱為「鉛筆」。這是因為如同字面所示，是使用鉛筆或自動筆來寫下註記，對於一份稿子，編輯會不斷地寫了又擦，擦了又寫。對作家而言，「鉛筆」是讓作品變得更好的建議，但同時也算是一種打槍。

「有需要修改的地方，不用客氣，請盡量告訴我。」

交稿的時候，大部分的小說家都會這樣說，但是把這話照單全收就太危險了。許多作家如果認為指摘沒有道理，就會動怒。有人會破口大罵，也有人會寄來落落長的電郵，逼編輯認錯。只要身為編輯，這是每個人都會經歷的考驗。當然，在文藝圈打滾多年的速水也不例外。年輕的時候，也曾有作家與他絕交：「從今以後，你休想再拿到我的稿子！」

速水重新坐正，拿起自動筆。他和霧島從剛出道不久就認識了，應該不至於鬧得太僵。但是像這次這樣，從根本的設定就有問題的情況，從有條不紊的說明到傳達的措詞，都需要細心注意。

「不怎麼樣對吧？」

抬頭一看，篠田正拿著手機站在總編辦公桌前。速水點點頭，等篠田說話，卻沒有下文。好像也不是要用手中的手機給他看什麼。

「問題多多呢。要怎麼辦？」速水說。

「這個嘛……」

篠田應了一聲，就此沉默了。看來他只看得出稿子很無聊，卻看不出具體的改善之道。

「總之，漫才師的設定得改掉才行。」

註５：漫才類似相聲，是日本的一種搞笑表演形式，由兩人搭檔表演，一人負責吐嘈，一人負責耍笨。

註６：日文中，「滑倒」亦有說出來的笑話太冷，造成冷場的意思。

「咦？連這都要改嗎？」

「因為這稿子整篇都滑掉了啊。」

「也是啦……可是現在才要重新寫過，我想老師的行程可能也很難配合……」

「故事的主軸是踩到肥皂跌倒，這是要怎麼向廠商交代？再說，幽默不是霧島老師應付得來的類型。老師是能確實描寫人的作家，找其他的『滑』來寫，反而才是捷徑。」

被交付命令作家全面重寫這樣的重責大任，篠田的臉僵掉了。

「而且『滑』這個主題本身就很危險。」

速水對垂頭喪氣的部下笑道，但篠田一笑也不笑。

「因為七彩肥皂的新商品廣告詞是『牛奶與絲綢般的肌膚滑溜感』……」

不用你說我也知道——速水吞下這話，回道：「嗯，我也會想想看。」篠田有些鬆了一口氣的樣子，行了個禮。

速水其他還要準備開會、安排採訪等，有許多工作要處理，但這個合作廣告案絕對不能搞砸。改稿本身他並不引以為苦，但考慮到工作效率，這讓他備感壓力。

速水再次望向稿子，但篠田還站在面前。

「怎麼了？」

「總編，今晚有空嗎？」

「今晚？為什麼這麼問？」

「就是那個……」

看到篠田尷尬的表情，速水悟出是霧島和七彩肥皂飯局的事。

「你拒絕不了嗎？」

「……是的。我和總編商量後，立刻連絡廠商，但對方好像已經預約餐廳了……」

「日期時間都已經決定了？可是編輯會議是一星期以前的事吧？為什麼不早說？」

「對不起，我不小心忘了。」

「我們的廣告負責人呢？」

「我請他挪出時間了。」

速水嘆氣，吞下心中的苦澀。篠田是故意知情不報。

招待一般企業，是廣告代理商的業務範疇，但這次的情況，是與雜誌企劃有關的廣告合作案，加上是來自七彩肥皂的指名，因此薰風社不得不自行出面。此外，雜誌招待的情況，不光是廣告人員，「我們總編也會去」，是很有用的展示誠意的方法。實際上，有個話題豐富的人在場，席面上就會熱鬧不少。篠田會來找速水，肯定是為了讓他負責討好客戶和炒熱氣氛。

「霧島老師那邊呢？」

「是，老師說他可以來。」

客戶、自家廣告人員、作家。招待的安排完美無缺。速水以狐疑的眼神看向站在前方頂著一顆西瓜皮頭的部下。該做好的業務漏洞百出，然而亂打包票之後的爛攤子，倒是收拾得乾乾淨淨。不過，不能把招待客戶和作家的任務交給這傢伙。

「好，幾點開始？」

篠田說出時間和地點，速水迅速抄在便條本上。今天晚上本來預定出席許久沒去的課程，但看來只能取消了。

辦完事情後，篠田回到座位，開始滑手機。接著他對面座位的高野惠起身走了過來。可能是心情很好，笑容燦爛。

「我應該可以拿到永島咲的連載！」

「專欄嗎？」

「不，是小說。」

「噢！真是大功一件！」

永島咲是二十五歲的女星，於就讀大學期間的二十二歲出道，雖然出道時間很晚，但是在民間電視台的連續劇飾演第二主角，並拍了兩支電視廣告，星運順遂。在綜藝節目露臉的次數也逐漸增加，就速水的觀察，他覺得永島咲腦筋動得快，具備喜劇女演員的才能。他看到永島咲在其他雜誌連載的專欄，發現她文筆很不錯，指示惠去連繫。

「事務所好像也強推她擔任早晨連續劇的女主角，或許會就此一路走紅。」

起初永島咲的經紀人因為行程上的考量，對小說連載不太感興趣，但惠說服對方，成功拿到稿子，非常興奮。

現在編輯部有六名員工，然而聽到這個好消息，開心的只有副總編的柴崎。幾乎所有的員工都自顧自地敲打著筆電鍵盤，一副事不關己的模樣。

「算一下出書的數字，盡快拿到稿子。」

如果永島咲的連載小說能順利出版單行本發售，將會是這幾年最有利潤的再利用商品。知名度就等於能動員的人的數目，肯定會引發話題，而且也容易搭上改編影視的便車，可望成為《三位一體》收益由虧轉盈的支柱。

惠常犯些粗心大意的錯，這是她的缺點，但她具備超群的行動力。她很看重每一封電郵、每一通電話，總是能贏得他人好感，這種個性不是輕易模仿得來的。

「對了，速水總編，你這東西要擺到什麼時候？」

惠指著立在總編辦公桌上的電動理髮剪。深灰色的表面散發光澤，有一種多餘的高級感。速水戲謔地睜大眼睛說：

「當然是擺到派上用場為止囉！」

5

霧島把大衣交給領座員，在上首坐下，圓桌便全部坐滿了。

覆蓋純白色桌巾的圓桌相當大，坐上八個人還綽綽有餘，相當舒適。

這裡是都內的中式餐廳。除了地板以外，牆壁、天花板和椅套，整個包廂都以白色統一。圓桌正上方的照明呈淡橘色，光線柔和，入口左側的長方形霧面玻璃也擦拭得很乾淨，速水把這家餐廳列入口袋名單，供往後和作家吃飯討論之用。

以霧島為頂點，逆時鐘依序是七彩肥皂的常務、速水、薰風社的廣告負責人，順時鐘則是七彩肥皂的廣告部長、文藝雜誌《小說薰風》的藤岡裕樹、七彩肥皂的新進廣告人員，而篠田坐在靠近門口的下座。速水對面的藤岡是文藝編輯部人員，可以說是出版社內霧島的主要責編，與只和霧島合作一次企劃案的篠田相比，關係親密度不可同日而語。找藤岡一起出席是速水的策略，面對作家與廣告廠商這對「水與油」，他想要防範問題於未然。

圓桌中央旋轉桌上的瓶裝啤酒斟入眾人的杯中後，七彩肥皂的常務說：「今天真謝謝大家配合我的任性要求。我是霧島老師的大粉絲，最新作品《呼吸的代價》也是一部非常傑出的社會派作品……」他抬舉霧島，以極熟練的態度乾杯致詞。

皮蛋、鮑魚甘辛煮等料理擺上旋轉桌，霧島本人談起最新作品的內幕與作家平凡的日常生活，眾人熱烈回應。《呼吸的代價》是描寫醫療器材廠商與醫師勾結的醫療懸疑作品。雖然是採訪詳實的力作，但缺點是有許多業界制度的說明和專門術語，艱澀難讀。不出所料，銷量似乎不甚理想。

飯局開始得相當順利，但獨角戲唱了三十分鐘，也開始變得拖拉，聽眾的注意力也漸漸散漫起來了。

「當然還是Air Jordan 7好啊！」

霧島就要說到關鍵處時，不客氣的聲音蹦了出來。速水望向下首，只見篠田漲紅了脖子，在跟旁邊的人說話。是七彩肥皂的新進廣告人員。速水早就察覺兩人不久前就開始聊起運動鞋的話題，但聲音愈來愈放肆了。

「篠田，你喜歡運動鞋？」

霧島被打斷話頭，卻也沒有動怒，改對篠田說。

「是啊，我從以前就很迷。之前才在網拍用滿高的價錢標到Air Max的復刻版，挨老婆的罵呢。」

眾人客氣地笑，氣氛變得很微妙。平常愈是老實的人，喝醉之後個性愈糟糕。速水看著篠田快要失焦的眼睛，幾乎想要咂舌頭。其他人應該也預感到篠田就要酒後失態了。

「我用四萬五千圓標下的呢！搞不好是這三年左右買的最貴的東西！」

「哦？我都不知道。我這人連冬天都照常穿涼鞋出門嘛。」

霧島敷衍醉鬼那令人不忍卒睹的歡樂態度。速水想起平時的飯局，篠田都只喝無酒精飲料，今天也許是為了捧場而喝酒，卻完全適得其反了。然後速水也沒有漏看客戶的常務正惡狠狠地瞪著陪篠田聊運動鞋的廣告人員。

「總編，最近有沒有什麼熱門的演藝圈八卦啊？」

文藝部門的藤岡用搞笑的口吻做球給速水。

「冠二郎（註7）虛報了五歲年紀。」

「可以換個梗嗎？」

聽到速水和藤岡的抬槓，霧島吐嘈說「而且那都多久以前的事了」，氣氛緩和下來。以速水為中心，眾人聊起演藝圈八卦和出版不景氣，這時旋轉桌陸續送上麻婆豆腐、肋排、乾燒蝦仁、水餃等等，擺得水洩不通。眾人用小酒杯喝著燙過的紹興酒，但速水看到篠田還繼續在喝，一顆心七上八下。

「肥皂業界應該也有不少變化吧？」

薰風社的廣告負責人問常務，常務搔了搔摻雜白髮的頭點點頭。

「這也是時代變化吧，最近有特色的肥皂開始受到歡迎。在以前，肥皂都是拿來中元歲末送禮用的，但現在美容相關的肥皂賣得很好。」

「洗臉用的肥皂愈來愈多了呢。」

「是啊，我們推出的是一千圓左右的中階價格商品。現在正在考慮也要多多研發男性產品。因為網路，新公司更容易打入業界，所以競爭對手很多，相當辛苦。」

「所以想要透過霧島老師的作品，和對手拉開距離對吧？」行銷主管巧妙地應酬，霧島說「責任重大呢」，喝了一口酒。

「對了，現在你們年輕人真的都不買書了嗎？」

霧島問七彩肥皂的廣告人員。他自從剛才被常務狠瞪之後，幾乎一語不發。

「呃……」

不知道是作家的貼心造成了壓力，或是實際上沒有機會看書，年輕的廣告人員沉默了。

「你有什麼喜歡的作品嗎？」

右邊的藤岡伸出援手問。廣告人員想不出好答案，開始焦急，不停地歪頭。「連一本都沒有嗎？」常務語帶不耐地問，結果廣告人員表情僵硬地望向上座說：

註7：冠二郎（一九四四～）為日本的演歌歌手，以〈炎〉一曲成名，有「動作派演歌」之稱。

「《沉默的人格》很好看。」

聽到書名，除了年輕的廣告人員以外，瞬間所有的人都倒抽了一口氣。因為從那巴結的眼神，也可以清楚地看出他是想要奉承霧島。但是他犯了個嚴重的錯誤。

「那是霧山達郎寫的。」

霧島僵硬的聲音反映出內心的不悅。兩人是同世代的作家，但霧山達郎是得過文學賞的暢銷作家。由於名字很像，有時連書店店員都會搞錯。霧島不管在得獎成績還是知名度上都難望其項背，只要酒一喝多，經常就會埋怨：「霧山的作品毫無內涵！」

哪壺不該提哪壺——速水不讓周圍聽見地悄聲嘆氣。

「老師，真對不起。這次的合作案，其實是別人負責的，但負責人今天不巧有事不能出席，所以我才帶這傢伙過來，想說起碼可以提個皮包……真是太抱歉了。」

坐在霧島兩側的常務和廣告部長慌忙行禮賠不是。霧島惶恐地搖手說「不會不會」，但臉上浮現苦笑。

會話中斷，室內瀰漫著沉重的空氣。速水想要讓對話自然地繼續下去，卻遲遲想不到恰當的話題。

遠方傳來警笛聲，聲音愈來愈大。就連刺耳的聲音，對這間死寂的包廂也如同甘霖，總之可以喘一口氣了。

「是警察來抓你了吧。」

常務看著臉色發青的廣告人員開玩笑說。

「可惜猜錯了，那是天然氣的緊急作業車。」

聽到速水的話，眾人都露出愣住的表情。

「救護車的警笛聲不一樣，但警車、消防車和天然氣等等的緊急車輛警笛都很像，不過有微妙的差異。」

「為什麼速水先生會這麼無所不知？」

常務似乎很感興趣。速水應道「也沒什麼啦」，娓娓道來。

「其實在進出版社以前，我當過三年的報社記者。我還是大菜鳥的時候，只要分社裡聽到警笛聲，總編就會吼：『去看出了什麼事！』因為警車的話有可能是案子，消防車的話，就可能是失火。」

「那只要聽到警笛，你就要出門嗎？」

「是啊，要不然總編的吼聲會比警笛聲還要煩。」

等眾人都笑完後，速水接著說：

「分社的編輯室在大樓三樓，所以只要聽到警笛聲，我就會抓起手機衝下樓。可是經常跑出大馬路一看，才發現原來是天然氣的緊急作業車……只是瓦斯外洩，沒辦法當成新聞。」

「所以你就漸漸聽出不同了嗎？」

霧島問速水，眼中浮現好奇。

「是的。然後直到今天，這項技能終於派上用場了。」

這番話大大地戳中笑點，氣氛變得輕鬆不少。但篠田的笑聲不自然地響亮，讓速水擔心。這傢伙醉過頭了——他提防地看看手錶。已經過了快兩小時，時間差不多了。

「好了，各位的胃袋還有空間嗎？我想差不多該用甜點了。」

速水使了個眼色，薰風社的廣告負責人叫來服務生，為每個人都點了杏仁豆腐。

看到終點在即，速水心情輕鬆了一些。但是撇見下座一臉赤紅的篠田眼皮隨時都要蓋下來的樣子，他怒火中燒。都三十五歲的人了，還不知道自己的酒量，簡直不像話。

「下次請老師用肥皂業界當主題寫部作品吧。」

常務說，霧島配合地說「感覺很有意思呢」。霧島對工作很認真，所以個性難說隨和，但還能維持身為社會人士最起碼的社交面具。

視野一隅，篠田的頭垂落下去，薰風社的廣告負責人立刻給了他一記肘擊，把他打醒。速水聽著眾人冷淡的笑聲，發誓以後要禁止這傢伙招待客戶。

「去洗把臉怎麼樣？」

藤岡說，篠田默默地搖頭。真的醉翻了吧。

杏仁豆腐送上桌，新的毛巾也送到每個人手中。也因為場上全是男人，大叔們直接拿毛巾抹臉。

「老師，我很期待您的稿子。請務必寫出『讓男人忍不住想要洗把臉的作品』。」

臉頰潮紅的常務恭敬地行禮說。

「沒問題。一直以來，我寫的也都是『讓男人忍不住想要洗把臉的作品』。而且稿子幾乎已經完成了，對吧，篠田？」

霧島心情愉快地對篠田說，原本低著頭的篠田把蒼白的臉轉向上座。看到那表情，速水心想不妙。因為篠田的眼神完全發直了。霧島以前對篠田的評論在耳畔響起：

「那傢伙有點糟糕」——

速水正要插手，篠田卻筆直地瞪著上座說了：

「你得認真一點寫啊。」

場子凍結了。

七彩肥皂的人如坐針氈，眼神游移，文藝雜誌責編的藤岡殺氣騰騰地瞪住篠田。然而篠田本人整個喝醉了，像海藻般搖來晃去。

「什麼叫認真一點寫？」

霧島的聲音帶著強烈的怒意。

「老師，對不起，這傢伙……」

速水想打圓場，霧島伸手制止，對著篠田吼：「你給我說清楚！」

「呃，還說清楚……總之得重寫啦。」

「你再給我說一次！」

霧島的雙拳重重地捶在桌上。一道巨大的聲響，紹興酒和杏仁豆腐的糖水濺得到處都是。

「你給我滾出來！」

藤岡站起來說，結果霧島尖銳地啐道：「不，夠了！」站了起來。其他人都僵在原地，動彈不得。

「各位，抱歉，但是被這種連小說兩個字怎麼寫都不知道的人損成這樣，我也沒興致寫了。失陪了。」

霧島粗魯地扯下衣架上的大衣，就這樣大步離開包廂了。藤岡立刻追上去，速水本來也想跟過去，但無法判斷能不能把贊助廠商就這樣丟下。

「速水先生，快去吧。」

看到常務一臉嚴肅地點點頭，速水深深行禮。他對廣告負責人留下一句「拜託了」，看也不看篠田，趕往門口。

一走出店裡，就聽見霧島在大吼大叫。右邊約五十公尺的大馬路旁，霧島正要甩開藤岡的手。兩人似乎在攔下來的計程車前扭成一團。速水拿著大衣和皮包，全速衝了過去。

「老師！」

霧島看到速水，說著「別說了、別說了」，就要鑽進計程車。看來是藤岡挽留了他。速水說「請上車，請上車」，把霧島推進後車座，自己坐進旁邊。藤岡也立刻鑽進副駕駛座。

「你們下車！」

霧島一臉厭惡，但速水看出他並不是真心在抗拒。速水對司機說出霧島的住家地址，對霧島行禮：「真的萬分抱歉！」副駕駛座的藤岡也轉過身體，同樣地行禮。

「別這樣！我已經忍無可忍了。我之前就說過了，那傢伙很糟糕。我第一次吃飯吃得這麼不爽！」

霧島應該是在平時的相處中就對篠田心懷不滿了。而且七彩肥皂的年輕廣告人員提到霧山達郎的名字，或許也刺傷了他。霧島怒不可遏。

「我會把篠田從這個案子換掉。」

「不必，這件事就算了。」

「請老師別這麼說……」

「不行，我絕對不寫！憑什麼我要被那個門外漢的黃毛小子在人前侮辱！」

速水垂頭絞盡腦汁，卻想不到出路。

「那傢伙對我說什麼？認真一點寫、重寫？那傢伙居然對我說那種話！」

霧島的怒意似乎不是那麼容易平息的。

「老師，那傢伙一定是瘋了！我也覺得很不甘心！那種連小說都沒讀過幾本的傢伙……說那是什麼瘋話！」

藤岡以不遜於霧島的大聲說道，一半是真心話，一半是演的。如果不在這時候全力幫腔，作家會變得更頑拗。合作企劃案共有五回，甚至都還沒有開始。如果企劃案在這階段告吹，雜誌收入將會少掉一大半。雜誌的財政狀況就已經夠拮据了，這下想要轉虧為盈，更是痴人說夢了。

然而另一方面，速水也不想找其他的作家替代，這種做法太沒誠意了。這要是一般的總編，應該會在腦中列出願意接受緊急稿約的作家名單，並將廣告推出的時間延後一個月，重新來過，這也不失為一個方法，但速水不認為這是個好主意。他對故事異常的熱情，驅逐了這些備案。

「總之都被人說成那樣，我不可能再寫了。」

霧島望著窗外，看也不看兩名編輯。

「老師，讓篠田當責編是我的錯。這次的事，我會負起責任，陪伴老師到最後，所以請老師再重新考慮一下……」

速水再次行禮懇求。

「不，我真的……」

聲音突然中斷，速水疑惑地抬頭望去，只見霧島正粗魯地抹著眼睛。看見霧島赤紅的雙眼，速水失聲無語。一個大男人，而且是難搞的小說家，居然流下淚來。

「總覺得窩囊透了……」

在作家的內心翻騰的，原來不只有對篠田無禮的憤怒而已。「窩囊」這句話裡滲透而出的，是不管再怎麼竭盡全力寫出小說，也不受世人眷顧的空虛感。

要脫離這樣的逆境，就只能不顧一切，全力衝撞了，速水心想。

「司機，可以請你停車一下嗎？」

這突來的要求，不只是司機一個人感到困惑而已。扭身面對後車座的藤岡也露出訝異的表情。

計程車打亮警示燈，把車子停到路肩，速水毫不猶豫地下了車。然後他在寒天之中也不穿大衣，直接走到人行道上，把手伸進皮包裡。

手上拿出來的是速水平常放在辦公桌上的電動理髮剪。

「老師，我現在要把頭髮剃光。」

計程車上的兩人——不，連司機都傻住了。

「對作家來說，稿子就是生命。既然老師把稿子交給我們編輯，我認為編輯也必須表現出相應的覺悟。」

「不，可是——你這樣我很為難啊！」

「這次的企劃，無論如何我都要拜託老師。」

速水說，打開電動理髮剪的開關。

速水重重地嘆了一口氣，慢慢地舉起右手。略長的自然捲頭髮在強風中飄動著。刺耳的馬達聲震動著夜晚的空氣，就在理髮剪快要碰到頭皮的時候，霧島伸出雙手：

「好啦！我寫！我寫就是了，你上車啦！」

霧島發出甚至可以說是悲痛的叫聲。

「老師真的願意寫嗎？」

速水手中的理髮剪還在嗡嗡作響。

「我寫。大丈夫一言既出，駟馬難追。你快點上車。車門……車門一直開著很冷耶！」

確定霧島的眼中已經沒有怒意，速水關掉了理髮剪。放下心來的同時，胃揪緊似地痛了起來。回到後車座，計程車再次往前開去。

「真是，被你嚇死了。」

「對老師失禮了。不過，我無論如何都想要請老師寫稿。」

「我是聽說有人在外套內袋裡放著辭呈，但這是第一次看到有人在皮包裡放電動理髮剪。」

「只是剛好皮包裡有而已。」

「皮包裡剛好有電動理髮剪？你過的是什麼人生啊？」

車內響起笑聲，氛圍整個鬆弛下來。

「我是為了參與小說編輯，才進出版社的。」

「這件事我聽過很多次了。我剛出道沒多久的時候，你常陪我聊到早上。」

接下來，速水和藤岡說出對《呼吸的代價》的感想，從作者口中問出剛才沒有提到的創作祕辛。霧島談到社會派小說的創作有多困難，但表情十分柔和。

「我也是盡自己最大的努力在寫，但遇上出版不景氣持續這麼久，實在讓人覺得空虛。」

即使推出新作品的精裝本，除非行銷相當賣力，否則銷量難以期待。不僅如此，這幾年連文庫本的銷售額也急速下滑。已經不是純粹的不景氣，出版業界的結構本身幾近崩潰了。

但速水刻意不提這一點，安撫地說：

「消費稅增加，影響果然很大呢。」

「加稅已經是好一陣子以前的事了。不過因為加稅，銷量停滯不前，然後就這樣愈來愈少，直到現在。精裝本或許就像過去的物價，一去不回了。」

聽到「過去的物價」這個很有作家風格的譬喻，速水的心情變得有些沉重。然後想起霧島剛才說著「窩囊」流淚的側臉，心情更鬱悶了。

計程車靠近霧島住家時，三人熱烈地聊著藤岡打聽來的其他出版社的八卦。看到霧島心情不錯的側臉，速水趁機把裝著稿子的信封交給他。

「老師，初稿我覺得非常有趣，不過難得跟廠商合作，我覺得應該可以更積極一點。」

「看吧，來了。談到工作，速水先生總是手下不留情。」

「不不不，我明知失禮還是要說，跟老師這種有求必應的作家合作，我就是會忍不住貪心。」

「你還是一樣，就會捧人。」

「關於老師這篇〈滑〉，我列出了一些除了搞笑以外，也想要讀到的設定。」

「原來如此，這就是篠田說的重寫嗎？不過，嗯，既然是速水先生的要求，那也沒辦法。我再好好想一想。」

在住家前送霧島下車，鄭重道歉之後，速水和藤岡坐進計程車後車座。速水立刻連絡一起招待的出版社廣告負責人。

「啊，你那邊怎麼樣？」

電話另一頭傳來吵鬧的背景音，還有疑似常務的男人歌聲。應該是帶有去小姐陪酒的店了。

『總算是沒問題了。霧島老師那邊呢……？』

「放心，緩過來了。今天真是抱歉了。對了，篠田呢……？」

『天知道，我把他丟在店裡了。』

「希望他就那樣留在餐廳工作。」

速水道歉後掛了電話，虛軟地癱坐在車椅上。他和藤岡對望，發出笑聲。

「啊，今天我又再次認清了。」藤岡說。

「認清什麼？」

「我要永遠追隨速水先生。」

「那你要先準備好電動理髮剪才行。」

速水望著流過的夜景，長長地嘆了一口氣。雖然是度過危機了，但狀況依舊不變，仍然處在難關之中。相澤說的「廢刊」兩個字掠過腦海。速水使盡全力握緊膝上的拳頭。

無論如何，我都要保住我的雜誌。

第二章

1

把自動筆擱到筆盤上，吁了一口氣。

速水輝也含了口紙杯裡的咖啡，整理好寫上指摘的稿子，用燕尾夾夾住。

作家霧島哲矢的稿子好上許多了。這樣的成品，贊助廠商七彩肥皂應該也會滿意。

共五次連載的第一回，主題是「滑」。初稿的主角搞笑藝人在改稿後搖身一變，換成了魔術師。劇情很簡單。

想不出新的魔術手法而煩惱的高齡魔術師，在浴室不小心弄掉了肥皂。他看見肥皂沒有掉進浴缸，而是滑過邊緣，想起兒子小時候和他像這樣玩耍的光陰。瞬間，魔術師想到運用泡沫的魔術機關，看到了突破創作瓶頸的曙光。然後，他邀請因為某些理由，許久不曾見面的兒子來看表演秀——

這將會是一部短篇連作，下一篇的主角是魔術師的兒子。這個設定是根據速水列出來給霧島參考的點子。也沒有像初稿那樣，有人踩到肥皂跌倒，讓廠商看了臉綠的場面。

自從那次慘烈收場的招待之後過了四天。霧島憤而離席時，本來以為完蛋了，但感覺似乎可以雨過天晴。速水也立刻寫信給七彩肥皂的常務道歉，得到他禮貌的電話回覆。

當然，速水把篠田充調離了這個企劃案，但等風頭過去以後，還是得帶著他上門賠罪。為了預做準備，雖然把篠田調離了，但仍有必要叫他看過稿子。而且速水希望篠田能感受到透過編輯的指摘，可以讓作品改頭換面這件事。

速水把篠田叫到總編辦公桌。

「你看過霧島老師的改稿，覺得怎麼樣？」

「變得很棒。」

但篠田沒有具體說明怎樣不同了。

「哪邊很棒？」

速水催促，篠田為難地垂下目光。光是這個動作，速水就知道他沒有認真讀了。招待隔天篠田過來道歉，但速水說要把他調離企劃案時，他露出放心的表情。意思是這工作跟他已經無關了嗎？

「中間不是有段文章說『這肥皂起泡力真好』嗎？」篠田說。

「嗯。」

「這可以提升七彩肥皂的形象呢。」

速水只說了聲「謝謝」，放篠田回座。

把寫上指摘的稿子寄回去的時候，除了信件之外，速水還習慣一起放入一些「小心意」。今天是京都的星星糖。在便箋寫上「請在寫作時拿來解饞！」貼在袋子上裝入信封。

有人對他說，「作家不能挑編輯」。但實際上，作家對編輯看得很仔細。速水認為，作家這種人特別會「記住」一些細節。

辦公桌上的內線響了。

『是我。』

像要罩上整個耳朵的聲音，一聽就知道是編輯局長相澤德郎。

「前些日子多謝關照了。」

速水為了在神樂坂的蕎麥麵店接受請客的事道謝，相澤愉快地笑了：

『喝得很盡興吶。回家以後，我穿著西裝褲就這樣睡著了。』

「咦，那不就糟蹋了昂貴的訂製西裝嗎？」

『胡扯，全是成衣啦。我老婆也都不鳥我，真想訂製一個新的老婆。』

就算是連絡業務，相澤還是不改關西人作風，會先來一段「暖場」。

『對了，你現在有空嗎？』

「有，沒問題。」

『那不好意思，過來局長室一趟吧。』

速水離開《三位一體》編輯部，走樓梯到三樓之上的樓層。為了健康考量與維持體型，上下五樓的範圍內，他都會走樓梯。

敲敲局長室的門，開門入內。相澤坐在辦公桌看雜誌。是其他出版社的文化雜誌《Espresso》。半年前換了個總編，銷量逐步成長。他們的宗旨是「好東西要用得久，用得精」。

「這雜誌滿有意思的。」

「是的，散文的作家陣容很堅強。」

「稿費應該不少，不過分析報導也很多，讀起來很扎實。」

「完全是以中高年為目標族群呢。」

「穩扎穩打吶。」

打電話叫他來，故意讓他看《Espresso》，目的是什麼？速水內心躁動不安。相澤勸坐，速水在會客區的沙發坐下，相澤吆喝著「嘿咻」，在對面坐下來。

「話說回來，聽說之前捅了個大婁子是嗎？」

「大婁子？」

「霧島老師和賣肥皂的。」

消息立刻就傳進相澤耳中了嗎？速水行禮：「讓局長見笑了。」

「居然讓作家和廣告廠商碰面，這不像是你會犯的錯啊。」

相澤的話，應該清楚是篠田暴衝造成的結束。他的意思是，部下的過錯就是上司的責任嗎？

速水再次行禮：「以後我會注意。」

「嗳，不過霧島老師離開店裡之後，你解決的手腕似乎讓人拍案叫絕。」

「哪裡，不敢當。」

「電動理髮剪？那是你才有辦法那樣搞。換成是我，連可以剃的頭髮都沒剩幾根了。」

相澤摸了摸頭上碩果僅存有如汗毛的髮絲。

「怎麼會呢？不管怎麼看都是滿頭烏絲啊！」

「真的嗎？那下次來去燙一燙好了。」

「就算美髮師拒絕，我也支持局長。」

相澤露出油膩膩的賊笑，從椅背直起身子。

「嗳，總之你千萬要撐到有下任總編。這間辦公室以後就是你的。」

相澤刻意壓低聲音說，速水有種被迫同舟共濟的不快感。

薰風社並非家族企業。由於任何人都有機會當上社長，因此競爭極盡激烈。現在社內分成史上最年輕的社長派，以及擔任工會協商窗口的「勞務主管」的專務派。專務因為是社長的前輩，這樣的扭曲讓兩派處於微妙的平衡。社長是業務出身，而專務是編輯出身，兩者根本上的想法就不同。

「呃，可是這房間對我太大了呢。」

相澤是死忠的專務派。速水輕巧地躲過這露骨的試探。

「真會閃吶。」

相澤發出沙啞的聲音，裝模作樣地搖搖頭。

「不，這是我的真心話。」

「不過這才像你。好了，言歸正傳。」

相澤立刻換成正經的表情，從西裝內袋取出一張紙。

「這是今年春天的組織重組案。」

由於書和雜誌賣不好，近來出版業界的組織重組變得大膽且頻繁。速水感興趣的不是部門的範圍或名稱的變更這類架構的問題，而是更重大且深刻的問題——廢刊。

速水迅速掃視，瞪大了眼睛。

文藝雜誌《小說薰風》名列廢刊名單上。以年輕族群為目標的女性雜誌消失，這大致上符合預測，但是要裁掉文藝雜誌，這簡直是晴天霹靂。

「要裁掉《薰風》嗎？」

「嗯，這連我都嚇了一跳。」

「呃……可是這再怎麼說都太突然了吧？實質上只剩下兩個月而已，幾乎所有的連載都還沒結束啊！」

「所以剩下的內容就收進書裡啊。」

「怎麼這樣！絕對會跟作家起糾紛的！我從來沒聽說過這種作法！」

速水自己也清楚他大驚失色，但這不是可以順從地用一句「好，這樣啊」帶過的事。這種粗暴的落地方式，會破壞作家與薰風社之間長期建立起來的信賴關係，沒有任何一方有好處。

如果用上班族的薪水來比喻作家的收入，那麼雜誌連載的稿費就是月薪，集結成書時支付的版稅，則相當於獎金。如果《小說薰風》廢刊的話，一定會有許多作家因為失去這筆「月薪」收入，生活陷入困頓。

文藝雜誌確實賣不好。辦文藝雜誌，有一部分是為了確保拿到作家的稿子，或是資助光靠版稅無法維生的作家生活。大多數的文藝雜誌都是赤字經營，事實上，各家出版社都把它們當成燙手山芋。

「像是只留下電子版……」

「不可能不可能。」

在沒有任何移交準備的狀況下，就此切斷作家與出版社的連繫嗎？

「就沒辦法再撐個半年嗎？」

「這是已經決定的事。」

相澤冷漠地說，轉開視線。也許是覺得信賴的部下慌亂的樣子很難看。

「不過你真的很喜歡作家呢。」

相澤投出牽制球，就像在指出他的「偏心」。

速水恢復冷靜道歉，相澤又露出假笑來：

「不必擔心。這次不會對《三位一體》出手。不過就跟我之前說的一樣，你得設法想出轉虧為盈的法子。我也會盡我能做的努力。」

速水這才發現，他進房間的時候，相澤在讀對手雜誌《Espresso》，就是為了給他施壓。

「我會全力以赴。」

速水就要拿起桌上的組織重組案的紙張，相澤倏地伸手，把它收了回去。不能留下洩漏情報的證據是嗎？

「下次再一起去喝一杯吧。有家專務常去的小料理店，小姐超漂亮的。」

相澤起身，就像宣布話談完了。

「我很期待。」

速水魂不守舍地應道，行了個禮，離開編輯局長室。

他立刻走向同一樓的廁所，進入隔間，鎖上門後，從外套取出記事本，把腦中記得的組織重組案的內容全寫下來。當社會記者的時候，在酒店裡從刑警那裡打聽到消息時，他都會趁著還沒有忘記，跑去廁所筆記下來。這個習慣已經根深柢固了。

文藝雜誌廢刊的消息固然讓速水大受衝擊，但想起和相澤的對話，他咬緊了牙關。速水雖然是編輯系的人，但也是少見會積極與其他部門交流的人。這一半是因為他對廣告和業務工作也覺得有趣，另一半則是因為如果有了交情，需要的時候對方也願意通融，讓自己編輯的書更容易推出去。除此之外，他也費盡心思讓作家有良好的寫作環境，自然便在公司內外都有了廣泛的人脈。

相澤會想要把速水拉進自己的陣營，無非就是覬覦他的人脈。進公司以後，速水便與派閥之爭保持距離，但感覺對方正利用廢刊，堅壁清野，步步進逼，令人毛骨悚然。

速水覺得彷彿要被抗拒不了的人事洪流給吞沒，在狹小的隔間裡哆嗦了一下。

2

文化雜誌《三位一體》在每星期一早上有自己的內部會議。

基本上是為了讓編輯部成員說明各自當週的預定，讓部門內共享資訊，不過也有其他雜誌的銷量報告、「採訪藝人的時候，不能把名片遞給本人」等基本禮節的確認、與採訪對象或往來的作家發生問題時的求助等等，內容五花八門。

但今天有項極為重要的議題。速水有了必定會引發軒然大波的心理準備。

上午十點，除了速水以外的九名編輯把辦公椅挪到總編辦公桌旁的一小塊空地來。如果沒什麼事，會議十分鐘就可以結束。

各人簡單報告之後，等待總編「解散」的號令。速水向副總編柴崎真二使了個眼色。柴崎站起來，向編輯部人員分發概要。

「我知道大家很忙，不過有件重要的事，請大家聽一下。」

總編異於平日的語調，讓眾位編輯露出訝異的表情。

「這是……什麼意思？」

和柴崎同期的女編輯中西清美發出困惑的聲音。其他成員似乎也都大受震驚。

概要上寫著今年之內各人必須達成的目標業績。是應該要發售的作品數目和銷售額。不管是出版社還是報社，只要是冠上「編輯」兩個字的部門，裡面的人員多半對金錢問題很生疏。雖然沒有說出口，但他們心底深處都有些覺得計較金錢是低俗的行為。

甚至有些老編輯會滿不在乎地說什麼出版社的根基是作品，而不是預算。創造性的現場才是明星，其他部門都只是為了支持編輯而存在。

「開什麼玩笑！」

中西嚷嚷著站起來，一副像要指控業績要求就形同戰爭時期內容審查制度的態度。接著離速水最遠的篠田難得舉手：

「這不會太赤裸裸了嗎？我知道雜誌處境堪危，可是這樣好像被套上項圈一樣，感覺很不舒服……」

「我現在也夠拚命在工作了耶。」

高野惠也噘起嘴巴，但聽起來也像是在暗諷坐在旁邊的篠田。其他編輯也紛紛抗議，速水默默承受。

「不管怎麼樣，我們想要總編親口說明。」

反對派急先鋒的中西重新坐下，挑釁似地翹起二郎腿。

「我不喜歡隱瞞，所以就坦白說了。受到這次的組織改組影響，有幾本雜誌要廢刊了。」

瞬間，現場陷入寂靜。對雜誌編輯而言，「廢刊」兩個字就形同主公大人亮出來的「印籠」（註8），或是江戶町奉行展示的「櫻花刺青」（註9）。如果雜誌沒了，不知道會流落到什麼部門去，這讓眾人的思考頓時當機。

「其實我不久前就聽說《三位一體》岌岌可危，不過現在真的進入危險水域了。先是《小說薰風》會被裁掉。」

所有的編輯都倒抽了一口氣。每個人都理解要收掉文藝雜誌，需要相當大的覺悟。

「公司是真心要裁撤不賺錢的部門。今年春天《三位一體》勉強是撐過來了，但客觀來看，創刊後七年以來，持續都是赤字的雜誌，實在不可能在安全名單上。我喜歡《三位一體》，無論如何都想保住它。所以我需要大家的協助。」

速水一口氣說到這裡，起身望向每個人的眼睛。

「我清楚這樣的要求很過分，但我也會不惜餘力。所以請大家務必配合。」

速水彎腰深深鞠躬，眾人見狀，憤怒的潮水逐漸退去。看到平日總是大而化之的速水如此誠摯的態度，團隊也切實地感受到狀況非同小可了。

「總覺得……有點被唬弄過去的感覺，不過我瞭解狀況了。但是，這是再利用商品的業績吧？沒有雜誌本身的目標嗎？」

打破沉默的是正職裡面最年輕的惠。唯一一個看似無法接受的中西，狠狠地瞪向想要繼續討論下去的晚輩。

註8：古裝劇《水戶黃門》中，微服出巡的水戶藩主德川光圀（水戶黃門）在懲治惡人時，會亮出印有三葉葵家徽的印籠（隨身小盒），揭露其藩主身分，在場人等一見皆敬畏下跪。

註9：以江戶町奉行（行政司法官）遠山金四郎景元為主角的古裝劇中，遠山金四郎偽裝成平民，暗中調查各種案件，揭穿黑幕，在相關人士齊聚一堂的場面，金四郎會亮出身上的櫻花刺青，並與惡徒展開決鬥。

「雜誌的實銷率勉強維持在六成，但往後要擴大分母，是天方夜譚。廣告也至多只能維持現狀，那麼就只能從再利用打開活路。幸好《三位一體》有小說和漫畫連載，散文也很充實。從特輯也可以衍生出雜誌書。端看如何行銷，應該可以讓數字更進一步成長才對。」

「業績每個人都不一樣，是怎麼回事？」

中西用找碴的口氣插口問道。中西被要求的數字比惠的更低。她應該不願意被攤派更多的業績，但身為前輩，這樣等於是面子掃地了。

「那只是現在每個人手上的材料數值。如果負責的是可望大賣的作品，期待值必然就會更高。」

這話讓中西的面子算是保住了，她勉為其難地點點頭。

「可是這樣的話，特輯怎麼辦？這等於是要一邊處理雜誌的特輯，同時做書吧？」

「沒錯。萬一雜誌的銷量往下掉，那就本末倒置了。」

速水對著惠點點頭，就像在說「沒辦法」。

「既然總編都提出數字了，那我也直話直說了。既然負擔增加這麼多，最起碼也要再多兩名人手，否則應付不來。而且現在跟兩年前比起來，等於是少了兩個人的狀態。」

任何職場都一樣，減少多少人就補多少人的時代早就過去了。但速水沒有說出來，而是表情為難地含糊其詞：「人手的事，我會再跟上頭談談。」

接著約聘的內橋奈美怯怯地舉手。編輯部的十名員工裡面，有三名是約聘。比惠年長一歲的內橋奈美是「非正職組」的大姊頭，聰明伶俐又細心，是重要的戰力之一。

「請問，我們沒有業績要求嗎？」

約聘的三名女員工，她們的工作內容與正職之間的區別一年比一年模糊。包括提出企劃案和採訪在內，她們的貢獻比篠田還要大。當然她們分配到的工作量較少，卻是不可或缺的存在。

「說得死板一點，內橋妳們的工作內容是『雜誌製作相關業務』，所以我覺得對妳們設定目標業績似乎說不過去。當然，如果妳們能提供點子就太好了。」

實際上，總務那裡也針對約聘員工的自願加班，三番兩次要求速水改進。萬一被勞基署盯上就麻煩了。

「還有，如果雜誌廢刊的話，我們會怎麼樣？」

這是最令人擔憂的問題。約聘員工是《三位一體》編輯部聘用的。公司裡其他雜誌的人手都已經足夠了，除非剛好有缺額，否則出版社裡沒有她們的容身之處。

「這要問總務才知道確切的答案，不過我們不好主動提起廢刊的事。這個業界可怕的地方在於傳聞會被加油添醋，不知不覺間弄假成真。不過，我們首先得先全力以赴，避免最糟糕的狀況。」

這牽強的回答似乎無法讓內橋接受，但她還是說「我知道了」，不再追問。事關雜誌存亡，然而焦點卻放在無關的再利用出版書籍上，她們的命運全繫於同事能否達到業績，這樣的狀況肯定令人十分不安。

接下來由柴崎主持，確定各人手上有哪些作家書稿，討論出版時程和初版印量目標等等。

「副總編沒有業績要求嗎？」

會議進入佳境時，中西惡意地問柴崎說。雖然他們本來就水火不容，但身為同期，一個瞭解內情，一個卻被蒙在鼓裡，絕對造成了影響。

《三位一體》的副總編，主要的工作是管理雜誌製作的進度。他要記住所有編輯的行程，有人落後就插手修正，還必須從校稿日倒算日期，決定設計師和校閱人數並安排，也要和印刷廠洽談。行政工作很多，但業務龐雜，因此相當忙碌。

「妳是要我怎樣？」

柴崎臉色乍變地說，中西翹著二郎腿，撇開頭去。其他編輯都如坐針氈。

如果就這樣解散，會讓職場氣氛留下疙瘩。速水如此判斷，指著柴崎說：

「我知道你在生氣，不過還是忍不住要說——柴崎，你今天的毛衣品味也糟透了耶。」

這話引起一陣大笑，緊張一掃而空。確實，柴崎的毛衣即使放在八〇年代，品味也令人難以容忍。白底上畫著吊帶，胸口刺繡著「ＮＥＯ」。

「這跟現在在討論的事又無關！」

「『NEO』未免太糟了吧？你是懷著什麼樣的心情把它拿去結帳的？」

「人家送我的啦。」

「那個人一定是討厭你。」

速水繼續說著「現在回想起來，上次那件『FRUITS』毛衣還算可愛」、「這種毛衣已經有性騷擾之嫌了」，暢所欲言，驅散了沉重的氣氛。

「你的業績要求，就是先去買件像樣的毛衣。」

「那速水總編的業績要求是什麼？」

柴崎半帶玩笑地問，速水說「問得好」，環顧眾人的臉。他知道每個人都在期待總編接下來的話。

速水故意挺起胸膛：

「今晚我要去拜謁『將軍』。」

3

「妳不冷嗎？還是怎樣，脂肪厚成這樣，就會很溫暖嗎？」

文壇的「將軍」二階堂大作指著依偎在身邊的年輕小姐的胸部說。袒胸露乳的禮服露出幾乎像股溝般的事業線，小姐把胸部擠上去說：「裡面裝了熱呼呼的矽膠啦。」

「老師，說什麼脂肪太粗俗了啦。您在小說裡對女性的描寫明明那麼細膩不是嗎？由衣內心其實一定正在哭泣。」

坐在稍遠處的媽媽桑像要展現存在感似地插進來說。

「有容『奶』大，不管內心再怎麼大哭，淚水也不會滿出來的。對吧？速水？」

「是啊，而且由衣的豐胸是天然的吧？有一種矽膠沒有的柔軟。」速水應話。

「就會說大話，你又沒摸過。」

「這可說不準喔？」

「你這個下流胚子。」

這裡是二階堂經常光顧的銀座高級俱樂部。由衣在二階堂的岩石杯裡放入冰塊，補上軒尼詩的XO。水晶燈的光線眩目地遍照整個室內，其他桌子也傳來男人的笑聲。酒店生意愈來愈難做的說法已經流傳許久了，但生意火紅的地方還是有客人，儘管並非週末，可容納五十人的寬闊店內卻座無虛席。

「不要為了我吵架～那首歌是這樣嗎？」

至多才二十出頭的由衣提起河合奈保子（註10）的歌，逗笑歐吉桑。其他還有三名年輕小姐坐檯，但不管是應酬話術還是外貌身材，由衣都鶴立雞群。速水最近沒機會和二階堂一起喝酒，不過這位龍頭作家好像特別中意由衣，經常指名她。

「那，速水，這奶子咱們就一人一顆吧。」

「速水不才，長年來一直疑惑為何女人的奶子會有兩顆，但今日似乎總算茅塞頓開了。」

現場一陣爆笑，二階堂也開心地笑了。他一臉愉快地把一塊哈蜜瓜放入口中，速水見狀，向媽媽桑使眼色。

「不好意思，我去拿老師喜歡的『那個』過來，恕我失陪一下。」

媽媽桑對四位小姐說「過來幫忙」。她們各別向二階堂和速水告罪，暫時離席。偌大的桌子一眨眼便陷入冷清。

「唔，年輕小姐也不錯，不過還是媽媽桑最讚。」二階堂說。

「年紀應該比我大上許多，卻完全感覺不出來呢。」

「不過確實是老了。因為『那個』我可是吃了二十年以上呢。」

所謂「那個」，是媽媽桑親手烹調的燉牛筋。牛筋與白蘿蔔和蒟蒻一起燉煮，雖然簡單，但滋味確實沒話說。速水也一起沾光品嚐過幾回。

註10：河合奈保子（一九六三～），日本八〇年代走紅的偶像歌手。

「不過好久沒喝得這麼痛快了。」

「要是可以讓我們出版社的幹部聽到這話，我應該可以更飛黃騰達一些。」

「什麼話？想都不必想，你絕對是幹部候補。我在這個業界混了這麼久，說的話準沒錯，放心吧。」

速水調了杯軒尼詩兌冰，放在杯墊上。

「不過你又不是我的責編，請我喝這麼貴的酒，到時候有辦法請款嗎？要不然我請客也行喔。」

二階堂體諒編輯說，但速水清楚他壓根兒就沒有要請客的意思。

「謝謝老師。不過要是讓老師破費，那可是薰風社的恥辱，萬一真的沒錢，速水輝也會去ATM提自己的存款的。」

「哎唷，這話比起動聽，怎麼聽起來更像恐嚇？」

「沒有的事！再說，招待的對象是二階堂大作老師，請多少款我們公司都會照付的。」

這年頭，交際費最好視為「餐費」。幾年前都還有辦法請款的夜店經費，現在已經成了神話，有辦法呈給上司請款的收據，數字得少了一個零。吃完飯後上酒吧喝個一兩杯是基本，再去續第三、第四攤已很難得。更別說小姐個個頂尖的高級俱樂部，對年輕作家來說，完全是故事裡的世界。

當然，就如同行銷費會隨著作家的基本銷量決定，交際費也有等級之分。但出版社捉襟見肘的現狀並非誇張，速水現在處在「不能空手而歸」的沉重壓力中喝著軒尼詩。

「噯，好吧。要是相澤他們小里小氣，你再來跟我告狀。」

「呃，我們編輯局長手段比我高竿太多了……」

二階堂與相澤都在這個業界待了很久，彼此認識，但兩人意外地波長不合。速水認為應該是一種同類相斥。

二階堂含了口軒尼詩，改變話題說：「又有書店關掉了。」

不管變得再怎麼出名，二階堂都會去書店看自己的書如何被陳列，這件事很有名。

「府上附近的書店嗎？」

「沒錯。十年以前，走得到的範圍內就有四家，現在就只剩下一家了。」

剩下的一家似乎是全國連鎖的大書店。書店的數目與巔峰時期相比，減少了約四成。但賣場面積本身卻不見縮小，所以也可以視為是逐漸大型連鎖化。

「新書書店倒了，站前卻開了家二手書店，真教人沒轍。」

二手書即使賣出，作家和出版社也拿不到版稅，因此大量收購話題新書，再廉價出售的二手書店，對出版業來說是個威脅。

「圖書館也是，教人心情複雜。之前在座談會上，一個自稱我粉絲的小姐居然說：『老師的書很搶手，所以我都借不到。』我真是懷疑她瘋了嗎？」

「最近的圖書館很大方，從暢銷書到文庫本，什麼書都進嘛。對我們出版社來說，圖書館借出去的書本身算是銷量的一部分……」

二階堂說心情複雜的點，就在於這裡。對暢銷作家來說，圖書館的藏書愈充實，對他們就愈不利，但對於非暢銷作家而言，圖書館的購書量對初版數字的影響相當大。從支持後勢可期的作家的角度來看，圖書館值得感激，但現況令人沒辦法無條件地開心。從幾年前開始，公立圖書館的書籍借出數量，就一直持續超過銷售量。

「借書的人比買書的人還要多，然後現在又要推數位圖書館？開玩笑也要有個限度！」

二階堂一臉不滿地拂開白色的瀏海。

數位圖書館由於可以借閱的書籍數量還有限，因此尚未普及，但部分大型出版社和書店表現出配合的態度。

「聽說有些情況，借書的冊數達到標準，就能分到著作權使用費……」

「靠著那點蠅頭小利，有辦法過活嗎？待在家裡就可以免費或近乎免費地借到書，還有誰要花錢買書？」

由於網路和智慧型手機的普及，能夠免費或以低廉的價格打發時間的娛樂俯拾皆是。人們的金錢觀已經改變，再加上二手書店和圖書館到處都是，出版社和作家逐漸被逼入絕境。

「最近聽到的淨是些令人沮喪的消息。」二階堂說。

「作家和編輯碰面，怎麼樣都會聊到那上頭呢。」

「別說了別說了，心都要發霉了。這種時候最好想女人。剛才的由衣，你覺得怎麼樣？那對奶子真不是蓋的吧？」

「我也好久沒給老師作陪了，不過看到老師的鷹眼健在，真令人歡欣鼓舞。」

「去你的『歡欣鼓舞』，這麼油腔滑調的。你該不會拿那『健在』當藉口，要拜託我什麼事吧？」

二階堂斜眼朝速水瞟來。

「不愧是老師，明察秋毫。其實，我知道老師非常忙碌，但還是希望能向老師邀稿……」

「看吧，我就知道。把我帶來有我中意的小姐的店，你根本摸透我的弱點了嘛。」

「我是沒想過什麼弱點，只是陪著二階堂老師一起前來您的主戰場而已。」

「在國外，這叫桃色陷阱吧？」

「老師，不是的，這在日本一樣叫桃色陷阱。」

二階堂愉快地大笑：

「今天我才摸到大腿而已呢，有那麼十惡不赦嗎？這圈子的市場規模也變得真小。那，你比任何人都更清楚我的行程，卻跑來委託我工作，是有什麼內情嗎？說來聽聽吧。」

「其實，《三位一體》被逼到窮途末路了。」

速水眼珠子往上看，觀察反應，但二階堂喝著杯中物，沒有特別驚訝的樣子。

「還有，今年春天《小說薰風》要廢刊了。」

「《薰風》要廢刊了？」

二階堂瞪也似地看向速水。

「已經決定了嗎？」

「是的。以前《薰風》也曾多次承蒙老師賜稿，真的很遺憾。」

「這對業界來說，也是個相當大的打擊吶。還有一堆還沒打上『完』的連載作品吧？那些作品要怎麼辦？」

「基本上應該會收錄在出版的書裡。」

二階堂不悅地把杯子放到杯墊上：

「結果又回到令人沮喪的話題上頭了。」

「很抱歉。可是如果連《三位一體》都廢刊了，各位老師發表作品的園地又會消失掉一個，這也是事實。」

「特地在文化雜誌放入小說連載欄位，你功不可沒。而且銷量比文學雜誌好上太多了。從其他雜誌沒有追隨《三位一體》的做法來看，或許確實就像你說的那樣。」

「我想提出一個不情之請，希望老師可以開始寫之前說的『那部作品』……」

「『那部作品』……？」

「雖然不是學這裡的媽媽桑，但我想這段期間，那部作品應該也燉得差不多了……？」

七年前，速水在文藝部擔任二階堂的責編時，聽他提過一部諜報小說的構想。那是一部捲入外國諜報機關、格局宏大的近未來小說。二階堂對這個構想有著相當大的熱情，聽著聽著，速水確信一定能成為一部大作。不只是劇情發展精妙，登場人物具深度的背景，以及一個國家跌落經濟大國地位的悲哀等等，厚厚的一疊企劃書裡，處處都能看到嚴肅思考的痕跡。

遇到無論如何都想出版問世的作品，對編輯來說是無上的歡喜。速水判斷這是「關鍵大作」，迅速著手安排。但是當時的二階堂尚未二度走紅，找不到長期連載的刊物，而且出版社很有可能無法提供出國採訪的費用。速水擔心輕率推動會招致失敗，只能飲恨擱置這份企劃。

「唔，你的熱情，我很瞭解。」

二階堂拿起速水空掉的岩石杯，放入冰塊，然後斟入軒尼詩，用力遞到他面前。速水察覺這是作家的心意表示，惶恐地接過杯子。

「坦白說，那次你們出版社拒絕我的稿子，我真是氣炸了。心想這些人看我日落西山了，就翻臉不認人！不過仔細想想，我打從一開始就活在這樣的世界。」

「那個時候對老師真的非常抱歉。」

「不，那個時候你有多拚，我看得最清楚。我讀著你定期送來的資料和信件，真的很感動。收到那些東西，我熱血沸騰，覺得這個編輯跟我一樣，是認真的。」

這七年來，速水不斷地尋找或許能為作品派上用場的各種資料，寄給二階堂。即使不再擔任責編，調去《三位一體》擔任總編，速水仍一直盡心盡力。他一直擔心二階堂跑去別的出版社寫這部作品，現在發現自己的心意對方都瞭解，欣慰極了。

「不過現在的話，應該拿得到出國採訪的費用了吧？」

二階堂打趣道，速水開朗地笑道：

「不過我們公司也真是傻，現在日幣貶得可嚴重了。」

「說到諜報，當然少不了英國。還有美國、以色列……」

「請老師手下留情。」

二階堂露出調皮的眼神，身子前屈，拍了一下速水的肩膀：

「沒辦法，只好跟你共生死了。」

「謝謝老師！老師願意寫是吧！」

「嗯，我說到做到。」

速水實在太高興了，幾乎要當場跳起來。當時傾注熱情、原本差點就要放棄的小說，現在又重回自己的手中了。他從沒想過居然會以《三位一體》總編的身分得到它，但由於先前花了那麼多心血，歡喜更是加倍。

「第一回什麼時候給你？」

「愈快愈好……」

「好吧。狀況特殊，我會調整一下工作。等我整理好企劃書和採訪預定地點，再麻煩你安排了。」

「好的。」

二階堂的寫作速度很快。每一回的稿量設定得多一些，盡快集結成書出版。這也是為了和惠拿到的女星永島咲的連載相配合。小說部分，目前的陣容再堅強不過。接下來漫畫和散文也必須盡快改善。只要拿出高品質的內容，公司也沒辦法任意裁掉《三位一體》了。

來到這家俱樂部之前，速水壓力大到胃都痛了，但成功地從大忙人二階堂那裡拿到稿子，讓他的心射進了一道陽光。

「我跟你實在有緣。那個時候也受你關照不少。」二階堂說。

回頭想想，陪著二階堂跟小三去旅行、協助他掩飾外遇，也不只一兩回了。

「往後還請老師多多關照。」

速水深深行禮，二階堂把花生米丟進大嘴裡。

「對了，你們那邊好像要裁掉兩百個吧？」

「什麼？」

速水盯住說得輕描淡寫的二階堂。

「你沒聽說？」

「意思是……裁員嗎？」

「沒錯。春季的時候要進行組織改組吧？接下來可能會有什麼宣布。」

「我完全沒聽說……」

見速水啞然失聲，二階堂似乎很滿意。

「你對組織還不夠瞭解吶。公司要裁掉雜誌等一堆不賺錢的部門不是嗎？這樣一來，員工當然就太多啦。」

速水重新認識到為何這名作家能夠長年在第一線活躍。二階堂從年輕時便長袖善舞，即使在失意的時候，中元年節仍不忘送禮，也不忘帶著認為有才華的文壇後輩上酒家吃飯。他就是像這樣打聽到最新鮮的資訊，總是能先發制人。

「好了，媽媽桑的『那個』應該好了吧？」

二階堂對坐在遠處桌位的媽媽桑打信號，又丟了顆花生米到嘴裡。

4

夕陽曬得人心浮氣躁，速水拉下百葉窗。

看看電子辭典的畫面，目光再次回到正在讀的書。拿起從飲料吧拿來的杯子，含了口咖啡。能夠不受任何人打擾的閱讀時光，無比奢侈。進了公司，有了家庭之後，更是格外這麼感覺。

速水讀到一個段落，闔上書本，和電子辭典一起收進皮包。時間有些不上不下，距離晚餐尚早，公司附近的這家家庭餐廳空空蕩蕩。就在這時，西村和喜恰好進店裡來了。他發現窗邊的速水，露出十足業務員的笑容，行了個禮。

兩人點了炸薯條配飲料吧，聊了一陣前些日子公司一些同仁自己辦的高爾夫球賽。

「上次晚上又讓你請客了。」

「哪裡，每次都請你吃大眾居酒屋，真不好意思。不過說真的，總共五個人，每個都超過一一〇桿，實在可悲吶。」

「我好幾次都要挫折了。」

「大家沖過澡後，才總算提起精神來嘛。」

後進西村和速水一樣是後來才進入出版業的，兩人性情投合，每隔三、四個月，就會一起去打高爾夫球。西村現在是業務部的企劃負責人。

他主要的工作是和責編討論出版書籍的印量，整理書店的訂單數字，製作配書清單，然後把將這份清單交給連絡出版社與書店之間的「經銷」。

其中編輯和業務決定印量的會議叫「訂數字」。編輯想要印更多本，但業務的職責是壓低數目，避免赤字。雙方南轅北轍的立場，就宛如檢察官與律師。編輯為作家辯護，業務則是累積以前的銷售數字和宣傳費用等證據。對速水來說，那就像是從故事世界被拉回現實的瞬間。

「其實我有件事想拜託你。」速水說。

「我就這麼猜。」

「上個月發售的《往後》，數字怎麼樣？」

《往後》是在《三位一體》連載的連作短篇小說，描寫六名不同世代的男女在留學的國家住在同一個屋簷下，對共同經驗到的「外國」不知所措、四處奔走，並從中成長的故事。

「雖然表現不錯，不過短篇作品和長篇比起來，本來就比較不利……」

「確實如此。不過每個登場人物的個性描寫都相當到位，幽默的筆法也相當出眾。」

「說的沒錯，它確實是一部讓人想要力推的小說，不過後續的新書也已經要推出了。」

「我覺得如果有辦法拉它一把，這是最後一次機會了。增刷很困難吧？」

「嗯，沒有能增刷的要素。」

決定增刷的主要因素，首先是實銷率要夠高。其次是如果被電視或發行量大的全國性報紙介紹，在媒體的曝光增加，也容易增刷。

「如果改編影視的話呢？」

「咦？有什麼眉目嗎？」

速水吃了一根薯條說「也不是沒有」。

「我正準備去見電視台的人。為了說服對方，一次就好，希望它能是增刷的狀態。」

西村困惑地蹙起眉頭：

「你的動作之快還有人脈，總是令人佩服不已……不過，沒辦法先決定改編嗎？」

「為了成功讓它改編影視，這是必要的工程。如果是糟糕到不行的作品，我也不會為它耗費這麼多心思。」

速水也清楚這是在強人所難。但看到《小說薰風》倒下，他想要盡其所能。公司是來真的。

「拜託你了。不管是先改編影視還是先增刷，只要最後能吃進肚子裡，都是一樣的。」

「可是實銷數字有點……」

看到西村沒轍的樣子，速水「嘿」地笑出聲來。

「有什麼好笑的？」

「沒有……只是覺得如果立場相反，我一定會覺得很為難。」

「你那是什麼事不關己的口氣？論心情，我也是想要答應啊。可是……」

見西村嘆氣，速水低低地說：

「我們好像要裁掉兩百人。」

「咦！裁員嗎？」

西村驚訝地仰起身體。速水又捏了根薯條點點頭。

「對象是四十歲以上的員工，好像會在秋天進行。」

速水從二階堂那裡聽到裁員的消息後，立刻打電話給相澤。意外的是，相澤似乎也不知道這項重要情報，隔天連絡速水回覆說「裁員對象是不惑之年以上，好像要在秋天進行」。『再拜託你啦。』聽到相澤那黏膩的聲音，速水的心情一陣複雜，但決定現在暫時忘掉。

「我和你都在裁員範圍內嗎？總覺得目的漸漸變成了保住公司，幾乎讓人窒息呢。」西村說。

「既然覺得窒息，就爽快地放手一搏吧，西村。」

「啊，結果又回到這上頭？」

「為我倆的友誼乾杯。」

速水舉起咖啡杯，西村拿他沒辦法地點點頭：

「好吧，算我敗給你了。我會支持你，但數字沒辦法太多。」

這下就得到下次「訂數字」會議時的重大後盾了。

「我欠你一回！」

速水用提供人事情報做為強勢疏通的代價，順帶抓起了桌上的結帳單。

這天晚上的夜風有些寒冷。

六張榻榻米大的和室被天然氣暖爐溫暖了，但腳部冷颼颼的。雖然有壁龕，但沒有窗戶，橘色的燈泡光線近乎寂寥。速水和惠一起背對紙門坐著，不知如何排遣身處的寂靜。

「好久沒吃壽喜燒了。」惠說。

「今天我要到了大筆預算。」速水應道。

男人的話聲與磨擦地板的腳步聲靠近，年輕女人的聲音響起：『打擾了。』同時紙門打開來。

「讓你們久等了。」

兩名男子約好似地齊聲說道，走進包廂。速水和惠站起來，寒暄說：「謝謝兩位百忙之中賞光前來……」

「速水先生，這太客氣了。」福永義久說，不願坐在上座，但速水立刻開玩笑說：「我這人要背對紙門坐才安心。」順利地讓客人坐下。

「這位是杉山。」

福永介紹旁邊高瘦的男子。男子五官深邃，表情雖然笑著，神情卻十分精明。四人交換名片坐下，點了瓶裝啤酒。

兩人是民營電視台的員工。福永現在隸屬的節目宣傳部，顧名思義，是向媒體委託節目宣傳的部門。速水從福永還在製作局的電視劇部門時就有往來，今天拜託他做仲介人。

舉杯乾杯後，四人吃著薑絲燉牛肉小菜，主要是認識的兩人在對話。

「我跟速水先生，已經是幾年的交情啦？」

「那時候我在文藝部，所以大概十年了吧？是《流盡》那時候認識的嘛。」

「啊，《流盡》，真懷念。那是福永擔任導演的是嗎？」

杉山露出遙望的眼神說，據說與他同期的福永笑道：「我拍的只有最中間那一集而已啦。」

他們的電視台曾經把速水擔任責編的作品拍成電視劇。

剛才的女店員端來壽喜燒的食材道具，煎了散布著漂亮油花的大片牛肉，打散生雞蛋，分至各人的餐盤裡。四人對美味的肉片讚不絕口，店員默默地準備好火鍋，說明醬汁後，退出包廂。

眾人熱烈地聊了一陣彼此知道的演藝圈八卦，以及一路投身電視劇製作的杉山拍過的電視劇。就像平常那樣，惠抛出要求，速水連續模仿，也引得座上賓哈哈大笑。

「哎呀，速水先生，你真是太厲害了。從錢形警部（註11）、裴勇浚（註12）到田中真紀子（註13）你都能模仿，簡直太神了！」

杉山似乎被戳中笑點，捧腹大笑。

「最後還不忘搬出鈴木宗男(註14)，佩服佩服。」

應該已經看過許多次的福永也笑得滲出眼淚。

席面平靜下來後，福永巧妙地拋出話題。他現在的工作，與媒體的關係也十分重要。尤其《三位一體》發行數量大，雜誌本身具有品牌力。

惠拿出兩本《往後》，與簡報資料一起遞給坐在前面的兩名男子。資料上除了必要的劇情簡介外，還附上「為什麼這部小說適合拍成影視作品」、「為什麼現在需要這樣的故事」的分析。

「這部作品從連載到成書，都是我負責的，我認為這是一部很棒的傑作。」

惠依照資料提要說明，對作者的實力打包票。

「哦？從留學切入嗎？」

註11：錢形警部為動漫畫《魯邦三世》的主要角色之一，怪盜魯邦的宿敵。亦有單獨以他為主角的電視劇作品。

註12：裴勇浚（一九七二～），韓國影星。以《冬季戀歌》電視劇走紅亞洲，被影迷暱稱為勇樣。

註13：田中真紀子（一九四四～）日本政治家，父親為前總理大臣田中角榮。曾任眾議院議員、科學技術廳長官、外務大臣、文部科大學臣等。

註14：鈴木宗男（一九四八～）日本政治家，曾任眾議院議員。後來因貪污判刑確定而下台。擔任眾議員的鈴木宗男與當時為外務大臣的田中真紀子曾為了日本NGO組織參加阿富汗重建會議的問題而彼此槓上。

速水對看著提要的杉山說「資料上有也提到」，在一旁敲邊鼓：

「心理描寫很巧妙，對話也很生動。年齡層雖然不同，但住在同一個屋簷下，還是會意識到彼此的性別。六人當中誕生出一對意外的情侶，這樣的發展也是它的賣點之一。」

「要結合六個人的個性，一定很困難。」

「個別的故事絕妙地連繫在一起，在最後的慶典場面迎接大結局，不過最令人折服的是，作者為每個角色都準備了各自的『往後』。」

「這種角色個性突出的故事很不錯呢。冒昧請教一下，這本書賣了多少？」

「數字還沒有出來，但我們出版社對它有很大的期待，已經預定增刷了。」

速水察覺隔壁的惠吸了一口氣。速水刻意沒有告訴她。

「既然速水先生推薦，或許這部作品滿不錯的。《流盡》當時的收視數字也不錯。」

福永也在一旁幫腔。

「啊，對了，杉山先生是二階堂大作的書迷對吧？」

「對，我在唸書的時候讀到他的《聖之水》，後來就一直是他的書迷。」

「這個，如果您不嫌棄……」

速水從皮包裡取出《聖之水》，翻開書頁。

「咦，真的嗎！」

書上寫上「致杉山龍也先生」，以及簡短的文字「我的作品也很上鏡頭喔」，然後是二階堂的簽名。

「這太令人開心了！」

「二階堂老師預定要為我們雜誌寫小說，是一部相當值得期待的作品。」

「你居然邀得到老師的稿。」

惠立刻上身往前探說：

「春天開始，我們雜誌還預定要刊登永島咲的連載小說。」

小說翻拍成影視作品的企劃案，有九成以上都會石沉大海。即使近乎貪婪地賣力推銷也不嫌過火。

「兩位好熱烈喔。」

杉山的眼中透露出好奇，速水見狀，壓低了聲音說：

「不過，被這樣熱烈追求……」

「我也不覺得討厭啦。」

「『哎呀，你看看你，那什麼邪惡的表情。』」速水模仿說。

「田中議員出現了！」

讓座上賓酒足飯飽，盡情歡笑了一陣之後，速水遞出伴手禮的玉露茶葉。坐上店家叫來的計程車時，兩名電視台人員眉開眼笑。

精神上的疲憊，讓速水和惠同時嘆了一口氣。

「啊，順利成功了。」

「速水總編太高招了，無懈可擊。」

招待成功的解放感催化下，兩人在接下來去的酒吧也談得很盡興。惠惡狠狠地訴苦，醉意上來後，還對著空中揮舞拳頭：「我要揍死篠田那傢伙！」兩人心情太好喝過頭，錯過末班電車，搭計程車回家。

速水把睡著了一半的惠推進後車座，坐到旁邊，告訴司機她家的方向。惠看起來不太舒服，因此兩人在車子裡沒有對話。

抵達惠的公寓後，速水付了錢，把她拉下車，攙扶她往前走，借了鑰匙，解除大門自動鎖。搭電梯來到五樓後，惠的腳步突然紮實起來。她打開住處的玄關門，回頭說：

「色老頭。」

速水應道「色姑娘」，惠笑著拉扯他的手。

速水自己也弄不清楚他和惠的關係。第一次和惠發生關係，是一年半以前的事。後來他來過這裡五、六回了。兩人不能說是在交往。他們不曾在外頭碰面，也不會私下互傳ＬＩＮＥ。速水連惠有沒有男朋友都不知道。唯一確定的是，兩人只有在彼此喝醉的時候才會幽會。

惠住的是小套房，房間很髒亂。雜誌和書丟得到處都是，鋪在地上沒收的瑜伽墊上放著喝到一半的保特瓶飲料和西洋音樂ＣＤ。速水心想惠應該不會讓心上人看到這麼髒亂的房間，覺得有些落寞，但相反地也感到輕鬆。

速水扶著桌子盤腿坐下，惠催他：「快點去沖澡啦。」

「至少給我一杯熱茶吧。」

「我是在跟哪來的老頭子說話嗎？速水總編也不好待到早上再回去吧？」

「可是喏，也得營造一下氣氛啊。像是開個香氛……」

「我先去洗澡了。」

惠大步消失到浴室裡了。速水在瞥見的穿衣鏡裡看見自己邋遢的笑容，正襟危坐起來。因為無所事事，他拿起手機，但看到在待機畫面中歡笑的女兒照片，總覺得尷尬，立刻又收進皮包裡。

惠裹著一條浴巾出來了。看到她裸露的鎖骨上沾著水滴，速水笑了：

「不好好擦乾，會感冒的。」

惠羞赧地笑，坐到床上，嫵媚地交疊起纖細的腳。

「只有空調還是有點冷呢。」

惠說，鑽進被窩裡了。

速水沖完澡出來時，房間已是一片黑暗。速水脫光衣服，一把掀起蓋被，騎到惠身上。

「謝謝你讓它增刷。」

「嗯，實際上那也是一部很棒的作品。我才要為上次的事道謝。」

速水暗示前些日子的編輯部會議。業績要求的事，他事前通知過惠了。他並沒有要求惠支持，但她機靈地為速水說話。

「啊，跟『颱風』的公關吃飯的事，我已經談好了。」

「颱風」是日本最大的入口網站，以搜尋引擎為主軸，事業擴及拍賣、購物、電子信箱等三十多種業務。「颱風新聞」每個月有超過一百五十億的瀏覽量，是影響力非比尋常的怪獸級大眾傳媒。

「太棒了。」

「你是不是把我當成方便的女人？」

「是啊。不過我也是個很方便的男人。」

「我很習慣有婦之夫了。」

速水也隱約這麼感覺，但什麼也沒說。他沒有答腔，而是掀開浴巾，讓惠變得赤裸。

「男人的嫉妒很難看對吧？看到男人嫉妒，我就會冷掉。」

雖然不知道惠經歷過什麼，但速水沒有回答，開始愛撫。惠不時發出嘆息，繼續說下去：

「欸，你說點什麼嘛。我就喜歡對話。像是興奮的聲音，或是粗魯的話……有時候不是會忍不住冒出家鄉話來嗎？我就喜歡那種的……」

惠自己說著，愈來愈興奮，速水把這樣的她與她平時工作的樣子重疊在一起，兩者之間的扭曲令他有股奇妙的安心。

「妳是不是有病？」

速水故意冷淡地說，惠緊緊地纏抱上來。激烈的接吻後，她在耳邊細語：

「我不想變成中西那樣。」

速水按住惠的雙手笑道：

「如果我也跟中西上床，妳會生氣嗎？」

「一點都不會。不過，這絕對不可能。」

「怎麼說？」

「你才不會把時間浪費在中西身上呢。」

「什麼事都逃不過妳的法眼，是嗎？」

「沒錯。你的事，我瞭若指掌。」

射過一回後，速水就像學生時代那樣，立刻要求第二次。他狂暴地律動著身體，不知道是什麼驅策著他。兩人汗水淋漓，無比地滿足。

「我去沖個澡。」

惠好像不喜歡完事後小睡一下。這讓必須回家的速水感到慶幸。

看看手機，三點多了。

妻子沒有連絡。

5

當上主管職後，讓速水最有切身體會的是必須出席的會議增加了。

每星期一次的會議有兩場，每個月一次的會議有五場。二月從每個月舉行一次的「企劃會議」展開。這是編輯為了編書，向業務部和行銷部等內部人員公開資料的會議。編輯局也有局長相澤參加，雜誌和書籍的各部長也會出席，人數多達二十名以上。

這天要做簡報的編輯有六名。各人說明作家的現況、書籍內容、大致上的頁數、預定出版的時期等等，並提出預估經費。小說四本，散文兩本。小說是青春娛樂小說和不起眼的警探系列，散文是收納系與心理學家分析身邊麻煩精的作品。

各編輯都賣力推銷，但都是似曾相識的題材，缺乏話題性，但也不太可能大手筆地進行跨媒體行銷。被業務部要求以具體數字說明成功的根據，再看到宣傳部人員不起勁的表情，編輯也重新正視現實，有人減少印量，有人乾脆撤回企劃案。

五年前也在吵出版業不景氣，但現在想想，當時比現在更有餘裕多了。初版印量雖然每況愈下，但出版本身還沒有問題，也夢想著或許能靠著電子書殺出一條生路。然而現在卻發現衰退沒有止境，拿到文學新人賞的新人，再也沒有第二本作品就這樣消失的例子比比皆是。

《小說薰風》廢刊造成的損失還是太大了。薰風社剩下的小說連載，週刊和月刊加起來應該也只有幾部而已。其餘的則是沒有稿費的書籍稿件，除非交情夠深，或是有什麼大型企劃，否則搶不到當紅作家的稿子。但話又說回來，小說和雜誌不可能恢復網路出現以前的存在感，不斷製造虧損的文學雜誌將會被掃到角落，也是昭然若揭的事實。

「怎麼愈說愈鬱悶了？」

坐在上座的相澤皺起黑肉底臉上的眉毛說。

「我們公司沒問題嗎？」

發言的文藝部長臉上掛著笑，但聲音半是嚴肅。

「我應該是沒問題，但你們可能拿不到退休金囉。」

相澤的話引來輕微的笑聲，但這類玩笑，出版業界的人早就聽膩了。

「速水，二階堂老師的那份連載，真的拿得到嗎？」

速水坐著用指頭比出「ＯＫ」的手勢。這對局長大人過度輕佻的回應，讓氣氛明亮起來。

「是什麼內容？」

「或許可以形容為『日本版００７誕生』吧。」

「這麼有自信？如果是真的，能變成系列作品的話，咱們就穩如泰山了。」

「是的。這種事最重要的就是一開始打出盛大的煙火。『這部分』就拜託囉！」

速水把將才的「ＯＫ」手勢換成錢的手勢，伸向業務與宣傳負責人。各處響起笑聲，眾人的目光集中在任意做起簡報來的速水身上。

「聽說好像需要出國採訪？」

相澤問道，速水戲謔地噘起嘴唇：

「這可是００７呢，總不能整部片都在巢鴨（註15）取景吧？」

「巢鴨的諜報小說，這不是史無前例嗎？」

「是因為沒有需要吧。而且巢鴨哪來的諜報員啊？」

「就算現在沒有，往後可是超高齡化社會啊。」

「在醫院候診室刺探健康情報有什麼好玩的？而且要炸掉巢鴨的哪裡、開槍射誰啊？」

搞笑的對話讓氣氛變得愉快許多，相澤抓緊機會，就此宣布散會。

速水盤算著下午的預定，回到《三位一體》編輯部。在辦公桌檢查電郵時，發現收件匣有新手作家高杉裕也的來信。主旨是「關於小說薰風」，讓他有了不妙的預感。八成是聽到廢刊的消息了。

據說來自連載中作家的抗議聲浪愈來愈大。《小說薰風》歷史悠久，但這次停刊實在太倉促了。

不出所料，高杉是來信確認廢刊消息的。高杉出道文壇三年，出了兩本書，原本預定今年夏天開始在《小說薰風》進行第一次連載。但是在小說出版的圈子裡，基本上都是口頭約定。責編忙著解決眼前的急務，忘了沒有實績的年輕作家吧。

——雖然應該要向責編確認，但我臉皮太薄（一方面也是害怕得知事實），所以寫信找速水總編討論——

高杉出道時，速水已經調到《三位一體》了，但出於還在文藝部時的習慣，他都會積極連繫認為有潛力的新人。

速水雙手交抱在後腦，嘆了一口氣。有潛力的年輕小說家正面臨生死關頭，自己卻愛莫能助。夢想著要在出版社做小說的年少時代，他根本沒有想過世界居然會變成這副模樣。他以為無

註15：巢鴨在日本素有「婆婆媽媽的原宿」之稱，是許多老人愛去的地方。

論任何時代、不分世代，包包裡放著書本的狀態都是天經地義的。

廢刊的事當面親口向他說明吧。速水再次嘆氣，輸入「找個時間碰個面吧」，附上自己有空的時間後回信。

桌上的手機振動了。螢幕上顯示的是陌生的號碼，區號是市外「03」。速水滑動通話鍵，傳出陌生的中年男子聲音：『啊，請問是速水先生的手機嗎？』聲音聽起來有些不耐，他戒備起來。

男子說出書店的名字，自稱店長，速水以為是《三位一體》出了什麼問題，登時冷汗直淌。

「請問是雜誌有什麼瑕疵嗎？」

『瑕疵？不是，你在說什麼？不是啦。你太太在這裡。』

「內子？」

『速水早紀子對吧？』

既然不是為了工作的事，書店怎麼會打電話來？不，更重要的是，早紀子在書店做什麼？

「內子怎麼……」

『你太太拿了我們的東西。』

「什麼？」

『偷竊啦，你太太偷了店裡的商品。』

速水取消下午的討論行程，搭計程車趕往書店。

他叫自己冷靜下來，但根本做不到。腦中想到的是萬一驚動警察，對女兒會有什麼影響。也必須考慮到鬧得全公司上下皆知的狀況。身為丈夫，他理應先向早紀子確定事實。畢竟也有可能是受了冤枉。

速水到了書店，對收銀台貌似學生的年輕女店員報上姓名，她「啊」了一聲，露出要笑不笑的表情。速水覺得那表情令人反感，但還是乖乖跟著她走。

書店的後場每個地方都大同小異。推車上堆著看上去沉甸甸的紙箱，作業台上雜亂無章地放著POP和包漫畫的塑膠膜。對於常和作家一起逛書店的速水來說，是很熟悉的景象了。

狹窄的房間深處有張辦公桌，一名挺著大肚腩的眼鏡男和早紀子面對面坐著。看到早紀子低垂著頭，看也不看丈夫的模樣，速水拋棄可能是冤枉的樂觀可能性。

「店長，先生來了。」

速水向帶路的店員道謝，她一語不發地離開了。

「真的、真的非常抱歉！」

速水彎腰，深深行禮。

「呃……可以的話，音量請放小一點。」

「很抱歉……」

「先坐吧。」

店長打開折疊椅。辦公桌上放著一本女性雜誌。是早紀子偷的東西吧。但速水平時從來沒有看過她讀這類雜誌。

「我確定一下，太太，妳偷了這本雜誌，對吧？」店長說。

早紀子垂著頭，無力地點點頭。臉頰上有著淚痕，速水猜想她可能哭著請求原諒。

「我真的不知道該怎麼賠罪才好……」

「可以跟您要張名片嗎？」

店長雖然用敬語說話，但態度就像面對部下。速水不想給名片，卻又拒絕不了，遞出了一張。店長看到速水的頭銜，搞笑似地「嗄」了一聲。

「太令人吃驚了。薰風社？而且是《三位一體》？我每個月都會讀耶。」

「謝謝。」

因為也不是笑的場合，速水維持僵硬的表情道謝。

「特輯很有意思呢。也有漫畫連載。哎呀，速水先生，你也算是個小有名氣的人物嘛。」

「不，哪裡的話。」

「太太也是，何必特地去偷別家出版社的雜誌呢？啊，因為是別家的，所以才用偷的嗎？」

店長似乎很享受這個狀況。

「不過幸好先生是個正常人。」

早紀子的太陽穴跳動了一下。她不爽了。妳有資格生氣嗎？速水冷冷地看著千金小姐出身的妻子。

「那，報警的事，要怎麼辦？」

看到店長老神在在的態度，想到必須對這種人低頭道歉，速水感到萬分忸怩，但也只有這條路了。萬一店方報警，事情有可能傳到公司。

「內子給貴寶號添了麻煩，我真的感到萬分抱歉，如果可以的話……我希望這件事可以私下和解。」

速水知道自己的聲音語帶懇求。也許是有了相同的感受，早紀子用手帕按著眼睛，靜靜地啜泣起來。速水看到她頸脖的筋異樣地明顯，發現她瘦了。

「喂，你們不要圍在那裡！」

辦公室門口站著剛才的女店員和年紀相仿的年輕男店員。男店員的手插在書店圍裙口袋裡，道歉說「對不起」，旁邊的女店員笑了。

速水用力握緊膝上的拳頭，平息憤怒。他無法阻止他們用ＬＩＮＥ向朋友宣傳這件事，或是在推特上張揚偷書賊的事。

「嗳，太太看起來也反省了，這次就放她一馬好了。」

速水鬆了一口氣。他本來以為店長會更窮追猛打，但店長應該也有自己的事要忙。

「先生也要好好教育一下太太啊。你也不想要自己做的雜誌被人家偷走吧？」

「教育」這兩個字讓早紀子的太陽穴再次抽動。店長可能是氣消了，讓他們以買下雜誌的形式和解，從後門放他們離開。速水也不想再曝露在那些年輕店員好奇的眼光下。

「對不起。」

來到停車場後，早紀子用幾乎聽不見的聲音道歉說。

「要不要吃點什麼甜的再回去？」

「謝謝。可是我頭有點痛……」

速水攔下計程車，先讓早紀子上車，接著自己也上了車，中間自然拉出了距離。速水心想如果握住她的手，或許可以讓她放心，手卻無論如何都伸不出去。

「太陽一躲起來，就變得好冷呢。」

幸好司機很健談。速水和他聊著天氣和景氣，填補寂靜的空白。

早紀子一臉疲倦地望著窗外流過的景色。那家書店距離自家有三站遠，是有三家店面的連鎖店，賣場面積算不上大，早紀子應該不是常客。她是特地搭電車去的嗎？是從一開始就打算要偷，還是一時鬼迷心竅？

或許她去書店是有別的事。會不會是在外頭有男人?然而比起嫉妒,他第一個想到的是女兒的臉。

速水想要從死氣沉沉的妻子轉開目光。不,實際上或許他從更早以前就不再看著妻子了。他清楚自己沒有資格高高在上地教訓什麼。

女兒還小的時候,家裡有時候還是需要他幫忙帶孩子。但隨著美紀成長,速水漸漸從家庭被解放了。他忙著處理眼前的工作,短暫的假日頂多只能拿來陪陪美紀,毫無「妻子的人生」插入的餘地。

到家以後,早紀子立刻吃了頭痛藥。主臥室有兩張床,但現在都是妻子的了。晚上的時間,速水幾乎都在自己的房間鋪床度過。兩張床裡面,沒人睡的那張只鋪了床單,看了備感淒涼。

早紀子也不換睡衣,穿著身上的毛衣和棉褲就鑽進有蓋被和毯子的床上。速水在妻子旁邊跪下膝來問:「妳還好吧?」早紀子默默地點頭。

兩人都已經四十五左右了。在大學相識時,彼此都是十九歲。仔細想想,認識她以後的人生還要更長。

在同一個社團時,雖然不到迷戀的程度,但速水對早紀子私心愛慕。那個時候的她更天真無邪、更美麗、更充滿自信。對速水來說,直到出社會後再次重逢以前,她都是高不可攀的存在。

大學畢業七年,三十歲的時候,早紀子突然打電話給速水。速水既驚訝又開心,但遺憾的是，不是來邀他約會的。

『我讀大學的姪子好像想要應徵出版社。』

速水見了早紀子和她的姪子，詳細介紹業界現況，並滑稽風趣地說明問題點和改善點。然後對面對窄門而不安的年輕人，速水鼓勵也有像他這樣中途轉職的例子，因此不需要無謂地擔心。

和姪子一起咯咯笑的早紀子惹人憐愛。聊天的時候，速水得知她沒有男朋友，內心湧出期待。當時早紀子在軟體開發銷售公司上班，長成了一個符合年紀的成熟女子。隔天速水打電話給早紀子，了無新意地邀她去看電影。

「欸。」

速水回神，發現早紀子眼睛睜著，吃了一驚。

「怎麼了？」

「你會告訴美紀嗎？」

速水不可能告訴女兒她老大不小的母親居然在商店行竊。但是早紀子的眼睛不安地飄移著。那裡面看不到學生時期因年輕而令人不敢逼視的千金小姐影子。速水總算握住妻子的手。

「妳不用擔心。」

早紀子雙眼泛淚，再三點頭。也許她失去自信了。但速水想不到還能再說什麼。

他感到窒息，想要起身，但早紀子用力握住他的手，不讓他走。在彼此對望之中，速水察覺她的心情，不知所措。

她是想要丈夫擁抱她嗎？

她腦中想到的，是逐漸崩壞的自己、家庭，還是夫妻關係？早紀子不安得不得了。在這種狀況，身為丈夫能夠做的，就是填補她的寂寞吧。

然而速水輕輕地解開妻子細瘦的手指。

「我上班到一半離開的……我得走了。」

就在淚水溢出雙眼前一刻，早紀子蒙上被子，就像要遮斷一切。速水聽見嗚咽聲，也想要逃離此地。

為什麼我無法對她溫柔？這麼想的同時，速水自嘲：「為時已晚了。」理由自在他的心裡。

片刻後，速水站了起來。在門前回頭的時候，他差點失聲叫出來。

應該蒙住頭的妻子正看著自己。

淚水乾枯的眼睛，冷得就像冰一樣。

第三章

1

走進編輯局長室時，速水輝也心想「又來了」。

他注意到自己的眉心打成了結，立刻放鬆表情肌。

「抱歉打擾了。」

速水出聲，在辦公桌讀雜誌的相澤德郎抬起頭來。或許是嫌熱，他只穿了件襯衫。

「這雜誌滿有意思的。」

和三個月前在這間辦公室看到的情景一模一樣。相澤手上拿的是另一本《Espresso》。速水走到辦公桌前。

「是旅行的特輯嗎？」

「對。『體驗，喜悅就在其中』，這不是正中潮流嗎？這個『考驗學習成果的旅行』，看了就讓人躍躍欲試。感覺就像遊樂園。」

「好像是編輯找旅行社合作的企劃。」

「好雜誌果然有好編輯。」

相澤抬起眼睛看速水，露出一看就知道是挖苦的笑。有時速水會懷疑起這名編輯局長是不是討厭他？相澤應該是真心想要挖角速水進入所謂的「專務派」，但同時又露骨地分泌出想要騎在別人身上的男性荷爾蒙，讓人看了實在不舒服。

「《三位一體》最近的特輯，少了過去的衝勁吶。」

「很抱歉，我也想要恢復過去的盛況，但受限於人手不足……」

速水暗示職場人數比以前少了兩人，但相澤低頭望向雜誌，就像在說他不想聽藉口。

「那你找我有什麼事？」

今天是速水連絡相澤要求見面，但相澤似乎不準備像平常那樣移動到沙發去。意思是叫他站著報告嗎？

「是關於二階堂老師的連載。」

「噢，採訪經費的事？」

「就沒辦法再多一些嗎？」

二階堂大作目前正在構思預定於《三位一體》連載的諜報小說大綱。主角是警視廳公安部的搜查員，預定他將會與美國的產業技術研究者及俄國諜報人員、英國記者聯手合作，或彼此背叛，展開故事。主角將會前赴各個國家，因此無論如何都必須到當地採訪。但昨天相澤提出的預算上限，少得簡直就像在開玩笑。

「有必要全部的國家都去嗎？」

「是的。我不能叫老師看Ｇｏｏｇｌｅ街景寫小說。」

「為什麼不行？」

相澤恬不知恥地反問，令速水啞然。相澤曾經是週刊記者，應該清楚光是看過現場，詞彙的選項就多了不知道多少倍。這應該就是所謂的「換了位置就換了腦袋」，但相澤苟且的態度，讓速水感到空虛。

「因為我相信二階堂老師的文筆。老師的話，應該能在現場找到某些吸引讀者的細節。」

「上次在蕎麥麵店喝酒時，我也說過這世道愈來愈難混了，就是這麼回事。公司沒辦法為了『應該』、『某些』出錢。」

「只要出書，就能設法改編成影視作品。這部小說能否成功，全看採訪成果了。」

相澤把雜誌放到桌上，雙手在突出的肚子上交握，閉上眼睛好半晌，就像在冥思。

「不過啊，這部小說是不是有點太長了？」

上個月的企劃會議上，速水正式發表了二階堂的新連載，得到上頭的同意。現在才說這什麼話？速水咬牙切齒。簡而言之，相澤腦中只有從預算倒算回來的數字，完全沒有把讀者放在心上。

「但是社會派作品的話，還是需要一定的分量……」

「照這個分量來看，出書的時候會變成上下兩段排版的上下集吧？速水，這年頭上下集是豪賭啊！而且《三位一體》是月刊，等到連載結束，起碼也要三、四年，這麼悠哉，真的沒問題嗎？」

「這……我會把每一回的稿量設定得多一點，盡快集結出書。」

「沒辦法直接出書嗎？」

「這怎麼行！這可是二階堂大作的作品啊！」

一想到自己花了七年才讓這部作品成形，速水無法退讓。

「我的意思是，《三位一體》撐得到三年嗎？」

「但是，女星永島咲的連載也要開始了，由特輯改編的雜誌書和書籍也正在籌備當中……」

「你啊，該不會以為充實雜誌的內容，就可以當成免死金牌了吧？就算有二階堂老師的連載，公司要收掉雜誌的時候，還是會收掉。不管我再怎麼努力，至多就到明年四月。如果在那之前沒法讓《三位一體》轉虧為盈，就是廢刊。都已經決定了。」

被搶先警告，速水完全無可反駁。就像相澤說的，速水盤算只要能拿到大作家的連載，廢刊的事起碼也會等到成書出版後再做決定。事實上，今天他就是來找相澤討論這件事的，但看來他想得太天真了。如果無法延後廢刊期限，需要花時間製作的雜誌內容的再利用，也幾乎沒有意義了。

「還有，那個永島什麼的女星，她的稿費未免太高了吧？我不曉得是不是經紀公司開的價碼，可是居然花那麼大筆錢去買沒用的稿子，這個樣子沒問題嗎？」

永島咲的小說從下個月發售的雜誌開始連載，即使看在文學界老鳥的速水眼中，水準也令人滿意。永島咲的敏銳觀察力令人驚訝，而且她能用自己的文字來描述故事。相澤根本沒有看過稿子，卻認定「沒用」，這樣的老害上司令速水啞口無言，也提不起勁像平常那樣幽默以對。

「噯，別那種表情。你這麼善體人意，一定也能瞭解我內心的艱難吧？」

「是……」

「怎麼，就算是你，這回也沒輒了嗎？雖然話說得難聽，但我也沒那麼壞心眼，只說你幾句就把你給打發走。」

速水表情依舊僵硬，俯視著編輯局長別有深意的臉。

「這個星期五空下來。給你個好消息。」

從公司裡的咖啡廳望出去的櫻花，只留下些許花瓣，已開始被嫩葉所覆蓋。年過三十五左右，速水便會開始期待在燦陽底下生輝的新綠了。往後櫻葉的色彩將一天比一天鮮艷。

速水拿下雙耳的耳機，把寫下許多註記的小冊子和電子辭典收進皮包裡。注意力難以集中，是受到剛才和相澤談到的內容影響。速水坐著伸懶腰，端著放有丼碗和杯子的托盤站起來。

現在是下午兩點半過後，時間不上不下，但咖啡廳的座位坐了八分滿，都是來用較晚的午餐和討論事情的。速水把托盤放到餐具回收處，注意到窗邊座位的男子。他正想找那個人，便從後方走近出聲招呼：

「我說你啊，在公司餐廳裡看A書不對吧？」

藤岡裕樹嚇得驚叫一聲。他手上拿著幾張信紙。

「這哪裡是A書啦！是信！」

自從上次在中華餐館的應酬後，兩人大概三個月沒見了。在計程車中拚命安撫作家霧島哲矢的時候，速水作夢都沒想到《小說薰風》會廢刊。

雜誌將在三月底推出最後一期，為四十五年的歷史畫下句點。聽說因為廢刊決定得太倉促，收到作家大量的抗議。就連不同部門的速水都接到了抗議電話。而藤岡要實際負責收拾善後，他的勞心肯定非同小可。這段期間，兩人雖然有電郵往來，但無法一起去喝酒，聽他訴苦。速水每天忙著讓雜誌脫離赤字，藤岡也被調到領域完全不同的體育雜誌，似乎一下就「神經耗弱」了。

「那，寄給你猥褻信件的是哪位呀？」

「欸，速水先生也都四十四了吧？怎麼發言老像幼稚的國中生？是讀者來信啦。」

「讀者？」速水問，在藤岡對面坐下。

「是《薰風》長年來的忠實讀者。應該是位老先生。」

「怎麼，是老爺爺啊？」

桌上有一只B4尺寸的大型褐色信封袋，裡面塞著一堆信件和明信片。是讀者因為雜誌廢刊而寄來的信吧。

速水從藤岡手中接過信封，看到那流麗的筆跡，倒吞了一口氣。

「怎麼了？」

「沒有……這個人在我還在《薰風》的時候，也寫過信來。」

「這個人？他是匿名寫來的耶。」

「可是他的筆跡很有特色。鋼筆的墨水顏色也有點特殊……」

「有嗎？」

速水將視線從一臉詫異的藤岡身上移開，意識著加快的心跳聲，望向信箋上的文字。

信上提到過去印象深刻的幾部作品，詳細寫下感想，說他對每個月的連載都期待萬分，能夠搶在出書之前從作品得到感動，是他的驕傲。信中傾注了滿滿的誠意。

信上說，有一次雜誌舉辦他喜愛的作家簽書會，他參加之後，有機會和作家一起喝酒，被小說家全心投入創作的態度所打動。讀到這段，速水的目光瞬間從信上移開。

他來參加過簽書會……

『我的人生多半行走在谷底，但精彩的故事，不知道多少次把我從谷底拉了上來』——讀到這段話，速水的手指顫抖起來。

「這已經是我第五次讀這封信了，但每次都好感動。」

速水聽著藤岡的話，細細領略著信上最後一句：『長年以來，辛苦各位編輯了。謝謝你們。』

失去一名讀者了。而且是發自心底愛著小說的重要的讀者——

「藤岡，這封信可以給我嗎？」

「咦？為什麼？」

速水一時語塞，望向手上的信封。

「咦？這封信有什麼嗎？」

「不，你問我理由，我也說不上來，不過讀者這麼誠摯的心聲，難得一見。」

「你怪怪的喔？」

「拜託。」

「影印的不行嗎？」

速水深深點頭，藤岡難以釋然的樣子，要求說：「那影印一份給我吧。」

速水把信件收進外套內袋，望向窗外，平息高亢的悸動。

櫻葉隨風搖曳。不知不覺間，咖啡廳裡變得人影稀疏。

「霧島老師的稿子很有趣呢。」

藤岡像要填補空白似地說。與七彩肥皂的合作企劃案，現在由速水親自編輯，順利進行著。

「贊助廠商好像也很滿意，老師心情也很好。雖然那時候真是慘到家了。」速水回道。

「速水先生的電動理髮剪實在太勁爆了。」

「別再說了。相澤局長也拿來虧我，說什麼『換成我，連可以剃的毛都沒剩幾根了』。」

速水模仿相澤說，藤岡噗嗤一聲笑出來：「好像！」然後接著說：

「說的沒錯。上次我看到相澤局長頭上怎麼罩了一層灰，原來是死了一半的汗毛。」

「『死了一半的汗毛』？這形容真教人搞不懂是老套還是前衛吶。嗳，因為太麻煩了，所以我安慰他：『不管怎麼看都是滿頭烏絲啊！』」

「速水先生要升遷了。」

「難說喔。」

藤岡喝了口杯中的茶，探詢地問：

「速水先生的雜誌有多危險？」

「假設這裡是戰場好了，你最起碼想要的武器有什麼？」

「步槍、手榴彈，還有防彈背心吧。」

「我手上就只有一把電動理髮剪。」

「廢刊是吧？」

兩人一起大笑，稍微排遣了一些憂愁。兩人繼續聊著相澤的種種行徑，約了一天一起去喝酒。

「噢，競爭對手登場了。」藤岡忽然說。

「競爭對手？」

速水回頭望向門口，一名男子雙手插在口袋裡，慵懶地走了進來。領帶邋遢地鬆開，相對地頭髮卻很飄逸，稍微覆蓋在細長的眼睛上。這個人無論何時看到都是個獨行俠，幾乎都在看書。是同期的秋村光一，財經雜誌《翻轉》的現任總編。秋村走到附近，發現速水，只是微微頷首就要經過。

「欸，至少打聲招呼吧？」

速水在絕妙的時機吐嘈說，但他知道秋村並不是故意裝傻。秋村從以前就是個我行我素得可怕、陰沉得教人退避三舍的傢伙。

「這麼久沒遇到同期，應該有很多話好聊吧？像是『你好嗎？』還是『要不要借你錢』之類的。」

「我離婚了。」

「那是應該在現在說的話嗎？」

基本上，秋村的話總是既簡短又唐突。幾乎都是單字，不管再怎麼重要的事，都只會低聲細語。

「什麼時候的事？」

「四天前。」

「太慘了吧。」

速水自認為巧妙地接過話頭，但秋村只是不耐煩地拂開瀏海。秋村身材清瘦，個子也不高，卻散發出一股無以名狀的壓迫感。

「嗯，第二次了。」

「咦！原來你再婚了？」

「嗯。婚姻果然無趣。」

「你不管做什麼都一副很無趣的樣子嘛。」

不知道哪裡好笑，秋村「呵」地笑了一聲。他總是在預期之外的時候笑起來，讓人不知所措。

「那，《三位一體》怎麼樣？」

雖然覺得「婚姻話題這樣就完囉？」但顯而易見，就算繼續聊下去也無以為繼。速水故意愁眉苦臉地說：

「已經變成鐵達尼號了。」

「大熱賣嗎？」

「不是電影啦，是快要沉了啦。那《翻轉》呢？」

「半斤八兩。沒半個能用的編輯。」

「你還是老樣子，沒血沒淚。我想你應該知道，部下都很討厭你喔。」

「你是被部下喜歡到吐。」

「吐太多餘了啦。」

秋村別有用意地揚起嘴角。在公司裡會嘲諷速水的好人緣的，也就只有他了。速水就像遭人嘲笑的模範生，胸口一陣刺痛。

「拜。」

秋村似乎不打算和同期重溫舊好，揚手走到稍遠處的窗邊座位坐下。他沒點任何東西，從外套內袋取出有些彎折的文庫本，讀了起來。

速水拉回視線，藤岡正一臉滑稽地怪笑著。

「有什麼好笑的？」

「哦，只是覺得驚訝，原來就連大名鼎鼎的萬人迷速水先生，也有不投緣的對象啊。」

「他剛進公司的時候還要像樣一點，不過病得一年比一年嚴重。我猜他連感情都變換成數字輸入EXCEL管理吧。」

同期裡面，速水和秋村及小山內甫是從週刊做起的。他們在彬彬有禮的記者俱樂部（註16）之外，經歷過熾烈的搶新聞大戰，因此對彼此做過哪些虧心事是瞭若指掌。那時候三人還有吃同一鍋飯的同志情誼。

「不過專務對他印象好像很好。」藤岡說。

「唔，畢竟他工作表現確實很棒。他那異常的個性，反而讓他能不斷地推出新企劃。而且天不怕地不怕，鍥而不捨。」

「不想跟那種人為敵呢。」

「他可沒有半個同志。」

速水再次望向秋村那裡。秋村的外表比實際年齡更年輕，但閱讀的側臉卻有著歷經風霜的嚴峻。還在當週刊記者的時候，每到深夜，他們經常彼此邀約，一起去吃拉麵。

一想到再也回不去二十多歲那時候，比起寂寞，不安更湧上心頭。

2

憂鬱的星期五夜晚到來了。

速水瞪著相澤堆滿贅肉而隆起的背部，往店內走去。這裡是都內的義大利餐廳。客層較為年輕，也有沙發座，氣氛舒適，相澤目不斜視地朝著深處的包廂走去。這個徹底體現急躁關西人個性的上司令速水內心滿是苦澀，但還是緊抿嘴唇，跟在後頭。

相澤在包廂門前停下腳步，也不檢查儀容，直接敲門。

『請進。』

聲音比想像中的年輕，速水感到意外。

小而雅緻、沒有多餘裝飾的包廂裡坐著一名臉型細長的男子。男子的長相把臉上的眼鏡襯托得富有知性氣息，皮膚有著不超過四十的彈性。

「好久不見了。」

時尚地穿著合身西裝的男子對相澤說道，圓滑地請他坐到上座。

「是啊，真的好久不見了。」

註16：記者俱樂部是各家媒體在各種政府機關聯合設立的一種組織團體。基本上各機關只接受加入記者俱樂部的媒體採訪。

相澤以一貫的傲慢態度在桌旁的椅子坐下。速水在旁邊落坐，環顧材質應該相當講究的裝潢，客套地說：「氣氛很舒適呢。」

男子坦然道謝，遞出名片。就像事前聽相澤說的，是大型柏青哥廠商的公司名稱。

男子名叫清川徹。看上去有些緊張。

「雖然有些沒頭沒腦，不過您的眼鏡很帥氣呢。」

交換名片後，速水逗趣地說，清川也回應似地用裝模作樣的動作推推眼鏡架。

「多謝誇獎。不過奇怪的是，會誇我的眼鏡的全是男人。」

「那太可惜了。」

三人笑起來，這時敲門聲響起，一名襯衫上打著蝴蝶領的男子進來了。膚色曬得黝黑的男子客氣地說著「歡迎光臨」，把菜單擺到桌上。

「這是我弟。」

清川靦腆地說，速水聞言有些吃驚。相澤好像早就知道了。

「這樣啊……我完全沒發現。」

「別人常說我是室內派，我弟是戶外派，不過事實上也確實如此。」

兩兄弟感情似乎很好，讓清川「圓滑」的第一印象緩和了不少。

「我也有弟弟，不過跟我一個樣。」相澤說。

「感覺相澤局長的兄弟都長得很像。」

「什麼意思?」

「當然是稱讚。」

同公司的人一搭一唱,讓生疏的氣氛親密起來。來到這裡之前,柏青哥廠商這個陌生的業種一直令速水緊張萬分。這是為了讓雜誌轉虧為盈的會面,而且又是相澤介紹的人,他提心吊膽會遇上什麼樣老奸巨滑的角色,但看到對方是年紀比自己還小的爽朗青年,暫時鬆了一口氣。

清川點了人數份的氣泡酒,弟弟離開包廂。

「清川先生這麼年輕,卻很能幹。我也很依賴他。」相澤說道。

「哪裡哪裡,我才是,總是多虧相澤先生照顧。」

速水詢問兩人的關係,相澤帶著親近看著清川說:

「我們從我待在財經雜誌的時候就認識了,每次遇上不懂的事,就會連絡他的研究室。」

「研究室?」

清川說出一家大公司的名字,這家公司除了人材派遣和網路廣告之外,也從事出版,業務範圍廣大。

「我只是在那家公司的研究室做過一點市場分析而已。真的沒什麼。」

「這樣啊。我第一印象就覺得您是從事市場分析的研究專家。因為您的眼鏡就是分析專家會戴的那種眼鏡嘛。」

「聽到您這樣稱讚，這支眼鏡真是買對了。我也是，今天一見到您，就心想有這樣一頭漂亮鬈髮的人，絕對是個厲害的總編。」

「你們兩個，怎麼剛認識就在沒營養地互捧？」

相澤吐嘈說，對話熱絡起來。清川從皮包取出最新一期的《三位一體》，打開有永島咲照片的一頁。是下個月開始連載的她的連載小說的意象照。

「這是速水先生的企劃嗎？」

「對。不過實際說服她答應連載的是部下。」

「我本來就是她的粉絲，非常期待這次的小說連載。以前我讀過她的散文，她的文章非常清新脫俗。」

「啊，這太令人開心了！真的就像您說的，她很有文學才華。」

「我從以前就喜歡小說，任何類型都會讀，我從現在就好期待。」

雖然覺得清川有點客套過了頭，但得到據說熱愛閱讀的他的肯定與期待，速水純粹地覺得高興。

「一定能讓您滿意的。」

「哦？她寫的東西那麼有趣嗎？長得那麼漂亮，文筆又好，真是得天獨厚哪。」相澤說。

前些日子挑剔稿費太貴，認定稿子「沒用」的不是別人，就是相澤。但對於這個千面人來說，這點反覆無常，應該根本不算什麼。

「前些日子我們雜誌安排大夥見面，她真的是個很率真的小姐。一聊起喜歡的作品，列都列不完，一直說個不停。我也是個貨真價實的小說迷，所以聊得相當盡興。」

這毫無疑問是速水的真心話。永島咲對小說的愛是真的，只是見過一次面，速水就完全被她吸引了。速水雖然是對清川說，但一字一句都是對著相澤發出的。這算是他的一點回敬，同時也是以總編身分替永島咲做宣傳。

清川的弟弟送氣泡酒過來了。他俐落地將生火腿、牛肚、義大利麵等料理擺到桌上。他離開後，速水等人各自舉杯乾杯。

「清川先生本來就熟悉柏青哥業界嗎？」

速水問，清川搖搖頭：

「不，老實說，我玩過柏青哥的次數連一隻手都數得出來。」

「簡而言之，他是被獵人頭的。」

相澤伸筷夾牛肚說，做球給第一次見面的兩人對話。

「獵人頭？」

「沒那麼厲害啦，只是我寫過一篇關於柏青哥業界的報告，受到現在的公司賞識，邀我過去。然後我在三年前毅然決然跳槽過去。」

「柏青哥業界跟我們不一樣，景氣似乎很好？柏青哥畢竟是二十兆還是三十兆圓的市場規模吧？」

「不，實際上狀況相當嚴峻。柏青哥本來就是內需產業，人口減少，營收自然就會下降。加上我們業界特殊的因素，總是宛如在驚濤駭浪中航行。」

說到柏青哥業界的特殊因素，那就只有一個。也就是柏青哥被定位為「遊藝」，而不是「賭博」。由於並非刑法禁止的「賭博」，因此客人打出來的小鋼珠不能直接換錢，而是必須先換成贈品，然後再變換成現金，是成立在這樣的原則之上。速水一臉瞭然地點點頭，催促下文。

「每當柏青哥上癮造成社會問題，批判的矛頭不只是指向業界，也會波及主管的警方。中獎或落空，也就是指望偶然利益的心情，叫做賭性，而這種賭性，可以說就是柏青哥業界的核心，也是毒瘤。」

「這我聽說過。警方加強或是緩和取締，會影響柏青哥的景氣。」

「完全就像您說的。如果推出容易中大獎的柏青哥機台，營業額就會提升。結果就能煽動人的賭性，有些人即使慘輸賠錢，還是沉迷而不可自拔。然後警方就會上門取締，要求『降低賭性成分』。有份資料顯示，九〇年代中期，柏青哥成為社會問題時，由於廠商主動撤回人氣機種，導致柏青哥人口減少了一千萬人。」

「一千萬人？」

「沒錯，占了整體的三分之一。不過後來因為柏青斯洛機台大受歡迎，又重振旗鼓，但結果又因為警方限制，熱潮退去，就這樣不斷地循環。既然無望出口海外，往後市場規模只會不斷地縮小，因此業界也必須想方設法，起死回生才行。」

「所以才會四處獵人頭。大概這四五年吧，柏青哥業界都在向廣告代理店、遊戲公司和出版界等網羅人才。」

相澤插口說，津津有味地喝光氣泡酒。速水望向桌上的名片說：

「清川先生隸屬的這個內容企劃部，具體上是做些什麼的部門？」

「這幾年我們特別積極與動畫界合作。」

「動畫嗎……？我有點難以想像呢。」

一名女店員代替弟弟來點單，他們把飲料換成威士忌和紅酒，加點了煎牡蠣等等。相澤或許是餓了，店員一離開，立刻吃起義大利麵來。

「剛才您說的，是柏青哥廠商自己花錢製作動畫嗎？」

「也有些公司這麼做。動畫，還有電影，收購有技術的製作公司，納入自己的子公司，以這樣的形式來做。不過我們公司也是如此，大部分都是從出資製作委員會開始。剛才提到獵人頭的事，其實直到不久前，我們都沒有門路可以加入電視動畫或電影的製作委員會。所以為了得到進入業界的通行證，才會不斷地網羅人才，架起橋樑。」

從清川的話背後，可以看出世人對柏青哥業界的戒心。

「這樣的作法，目的也是為了連結本業。如果能當上製作委員會的總幹事——這個職務是企劃要播映的動畫，尋找出資公司——只要當上總幹事，就容易把作品做成柏青哥機台。」

「我有一點疑問，如果不當上總幹事，就沒辦法把作品做成機台嗎？」

「不，只要製作委員會和原作者同意就行了，但不一定總是能得到同意，或者說……」

清川一臉尷尬地用紙巾擦了擦嘴唇。

「很殘酷的啦。同樣是製作委員會，如果ＤＶＤ賣得好，ＤＶＤ廠商就能得到利潤，如果玩具大賣，玩具廠商就能分一杯羹。但柏青哥廠商如果沒辦法把作品做成柏青哥機台，就撈不到半點好處，所以等於是平白出錢，被利用完就丟了。」

相澤說得很露骨，但實際上應該就是如此。

電視上播放的動畫是免費收看的，不像電影，能夠依出資比例獲得利潤。速水也知道動畫很少出現改編電影的熱門大作。

「也就是說，即使參加製作委員會出資，也有可能被拒絕做成柏青哥機台嗎？那出資又有什麼意義呢？」速水問。

「既然都說到這份上了，我也就不隱瞞了，其實我們柏青哥是受人嫌惡的。當然，這有許多背景……不過我們做為業界新人，四處低頭拜託，逐漸擴展人脈，絕對不是白費。」

「真值得敬佩。」相澤說。

「哪裡，不敢當。不過我們業界也有難說清高的一面，所以……唔，先不提這個，我說人脈絕不會白費，並不是逞強話，而是有理由的。」

清川說到這裡，先拿起酒杯，用剛送上來的白酒潤了潤喉。

「我們想要自己來創造內容。就我個人而言，我希望柏青哥能脫胎換骨，變成內容產業。」

看到生氣勃勃地談論夢想的年輕人，同樣長年參與創作產業的速水很有好感。

在網路成為社會基礎設施，變得堅若磐石的過程中，各種產業都迎接了過渡時期。娛樂產業也是，出版或電視這類「框架」變得不再絕對，在更貼近視聽者或消費者的地方開始出現各種創造活動。

或許柏青哥業界會成為一項威脅。然而另一方面，速水也能輕易想像，這不是光靠熱情就能夠如何的。

「不過，取代二十兆、三十兆圓市場的事物，不是那麼容易打造出來的吧？」

「當然，我覺得從現狀來看，很難完全取代。不過從頭打造出內容，對我們的本業也有很大的好處。比如說，有好幾個柏青哥機台是因為把人氣漫畫搬過來，而爆炸性地熱賣。但這種情況，我們必須支付莫大的版權使用費。不過如果是把自家的內容做成機台，版權本來就是我們的。」

「即使出了一大筆錢，如果擁有版權的人跑來提出一堆要求，也只能照單全收。但如果用的是自己的東西，就可以擺脫這些壓力了。」相澤說。

速水清楚狀況了，但商業優先的案子，感覺作者的堅持很容易被輕忽，令速水難以共鳴。也許是他的想法反映在表情上，清川辯解似地接著說：

「這絕對不是說要粗製濫造。畢竟如果沒有能引發社會現象的優質內容，即使做成機台，也不可能會紅。所以首要考量還是好好地製作出出色的內容。」

談到這裡，速水開始不安起來：相澤為什麼帶他來這裡？他們要談的，應該是如何讓雜誌轉虧為盈才對。如果是要請柏青哥廠商發廣告，那麼主客的上下座就顛倒了。況且考慮到文化雜誌的形象，以及廠商的宣傳效果，《三位一體》沒辦法刊登柏青哥廣告。

想到這裡，速水頓時驚覺一件事。他想到自己是受招待的一方的可能性。感覺胃好像懸在了半空中，忐忑難安。

「我認為打造出新的形態，這樣的趨勢對內容業界也有好處……」

速水望著熱烈述說的清川，同時不著痕跡地觀察相澤。相澤愉快地應和的側臉，上頭的笑容露出反映他的黑心，還是老樣子，看不出在想什麼。

速水留意不讓內心的疑慮曝光，與清川保持若即若離的距離。

在不安逐漸加深之中，酒菜順利進肚，終於到了點飯後甜點的階段。

「怎麼樣？很有抱負的年輕人對吧？剛才的話裡也有提到，文化雜誌的編輯講求的也是人脈。」

這番彷彿淺顯卻帶有深意的話，讓速水覺得像是某種暗號。他察覺接下來就要進入這場會面的正題，喝了一口涼水。

「抱歉說了一堆多餘的事。尤其是最近，有許多不盡人意的狀況……」

「近來的強化規範似乎雷厲風行，讓業界景氣降溫不少呢。」相澤說。

「我大放厥詞談論了一堆夢想，但我在公司的位置，完全算是一種預先投資，因此如果公司沒有餘力，我就會動彈不得。換句話說，我的存在完全仰賴柏青哥本業的順遂。」

清川一反先前的態度，露出馴順的表情來，令速水感到困惑。他說的這些跟自己有什麼關係？

「但我認為正因為我們現在面對逆風，更能突顯出真正的價值。今天我看到速水先生出色的經濟意識和做書的熱情，我再次確定我希望能與您一起合作。」

一起合作……這完全是出其不意，速水一時無法回話。不自然地受到吹捧，讓他的經驗值警鈴大作。

「坦白說，加入動畫製作委員會也要花錢。如果是有望熱賣的作品，更是如此。但也不能保證一定能做成柏青哥機台。然而另一方面，我們公司也沒有技術自己打造內容。我們有的，只有想要改變現狀、想要創造出什麼的強烈熱情。」

清川一口氣說到這裡，短促地嘆了一口氣。這動作看起來有點像在作戲。

「我聽相澤先生說，速水先生是二階堂大作老師最信賴的編輯。」

「二階堂老師？」

聽到意外的名字，速水一陣驚慌。二階堂雖然打麻將，但不碰柏青哥。相澤應該也知道這一點。視野縮小，悸動加速。

「我是二階堂老師《忍者的夙願》系列的熱烈粉絲……」

聽到這話，籠罩眼前的迷霧頓時散去了。《忍者的夙願》是二階堂在一九八〇年代創作的忍者小說，是一部傑作。劇情高潮迭起，人物個性獨特，最重要的是充滿了精彩的武打場面，第一集剛出版，旋即成為暢銷作品。後來這系列總共出了七集，證明了二階堂創作範圍廣大，也能寫時代小說。

角色鮮明、運用炫麗忍術的這部作品，非常適合改編成影視，換句話說，如果做成柏青哥機台，絕對吸引力十足。當時沉迷於這部作品的少年們，現在已經成了不折不扣的中年層，是廠商最希望引入柏青哥店的年齡層。但清川的企圖，卻遺漏了最關鍵的一點。

「清川先生，確實二階堂老師很照顧我，《忍者的夙願》也是薰風社出版的，但是老師不答應把這系列改編成影視。」

當年也曾經有過改編連續劇的企劃案，但製作團隊的士氣過於散漫，惹惱了二階堂，結果唯有這系列，直到現在二階堂都不肯答應改編影視。既然作者都公開宣布「影像不可能表現出作品的世界觀」，要作者撤回前言，絕非易事。

「這是你才辦得到的事，所以才有價值啊。」

清川應該早就預先疏通好了，醉紅著臉的相澤為清川掩護射擊。

「前些日子我才勉強老師排開行程，接受連載邀稿。對於老師那樣的龍頭作家，欠的每一份情都非常沉重……」

「這我再明白不過。因此我也不是空手而來。如果能夠說服老師，我們公司願意提供一千萬圓，做為《三位一體》新連載的採訪費用。」

「一千萬……」

相較於出資動畫製作委員會好幾億圓，這確實只是一筆小數目。但速水從來沒聽說過拿出現金一千萬圓當做小說採訪費這種事。如果有這筆錢，就能盡情出國採訪到滿意了。由於速水正苦惱於該如何向二階堂解釋費用的事，這個條件深深地打動了他。

「但是，不光是改編影視，還要做成柏青哥機台，就算是身經百戰的二階堂老師，也不知道能否跟上這樣的提議……」

「『傳說中的系列終於影像化』——話題性無可挑剔，所以就看怎麼跟公司談判，或許可以製作成電視動畫。」

「動畫嗎？」

「是的。這是一部格局壯闊的故事，完全是動畫最擅長的領域。即使無法在電視上播放，我們還是打算做成柏青哥機台專用的動畫。」

「動畫的話，老師更陌生了。不考慮真人影視劇嗎？」

「向公司推薦影視化作品的時候，必須隨時考慮能否做成新的機台。如果是真人的話，必須處理的演員的肖像權數目非同小可。」

結果還不是商業考量……？但一千萬圓實在太誘人，如果拒絕，也等於是讓相澤面子掃地。但如果對二階堂說出這些，更有可能毀掉兩人的信賴關係。速水正絞盡腦汁設想藉口，這時相澤搭住他的肩膀說：

「不只是採訪經費而已。」

速水望向旁邊的相澤，相澤正對著對面的清川笑。

「如果可以，能不能讓我們在《三位一體》刊登廣告？」

「廣告嗎？」

速水曖昧地微點了頭，清川彷彿看透他的疑慮，補充說：

「當然不是柏青哥機台的廣告。我們集團旗下有適合家庭住宿的溫泉施設和適合年輕人的娛樂設施。這兩個地方買全版廣告，打一年的契約如何？」

文化雜誌很難招到廣告，而且還是一年合約的全版廣告，更是令人求之不得。速水立刻用腦中的算盤打出數字：少說也有兩千萬。若要追求短期的轉虧為盈，這或許是最後一次機會。

雜誌的存續，還是與二階堂的信賴關係？

「廣告不一定只有一年喔。」

摸透了總編心理的相澤呢喃道，讓速水一陣神魂搖蕩。既然編輯局長本人都這麼說了，可以當做是為廢刊重新畫下底線了嗎？

「速水先生，希望我們長久合作下去。」

被兩人聯手圍攻，速水的困惑被蜘蛛絲纏繞得動彈不得。愈是掙扎，「一千萬圓」、「全版廣告」和「全年契約」等字詞愈是嵌入心裡，四面八方，哪裡都找不到可以斬斷這些粗絲的刀子。他的理智清楚得很，再也沒有比這更好的增加收入的法子了。

然後他看著深深行禮的清川，絲線倏地一下子鬆開了。速水置身事外地心想「或許嫌犯自白的瞬間，就是這樣的心情」，雙手扶到桌上說：

「我們才是，請多多指教。」

清川笑逐顏開，伸出纖細的手。速水反握回去，腦中浮現二階堂冰冷的眼神。

3

五月舒爽的風迎面吹來，挑起食欲的炭火香掠過鼻孔。速水的腳步從未如此輕盈。

長長的屋簷下掛著深藍色短簾，這裡是二層樓的傳統日式房屋。一樓正面的門板拆下，店頭陳列著販售的鰻魚。附近的透明隔板內，穿著烹飪白衣的店長正拿著蒲燒鰻魚串。速水出聲招呼，店長在臉上擠出深深的皺紋，精力充沛地寒暄：「好久不見！」速水已經光顧這家店十五年之久，店長很熟悉他了。

「您的同伴已經來了。」

店面質樸而狹小。但到了中午時分，這處老街的鰻魚店以老年人為中心，高朋滿座。高杉裕也坐在速水預約的最裡面的桌位。他禮貌地坐在下座，因此只看得到纖細的背影。還有十分多鐘才到約好的時間。

「高杉老師，請坐裡面啦。」

速水出聲說，高杉驚訝地回頭，惶恐地搖手說「不不不」。

「可是我坐裡面不自在呀。」

把年輕人趕到上座後，速水點了特級鰻魚飯、鰻肝湯和瓶裝啤酒。

「速水先生這麼忙，還把你約出來，真是不好意思。」高杉說。

速水為兩人斟啤酒，高杉恭敬地行禮。一想到這名小說家往後可能成為大作家，速水就愉快極了。

「哪裡哪裡，我才是，都沒有好好問候老師。」

二月收到高杉的電郵時，兩人原本預定要碰面，但速水臨時有事，改用電話向高杉說明《小說薰風》廢刊的原委，此後就沒有再連絡了。後來高杉連絡速水，希望找時間碰面，速水便指定這家常和作家見面的鰻魚店。

「後來關根有連絡你嗎？」

關根原本是《小說薰風》的編輯，向高杉邀稿連載作品。

「有的。他詳細向我說明了，但完全沒有提到往後的事……」

「這樣啊……真的很抱歉。對我們公司的人來說，這消息也是晴天霹靂，大家都還處在混亂之中。」

由於店長預先準備好料理，讓尷尬的對話很快就打住了。不愧是特級鰻魚飯，魚肉厚實有彈性。高杉在動筷品嚐的時候，臉上也綻放出笑容。他今年應該三十三了，但看上去就像個學生。年輕作家默默地吃完鰻魚飯，喝光鰻肝湯，一臉意猶未盡的模樣。速水加點了白燒鰻魚。

「不好意思。我平常吃不到這麼好吃的東西。」

「這是什麼話？要是一道白燒鰻魚就能抓住未來的當紅作家，那就太便宜了。」

兩人吃著白燒鰻魚，小口啜飲啤酒，速水聆聽高杉的話。

「剛出道的那一年還不會這樣，但最近我在網路上看到文學賞的報導，就會心急如焚。」

「高杉老師才出道三年不是嗎？才剛要鴻圖大展啊。文學賞是職業作家之間的戰爭，所以連要被提名，都是道窄門。」

「這是當然的，可是新人賞也讓我很介意，我擔心會不會被別人後來居上。」

理所當然地，以業餘人士為對象的公開徵稿型的「新人賞」，和以職業作家為對象的「文學賞」之間，水準天差地遠。雖然偶有一拿到新人賞就能成為即戰力的新人，但大部分都是踏實地持續發表作品，累積實力。

小說家是孤獨的職業，因此「文學賞」的評價是很大的鼓勵，也是讓讀者認識作家的機會。成為職業作家過了三年的高杉會意識到文學賞，是天經地義的事，但為了「新人賞」而庸人自擾，就只能說太消極了。

「有多少賞，就有多少新人，在乎也沒用的。至少我認為高杉先生往後是要成為大作家的人才，否則我才不會請你吃這麼厚的鰻魚呢。」

高杉露出鬆了一口氣的笑容。看到那表情，速水也輕鬆了一些。

高杉三十歲的時候，在其他大型出版社主辦的新人賞拿到首獎，出道文壇。第一部作品的主題是女子職業棒球，第二部是女子競輪，在文學圈評價很高。這兩種競技都曾在過去瀕臨廢除的危機，直到最近才又復活，由於這樣的經緯，具備紮實的戲劇骨幹。

速水因為高杉的著眼點相當不錯，還有那認真蒐集資料的態度，認為他有能力實現細膩的心理描寫，因此連絡高杉，把《小說薰風》的編輯介紹給他。

「我認為第三部作品很重要。」

高杉筆直地看著速水說。然後握著裝啤酒的杯子，就像在尋思措詞般沉默了。

「剛出道的時候，我接到四家出版社的連絡，純粹地很開心，但也有點因此鬆懈下來。可是，我覺得就是這樣不行。」

「不行？」

「我必須更拚命抓緊機會才行。可是，當時聽著編輯的話，我覺得我什麼都能寫……」

說動作家寫稿，是編輯工作的第一步。對於作家本人，最重要的是不能說些令人喪志的話。速水感到有些不自在。

「出書的時候，我把工作辭掉了，那個時候我充滿了希望。可是出道作賣不好，第二部作品的初版印量也減少，一下子就從書店消失了。又不是賣掉了，卻真的一眨眼就從書店平台上不見了。」

「這……我們出版社也有一部分責任。」

速水一方面是為了鼓舞，對一臉陰沉的作家說明書籍販賣制度。

交給連繫出版社與書店的經銷商的書，會直接列為營收，但必須把沒有賣出去而退回來的書從營收當中扣除。然後出版社靠著出版新書，來填補退貨的損失——最近雖然緩和了一些，但藉由不斷地出書來填補損失這種挖東牆補西牆的狀況一直持續著。

因為這樣，儘管書賣不好，卻只有出版品的數量不斷地增加，陷入高杉所說的狀況：書店裡的書不斷地被汰舊換新。即使和市場規模最巔峰的約二十年前相比，新書的數量也多到無法相提並論。

「我從來沒有想過會以編輯的身分向作家說明這樣的內情。身為出版社的一份子，我真是慚愧無比，但現況確實到了已經無法自欺欺人的地步了。」

高杉無力地拿起杯子，含了一口啤酒：

「我很感謝速水先生。因為我找編輯討論是不是要辭掉工作時，就只有速水先生明確地勸我不可以辭職。可是當時的我被沖昏了頭，沒有聽從你的忠告。」

苦澀的表情泛著疲態，速水察覺高杉的經濟狀況或許相當糟糕。

「現在才說這些或許太晚了，可是街上每個人都在看手機。我看過有人用手機打電動或看漫畫，卻從來沒有人是在讀小說的。連一個都沒有。」

「對我們來說，這是個艱難的時代呢。」

「居然把寶貴的時間花在那種可以免費遊玩的無聊遊戲上……大家真的完全沒在思考嗎？」

高杉難得語氣強烈地說完後，尷尬地笑了。他似乎對自己的激動感到羞恥。但速水很瞭解他的心情。嘔心瀝血完成的小說無人眷顧，市場占有率不斷地被遊戲或動畫這些廉價而輕鬆的殺時間娛樂奪走。

但這就是現實。如果無法在這時候想出辦法來，小說將會從人們的生活中消失。不是拿鰻魚當下酒菜訴苦埋怨的時候。要怎麼做，才能讓人們重拾小說？

「其實，我在其他出版社還有一篇長期連載的預定……」

高杉的聲音讓速水回過神來。他好像在無意識中一個人沉浸在思緒裡了。

「哪裡的雜誌？」

高杉說出一家大型文學雜誌的名字，速水「哦」了一聲點點頭。

「但我跟編輯合不來，企劃一直卡住。」

「你說合不來，是哪個部分？」

「我想要理解編輯說的話，卻不是很懂。結果我也在曖昧不明的狀況下修正大綱……」

「這樣不好。應該要好好談清楚再繼續下去。我瞭解你想要寫的心情，但是如果作家和編輯的方向不一致，不會有好的結果。」

「就是說呢。找不到方向性，真的很難受。」

速水聽說過，那家出版社不會出版首刷五千本以下的小說。應該是在連載的階段就篩掉相當多的作品了。但速水認為還不到說出來的時機，沒有把這件事告訴高杉。

因為正值午餐時間，兩人喝完兩瓶啤酒後就離開了。目睹年輕作家的窘境，速水內心鬱悶極了。

「呃，我不知道能不能拜託速水先生這種事……」

看到三十多歲的大男人扭扭捏捏的樣子，速水覺得莞爾，笑著催他說下去。

「剛才提到的跟那名編輯的合作，我怎麼樣就是提不起勁，其實這陣子一直在修改原本預定在《小說薰風》連載的作品大綱。」

「我認為不管怎麼樣，想要書寫的心情才是最重要的。」

「嗯。然後我強烈地希望這個故事可以出版。速水先生，一次就好，可以請你看看大綱嗎？」

「當然沒問題。能夠第一個讀到新的故事，是編輯的喜悅。」

作家願意把重要的作品托付給自己，令人欣慰。

高杉開心地笑了，從包包裡取出信封袋。裡面有一疊頗有厚度的A4紙張。速水恍然這才是高杉今天的目的。高杉想要搶下只有一個名額的《三位一體》的連載。

「我想要寫貧窮這個主題。」

「哦？題材一百八十度轉變呢。」

「一方面也是因為我自己處在不穩定的狀況，但我想要把『階級差距』這個詞具體地表現出來。」

高杉剛才說要以第三部作品決勝負，似乎是真心的。

「謝謝你，我很期待。我一定會讀。」

速水正要把大綱放回信封，高杉「啊」了一聲，伸出右手。

「雖然很厚臉皮，不過如果你現在有空，可以現在就讀嗎？」

雖然高杉的表情殘留著他一貫的怯弱笑容，但速水感受得到他迫切的情緒。同時也察覺到他是在提防速水只是嘴上敷衍，於是用雙手穩穩地拿好了大綱。

「我在網路新聞看到有個前律師在領生活津貼，這件事在我的心中不斷地膨脹，變成一個故事……」

速水心不在焉地應著，意識專注在大綱上。剝削前律師的貧窮產業。前律師的生活津貼被這些人奪走，形同遭到囚禁地關在一坪大的房間裡，在孤獨中死去。但律師之所以毫不抵抗地接受死亡，是有理由的——不光是描寫貧窮，更連結了幾近詐騙地逃漏稅的富人階級，鮮明地刻畫出現代社會的「階級差距」。

登場人物在腦中活動起來，興奮逐漸加溫。速水在心中拍案叫絕。這個主題絕對稱不上新穎，但讓人感受到作家想要潛入社會更深層的強烈意志。

這部作品一定會成功——

「高杉老師，這很棒！」

「真的嗎！」

高杉不安的表情瞬間亮了起來。

「我們一定要把它出版！」

「謝謝！」

不只是發現精彩小說的原石，而且作者還第一個把大綱託付給自己，這讓速水心潮澎湃。然而他卻想不到接下來具體的做法，懊惱地咬唇。

「只是……《三位一體》的連載暫時不會有空缺。」

「啊……」

高杉毫不掩飾失望，低聲嘆息。速水也體認到《小說薰風》廢刊造成的打擊。

「不過我會設法。我們一起跨越難關吧。現在能夠對有錢人報一箭之仇的，就只有『巴拿馬文件』（註17）和這部小說了。」

聽到高杉的笑聲，速水內心的滯礙也消失了一些。但看著眼前這名線條纖細的青年，他懷疑他真的有辦法完成這部社會派作品嗎？這要是幾年前，速水應該能自信十足地甩開這份陰暗的預感，然而現在的他卻難以做到。

回到編輯部時，時間已近傍晚。

開門的瞬間，速水便察覺室內彌漫著劍拔弩張的氣氛。高野惠坐在自己的辦公桌，中西清美激動地叉開雙腿站在旁邊。室內其他員工都遠遠地旁觀。

速水和副總編柴崎真二對望，柴崎學西方人那樣聳了聳肩。他似乎應付不來。

「這裡的空氣怎麼這麼悶呀？」

沒有半個人笑，讓速水得知鬧得很僵。站上擂台的無疑是惠和中西。能擔任裁判的，應該只有自己這個總編吧。雖然不可能當場坐下來談，但是萬一把她們帶出去，雙方扭打起來就麻煩了。

速水回到辦公桌，訂下閒置的會議室，帶著兩名當事人離開編輯部。上樓梯的時候，無聲的後方令他憂心，但即使現在跟她們說話，也不可能得到像樣的回答。

註17：國際調查記者同盟（ICIJ）於二〇一六年公布一份來自於巴拿馬的莫薩克・馮賽卡律師事務所（Mossack Fonseca & Co.）的機密資料，揭露世界各國的權貴如何洗錢及逃稅。

雖然是最小的會議室，但只有三個人的話，哪一間都會顯得太大。桌椅全都收在儲物間裡，所以速水只搬出折疊椅，排成三角形。

「所以，發生了什麼事？」

速水輕鬆地詢問，但兩人都垂著頭，不肯開口。速水克制想要嘆氣的衝動，彈了一下手指：

「很久沒玩了，來玩一下聯想遊戲，好嗎？」

速水輕快地拍起手來，但見兩人一笑也不笑，便靜靜地把手放到膝上。接著他望向較年長的中西，催促她開口。

「久谷老師的責編是我吧？」

速水腦中想起久谷亞里沙強悍的神情。久谷是與速水同世代的戀愛小說家，受到二十至四十歲女性讀者的熱烈支持。以前速水待在文藝線時，曾經當過她的責編半年。

現在久谷在《三位一體》寫散文，犀利的言詞頗受好評。有些回數內容稍嫌偏激，兩度登上網路新聞，但並未演變成遭到網友圍剿的狀況。

又是作家的問題——？一月的時候才發生過霧島哲矢的事，而且還蒙受《小說薰風》廢刊的池魚之殃。或許今年小說線諸事不順。

「責編是中西沒錯。」

「就是說吧？我覺得這是最重要的一點。」

中西雙眼暴睜的模樣純粹地令人害怕，但速水微笑著點點頭。

「前些日子久谷老師傳電郵給我，開頭卻稱呼『高野惠小姐』。」

速水猜到是什麼內容，心想事情棘手了。

「我就不全部說出來了，但電郵的內容是我的壞話。我不是因為老師說我壞話所以怎麼樣，可是高野居然瞞著我這個責編，一直跟作家連絡，甚至背地裡偷偷看作家的稿子。」

速水重重地呻吟，推測出信件內容肯定說得很難聽。

「這顯然違反規定吧？可是，不光是這樣而已。」

「咦？還有嗎？」

速水輕佻地回應，試圖降低中西的憤怒值，但不太有效果。

「久谷老師和高野兩個人在策劃要換掉責編。」

「我沒有策劃。」

惠明確地說，以微微含笑的眼神望向速水。雖說是自作自受，但感覺像是被她抓住了男女關係做為把柄，令人芒刺在背。

「還沒有？那那封信是什麼？妳們不是都在講下一部小說的事了嗎？」

「那只是老師找我討論下一部作品的主題。連那份稿子是不是要給我們出版社都還沒決定。」

「所以說，老師要討論的對象，本來應該是我才對吧？就算老師連絡妳，跟我知會一聲才是道理吧？」

「如果真的要推企劃案，我自然會告訴妳，但只是決定主題的階段，作家愛找哪個編輯討論，是作家的自由吧？」

「什麼『我自然會告訴妳』，那種口氣根本就反映了妳的傲慢。」

「如果我口氣不好，我道歉。但我並沒有想要當久谷老師的責編，也沒有要搶先妳。我只是接到老師連絡，所以和老師討論而已。」

看來即使面對前輩，惠也不肯退讓半步。速水想起她在床上說的話：「我才不想變成中西那樣。」

半年前《三位一體》編輯部為久谷舉辦慶生會時，發現惠是久谷的大學學妹，而且連社團都一樣，於是兩人親近起來。中西似乎很不是滋味，當時速水就感到一抹不安了。

這三名登場女性各有各的錯。特別是久谷寄錯信箱，罪責重大，惠也應該向責編招呼一聲，而中西如果能成熟地應對就沒事了。

即使沒辦法讓這兩名水火不容的女人握手言和，起碼還是得讓她們維持不會影響工作的關係。

「中西啊，妳回覆久谷老師了嗎？」

「不，還沒有。」

「高野呢？」

「老師連絡我，說不小心寄錯信箱了。」

中西想要開口，又把話吞回去，忿忿不平地翹起二郎腿。

有許多死忠粉絲的久谷，是新書有望增刷的寶貴作家。只要《三位一體》的連載稿件累積足夠的份量，就能推出她個人的第一本散文集。而且久谷素有美女作家之稱，本人也實至名歸，外貌出眾，因此雜誌也會請她參加一些企劃活動。不管怎麼樣，都絕對不能壞了久谷的心情。

只要讓惠擔任久谷的責編，就能圓滿收場，但要把狀況朝那裡引導，相當困難。

「事到如今，拐彎抹角也沒意思，我就開門見山地問了，中西，妳還想繼續當久谷老師的責編嗎？也就是說，妳還想跟久谷老師一起做書嗎？」

中西想了一下，微弱地點點頭。

「即使變成這種狀況，妳還是想要當責編是吧？」

「但是，我覺得久谷老師的想法才是最重要的。」

「不，我沒問妳這一點。這是熱情的問題。作家對編輯有沒有熱情很敏感。」

「就算總編說什麼熱情，老實說我也不太懂。」

速水假惺惺地嘆口氣。他停頓了一下，轉向惠問：

「高野，妳呢？」

「我想和久谷老師合作。」

聽到這話，中西嗤之以鼻：

「永島咲的連載已經開始了，還有特輯，妳就這麼三頭六臂喔？」

「八月號的特輯請交給別人。如果可以提早出版久谷老師的散文集，就必須請她為新書寫幾篇新稿，也得思考行銷廣告。」

惠和只知道機械性地工作的中西不同，會確實考慮到各種數字。雖說勝負已經分曉，但速水不能當場宣布。速水正在思考該如何結束這一局，中西轉向惠說：

「妳可別想把那特輯工作推給我。」

惠沒理她，甚至看也不看中西。中西的表情再次氣憤得扭曲，因為太不甘心，甚至眼眶泛淚了。

「……總之，責編的事，給我一點時間。」

速水說，正要站起來，惠伸手叫住他：

「請問，『等待會』怎麼辦？」

「『等待會』……啊，明天是評選會！」

明天有大型出版社主辦的文學賞評選會。這是歷史悠久的獎項，過去選出了從推理到科幻等類型廣泛的作品。速水完全忘了久谷的戀愛小說也被提名了。

所謂的「等待會」，是評選期間，作家和責編在酒吧或咖啡廳等待結果揭曉的活動。一般而言，入選作品的出版社編輯與作家會邊閒聊邊等結果，或討論下一部作品的計畫。

「久谷老師的入選作品不是薰風社的吧？」

「是的。不過其他出版社的責編也邀請我們，說大家一起喝比較熱鬧。」

速水看向中西，她似乎連這都不知道。沒有時間緩衝了，速水被迫立刻做出決定。一切的狀況都對惠有利。但是如果降落方式不對，將會埋下火種。雜誌業務將會變得有名無實。

明天該派哪一個去參加等待會才好？

4

速水拭去後頸的汗，再穿上西裝外套。

吁了一口氣後，打開拉門。目光集中過來，眾人紛紛招呼：「咦，速水先生？」、「總編親自出馬？」速水向吧台裡一襲洋裝的媽媽桑以目光致意，將皮鞋放入鞋櫃裡。

「我正在等你呢！」

店內是寬敞的L字型吧台。坐在正中央的久谷亞里沙頂著完美妝容的臉綻放出笑容。她應該已經聽惠說明是自己要出席吧。

其他出版社的編輯共有五人。有一名年輕女編輯，但除了她以外，都是熟面孔了。今天包下了整間店，眾人以寬敞的間隔坐著。吧台是嵌地式暖爐形態，速水在最旁邊的位置坐下，從媽媽桑手中接過熱毛巾。

年約三十五的媽媽桑以前在銀座的俱樂部，累積了許多顧客，三年前獨立，在這間二層樓日式建築開了酒吧。媽媽桑個性明朗，但不搶鋒頭，最重要的是人長得美，有許多大叔年紀的粉絲。這裡是文壇娛樂系作家常來的店。

「薰風社現在哪位是久谷老師的責編？」

不清楚《三位一體》內情的其他出版社中堅編輯問，速水滿不在乎地笑道：「每一個都是老師的責編囉。」文藝線也有一名久谷的責編，但現在去參加其他提名作家的等待會了。

「速水先生，你一天都撒幾次謊啊？」

「今年還沒有撒過謊呢。」

心情愉悅的久谷問道，速水也玩笑地回覆說。他才剛抵達，就已經和眾人打成一片了。

「十二月二階堂老師的紀念會上，速水先生的致詞也是謊話連篇嘛。」

「還叫二階堂老師幫他拿吃到一半的龍蝦。」

「反過來說，也代表二階堂老師和速水先生的信賴夠深，才能這樣。」

編輯們半是調侃地提到十二月的紀念會，同時加以刺探。他們應該已經知道速水拿到二階堂的新稿了。如果負責的作家一樣，編輯碰面的機會也多。久谷不在的時候，或許他們已經迅速討論過速水的動向了。

速水為了沖掉憂鬱，喝了一口兌水酒。與柏青哥廠商的清川碰面後，已經過了三個星期，但他還沒有告訴二階堂。考慮到惹惱二階堂，連載遭到拒絕的風險，他想要謀定後動。

「不過速水先生能出席，真令人開心。畢竟等發表實在教人心浮氣躁，今天也請盡量撒謊吧。」

久谷把話題拉回自己身上，眾編輯立刻停止了二階堂的話題。

速水想要明確地釐清責編的問題，所以想跟久谷私下談談，但暫時似乎找不到時機。

惠說久谷想要更換責編。中西並沒有犯什麼錯，但久谷埋怨跟她打交道「很無聊」。而中西寄信到速水的公司信箱，惡狠狠地咒罵惠，說她「酒品很差」、「總是有金主般的男人」、「吹噓根本八字沒一撇的其他出版社的挖角」、「破壞職場和諧」。最後還不忘要求速水進行「調整」，說「如果要把我調離久谷老師的責編，請重新檢討業績數字」。寄件時間是凌晨四點多，不是喝醉了，就是精神不穩定，總之是令人擔憂的時間帶。速水想要盡快處理掉這個狀況。

有別家出版社人員在場，就無法談得太深入，眾人泛泛地閒聊著。待在一旁，可以察覺久谷雖然開朗地喝著酒，卻坐立難安。

「要不要來玩神奇香蕉？」

速水提議，吐嘈聲此起彼落：「為什麼啦？」媽媽桑爽朗地笑著，眼神倏地飄向門口，緊接著拉門打開了。

「抱歉，我來晚了。」

看到一襲西裝的三島雄二走進來，速水一陣意外。三島也在十二月的二階堂的紀念會上，和當紅漫畫家坂上實連袂出席。速水想起同期的小山內那殺氣騰騰的眼神。現在小山內被調到不同領域的業務部門。

不認識三島的眾編輯對突然出現在包場酒吧的男子感到困惑，面面相覷。

「啊，三島先生，你真的來了！」

「當然囉，這是作家久谷亞里沙的決勝時刻嘛。」

速水驅動海馬迴思考兩人的共通點，想起幾年前久谷的原作小說改編成漫畫時，由三島擔任責編。

場子掀起一陣漣漪，對話中斷的時候，久谷的手機振動了。她看到螢幕說「我失陪一下」，離開酒吧，速水向其他人介紹三島，說他以前是薰風社員工，在漫畫編輯部。

「我現在主要是為漫畫家處理經紀事務。」

編輯們與三島交換名片，但態度不太熱絡，聊了兩三句漫畫市場後，出現奇妙的冷場。

「三島第一次來這家酒吧吧？二樓有張很棒的古董桌喔。」

速水邀三島上二樓，三島立刻同意了。兩人雖然算不上親近，但三島以前是薰風社的人，速水感到有責任，決定先帶他離席。

二樓只有一間寬敞的和室，深處有一組古董辦公桌和扶手椅。兩人在散發陳年光澤的飴黃色桌面放下杯墊和杯子，面對面坐下。

三島有張國字臉，長相頗為精悍，但看上去比起在二階堂的紀念會時老了許多。坐下之後，三島說了聲「抱歉」，開始滑手機。

「好像很忙？」

「不會……我得看一下推特。」

三島提起和他的公司簽約的男性漫畫家名字。

「他長得那副樣子，原來會用推特啊？」

「他就用那副樣子寫推特。不過最近讓人有點擔心。」

「是嗑藥嗎？」

「不是。只是一喝醉就很糟糕。會一下子變成憂國之士。」

「哦，那種的啊。會一肩扛下日本的未來是吧？雖然會引來固定粉絲。」

「默默離開的讀者更不知道有多少倍吧？現在是還好，但時代風向是會輕易轉變的。」

速水也常看作家的社群網站。大部分的人都會發揮個性，很好地為自己做宣傳，但裡面也有一些人經常引火上身，讓人懷疑是不是故意在釣魚。網路上的文章一旦貼出去，就會被永遠記錄下來，不管再怎麼受歡迎的作家，等到日落西山，這些黑歷史就有可能變成巨大的回力鏢，反咬自己一口。

「不能阻止他嗎？」

「唔，是生病了。只要把討厭的對象封鎖掉，時間線上就全是同溫層。如果這能激勵他創作，倒也是無所謂。」

「你意外地冷漠呢。不過書這麼難賣，也可以理解作家想要下海自我推銷的心情啦。」

「與其抱怨作家的推特，先努力把書賣出去再說是嗎？」

三島把手機放到桌上，喝起兌水酒。

「工作方面順利嗎？」

速水問，三島曖昧地點點頭。看到這個人，速水就會忍不住想起以前擔任漫畫雜誌總編的小山內。小山內被這名前部下挖走了所有的熱門漫畫家。

「怎麼說，盡量拓展業務，勉強撐著的感覺吧。」

經紀人的工作主要是在出版社和作家之間居中談判條件。他們可以替身為自雇工作者的作家提出難以啟齒的要求，但現實上面對的是已經具有一定實力的作家，因此仍有許多不確定的要素。

小山內透露，三島為了得到更多漫畫家的合約，寫信給許多當紅漫畫家，卻沒什麼效果。而且他的信件居然被影印起來，宛如黑函般四處傳閱，這就是這個業界可怕的地方。

他說現在他也接一些類似編輯工作室的案子，替企業做編輯或製作教育類手冊。

「速水先生的雜誌也很辛苦吧？」

「不只是我們，幾乎所有的雜誌都很危險。月刊和週刊的低迷深不見底啊。」

速水嚴肅地回答，露出解嘲的笑，喝了一口威士忌。

他把三島帶到二樓，當然是顧慮到其他編輯，但也是想要和消息靈通的三島深入討論一下業界狀況。

「成長的只有電子書的定額讀到飽吧。」

「如果完全轉移到電子書，或許還有法子，但現在是最難熬的時期吧。書也是，以前的作品要轉成電子書，也需要時間、人手和經費。」

雖說規模不斷地縮小，但紙本出版物的銷售額大約有一兆五千億圓。而電子書儘管成長相當迅速，但規模還只有紙本的十分之一左右。

「因為可以扣除印刷和流通的部分，要是定價可以更便宜一點就好了，但還有電子書店的上架費用。」

「電子書不受圖書不二價制度的限制，所以萬一演變成殺價戰，那就不得了了。不過最可怕的還是出版社本身被架空。」

實際上速水就聽說，外資經銷商裡面最大的一家「威爾森」也會直接連繫作家個人，而不透過出版社。目前還沒有問題，出版社擁有製作內容的能力和技術。但理論上只要網羅優秀的編輯和行銷專家，從做書到銷售，其他業種的公司也能完全獨力搞定。速水想起清川說的「想要重生為內容產業」，體認到地殼正在發生變動。

「確實，出版社無法完全掌握作家就棘手了。」

嘴上說「棘手」，三島的表情卻頗開心。到時候就是經紀人活躍的時代了，是嗎？

「剛才提到定額讀到飽，一般書籍或許也會像音樂業界那樣，變成檔案買賣模式。就像有個巨大的中心，大家想要的時候，就過來拿走想看的書。」

「所以『威爾森』才會跟出版社起糾紛呢。」

「誰叫他們擅自刪減讀到飽的書目呢？可是少了物理限制，商品更容易流通也是事實。以前的熱銷作品也有可能重見天日，這叫做翻土效果嗎？系列作品的話，第一集免費試閱，接下來要花錢買，這樣的做法已經出現了呢。而新書則不加入讀到飽的書目裡面。即使變成薄利多銷，與其凍結在那裡，讓商品流動當然更好。」

確實，如果書店沒有庫存，商品就停止流動了，但電子書隨時都在不停地賣出。銷售方法變得複雜，但也可以視為交易的機會增加了。

「目前的話，書本降價的機會只有一次，也就是從精裝本變成平價文庫本的時候。但是電子書的話，就可以多次進行促銷。過去的作品也是，端看怎麼搭配組合，我覺得還是很有賺頭的。」

「不管怎麼樣，現在這樣的市占率實在不太樂觀。漫畫那邊怎麼樣？」

「也是紙本下降，電子書成長的趨勢。紙本除非改編影視而且賣座，否則不會突然暴增。漫畫的話，明年左右或許電子版的銷售額就會超過紙本了。雖然漫畫雜誌還是一樣陷入苦戰。」

「漫畫的話，主要原因是一下子就可以讀完呢。智慧型手機的畫面也變大了，適合看漫畫。」

速水心裡想著小說這麼說，三島點點頭，指頭撫過杯上的水滴：

「文字的話，自我成長類、資訊科技類應該可以有不錯的表現吧？雖然很單純，不過容易做市場行銷的書，電子版似乎也容易賣得好。讀者會邊看電視邊滑手機，所以小說如果改編成電視劇，銷售也會增加……嗎？小說果然還是很難。」

「愈聽愈覺得紙本沒有未來了。文學書也是，感覺精裝本已經觸底了，文庫本的銷量暴跌更是淒慘。」

「很糟糕嗎？」

「三年連續下跌六％，不斷突破最低點。文庫本無法填補精裝本的低迷銷量，而精裝本賣不好，就不會文庫化，這樣的狀況漸漸變成理所當然。」

「文庫銷售比例較高的出版社很吃緊呢。」

在銀座的俱樂部和二階堂喝酒時也是如此，談話內容無可避免地變得悲觀。三島的臉上也滲透出疲態。

「就沒有什麼好消息嗎？」

「國內市場規模不斷地縮小，所以只能指望海外了。」

「這部分漫畫很具有優勢呢。」

「對。不過如果不勇闖尚無人開拓的領域，我獨立也沒有意義了。」

「意思是……？」

「在速水先生前面說這話或許是班門弄斧，不過我認為日本的小說在國外一定也能大受歡迎。現在我組成企劃小組，和全國性報紙合作，也在找動畫網站洽談，計畫逐漸成形……」

「我第一次聽說。不過，語言實在是一個障礙。」

「我也認為重點在於翻譯。不只是文字，考慮到各種發展也是……」

三島說到這裡，似乎覺得透露太多，含糊帶過。也許三島藏了什麼祕密武器。

兩人喝完杯中物，談話剛好也告一段落。速水雙手擱到扶手上，準備起身，這時三島想起來似地說：

「啊，對了，久谷老師委託我們替她處理經紀事務。」

「什麼？」

「從下個月初正式開始。散文集的事，我會再找貴公司討論。」

作家又被這傢伙搶走了嗎——？

速水默然，冷冷地回視三島挑釁的眼神，重新落坐。久谷的作品，往後都必須透過這個人談判。自家人的內鬨讓速水覺得愚蠢極了。現在責編已經不是中西或是惠，也不是自己，而是三島了。

速水外套口袋裡的手機振動打破了僵硬的沉默。他移開互睨許久的眼神，望向螢幕。是樓下一名編輯傳短訊給他。

——落選。老師可能會抓狂——

5

白色感測器讀取到白色證件卡，自動門靜靜地打開來。

今天抵達電視台後，同樣的景象他已經看過三次了。由於有許多包括名人在內的人員進出，需要嚴密的保全措施吧。但是看在外人眼中，這樣的森嚴也顯得壓迫、特權。

「這麼麻煩，真是不好意思。」

杉山龍也回頭，以言不由衷的語氣道歉說。

長長的走廊兩側是成排的房間，門的間隔不規則，也許房間大小各異。看見房門敞開的室內有各種小道具和小跑步移動的工作人員，速水終於有了來到影視製作心臟地帶的真實感。

「這裡是攝影棚，現在正在錄綜藝節目。」

杉山指著看上去十分沉重的黑門說，繼續在走廊上前進。

帶著惠一起應酬後過了四個月。連載後集結出書的《往後》沒有半點動靜。速水勉強業務部門的晚輩進行增刷，銷售成績卻不見成長，作品從書店平台上消失了。

這段期間，速水仍與杉山電郵連繫，杉山卻完全沒有提到改編影視的事。也為了施加壓力，速水表示「想要再見個面」，結果杉山請他到電視台來了。

杉山打開右邊的門，將門上的牌子翻成「使用中」。裡面是單調的三坪左右的房間。

「抱歉把您請到這種地方來。」

「休息室嗎？」

「不，只是單純的討論室。休息室有附照明的鏡子和洗臉台，感覺很像置物間，不太自在。有種冰冷的感覺。」

「電視上常看到的是榻榻米和室的休息室。」

「嗯，休息室有許多種。速水先生是第一次進電視台裡面嗎？」

「不，我拜訪過節目宣傳部和公關部，其他就是改編影視作品時，去拍片現場參觀過。」

為了行銷原作，速水曾多次拜訪東京的電視台。但大部分都是在電視台入口附近的大廳討論，不曾進入製作現場。今天杉山領他進入內部，他料想可能有某些用意。

兩人隔著桌子在兩邊坐下，聊了一下四個月前的飯局。

「後來我也聽福永提到，速水先生是個很厲害的人。」

「哪裡，要是真有那麼厲害，我早就進電視台了。」

「您太客氣了。我們這行真的很散漫的。現在早就沒有人會時間一到就坐在電視機前看節目了，電視台卻拿以前的標準，成天吵著收視率如何。」

「我從學加法的時候就最討厭數字了。」

速水附和地說，完全沒有透露自己要求部下業績數字的事。

速水聊著無傷大雅的內容，試著緩和相敬如賓的氣氛，卻遲遲難以拉近和杉山的距離。杉山應該也明白速水來訪的目的，卻完全沒有提及。

「不過，在競爭如此激烈的狀況下，杉山先生卻能不斷地做出成果，真的很了不起。」

「哪裡的話，我只是把右邊來的東西往左邊送（註18）罷了——有這樣一首歌對吧？」

「要不要來唱一下？」

「不必了。」

兩人對笑，速水認為助跑已經足夠了。

「杉山先生現在負責的電視劇，女主角的演技真的很棒呢。」

「這是一次破格拔擢嘛。我們公司和她的經紀公司都想要讓她靠這次的電視劇走紅。」

「我女兒也是她的粉絲。」

「真令人開心。」

「她真的是個往後令人期待的女星……啊，說到往後我想起來了，後來我們出版社的《往後》怎麼樣了？」

「這記球投得真是高招。」杉山笑著撩起頭髮說。「我看過書了，非常引人入勝。」

「謝謝。」

「就像您說的，人物描寫非常到位，所以很容易代入感情。」

「這話真讓人高興。那麼，我可以認為《往後》還有往後囉？」

「這話意思是……？」

「我很希望在自家電視上看到那部作品。」

「我也務必這麼希望，不過滿困難的呢……」

受到硬化的胃部牽引，臉頰幾乎要僵硬起來，但速水出於習性，擠出笑容。

「不好意思，我有點沒聽清楚……」

「就當作沒這個可能吧。」

「杉山先生，請別那樣左耳進右耳出，說得好像沒這回事啊。」

聽到更明確的否定，速水用力咬緊牙關。《往後》的改編影視，是可望立即增加營收的一大支柱。二階堂的新作品需要幾年的時間才能收穫，而特輯可以做成雜誌書的內容不夠多。永島咲的新連載雖然被各媒體介紹，但難說推動了雜誌的實際銷量。

清川的臉在腦中一晃而過，但要說服素有業界最難搞作家之稱的二階堂，困難重重。想到出國採訪的費用，僵硬的胃開始痛了起來。

速水把視線從連杯茶都沒招待的杉山移開，仰望單調房間的天花板。

「《往後》雖然是不錯的故事，但已經有類似的實境節目了。」

註18：指搞笑藝人Moody勝山（ムーディ勝山）走紅的歌曲〈把右邊來的東西往左邊送的歌〉（暫譯，右から来たものを左へ受け流すの歌）。

「但調性完全不同……」

「後半戀愛要素變強了對吧？坦白說看得有點膩。就我而言，我想要看到更領先時代、更具衝擊性的故事。」

「那，不是由你們改變一下設定就行的問題囉？」

「真的很不好意思。」

杉山的表情一臉都不抱歉，雙手在胸前合起。

「哪裡，我才是，占用了您寶貴的時間。」

「這次雖然很遺憾，但希望往後還是能與速水先生維持良好的關係。」

「我們才是，請務必多多指教。」

「對了，二階堂老師的連載大概什麼時候開始？」

又是二階堂？速水幾乎想要咂舌頭。一想到杉山帶他到這裡，目的是為了二階堂，他便感到一陣掃興。二階堂大作的重點作品人人搶著要，他根本不必特地跑來向人低頭。才剛甩開《往後》，就想用同一隻手搶占人氣作家的原作，這名製作人的臉皮之厚，令速水內心作嘔。結果這就是在險惡江湖中打滾的電視人，他根本不把小小的雜誌總編放在眼裡。

「預定在夏季拿到大綱，然後開始進行採訪，所以還需要一段時間。」

「之前聽到的時候，我很感興趣。我遲早也會升上主管職，所以想在那之前做出一部成名作。」

「雖然很令人感激，不過畢竟是二階堂原作，已經有消息靈通的影視界人士前來洽詢了。雖然連大綱都還沒有出來。」

速水為了小小地回敬一番，與身子往前探的杉山拉開距離。

「這樣啊。我是在考慮改編成連續劇，接著搬上大螢幕，而且是前後篇二部作。渾雄的原作，當然最起碼要有這樣的格局待遇。」

「二階堂老師如果聽到，一定會非常開心。」

「速水先生送我的簽名書，二階堂老師在上面寫著『我的作品也很上鏡頭喔』，那句話激勵了我。」

確實很有吸引力，但速水還不打算把杉山的話轉告二階堂。如果隨便讓作家萌生期待，結果企劃無法實現，絕對會讓作家心情大壞。如此一來，受害的會是與作家最親近的編輯。而且也不能保證《三位一體》能撐到連載結束。

「我得感謝福永才行。多虧他介紹了這麼厲害的總編給我認識。」

杉山輪廓深邃的臉上擠出笑紋。明明清楚對方的感受，卻能滿不在乎地說出讓人頭皮發麻的奉承話，那種庸俗雖然也能說是強悍，但還是令人感到不快。

「下次再邀福永和高野小姐一起去喝酒吧。」

「好啊，有機會的話一定。」

速水說出明顯是客套話的回覆，站了起來。

「不過，那個時候高野小姐可能已經不在了。」

「咦？」

杉山這番意有所指的話，讓速水不得不再次坐回簡陋的椅子上。

「這話是什麼意思？」

看到杉山老神在在的笑容，速水注意到自己臉色大變。

「沒有啦，前些日子我也跟其他出版社的人去吃飯，唔，一樣是談影視改編的事……然後我提到跟速水先生和高野小姐見面的事。結果那家出版社的人告訴我，說有人在挖角高野小姐。」

挖角……

意料之外的消息讓速水整個人僵掉了。大受震驚的腦袋發出的是完全不帶男女感情的警報。惠是永島咲的責編，除此之外，她和雜誌有關的小說家、漫畫家及散文家都維持著密切的關係，所以如果她把這些作家全部帶走，將會對《三位一體》造成致命的打擊。

「請問……是杉山先生碰面的出版社要挖角她嗎？」

「不，是其他出版社。」

「如果不妨，可以請教是哪一家嗎？」

「嗯，沒關係啊。」

杉山說出一家與薰風社規模相當的大型出版社的名字。這時速水才想起中西在電郵中提到的事。

——吹噓根本八字沒一撇的其他出版社的挖角——

八字沒一撇只是中西的偏見，其實真的有人來挖角惠。這讓渾然不覺的速水更覺得自己遲鈍得可怕。

「我是不是多嘴了？」

「不會不會，您的話很有幫助。」

「請千萬不要透露是我說的喔。」

「是的，這我當然清楚。」

離開房間時，杉山厚臉皮地叮嚀「二階堂老師的事就拜託囉」。洩漏惠的挖角消息，似乎讓他自以為賣了人情。

「那，我在這一樓還有事，恕我不送了。」

速水甚至無人送客，一個人經過走廊。遭到簡慢的對待，讓速水心煩意亂，他稍微做了點深呼吸，好切換思考。這時他忽然疑惑：自己沒有證件卡，自動門會打開嗎？基於安全考量，離開時不是應該也要刷卡嗎？

然而感測器就彷彿讀取到速水的不安，前方的自動門打了開來。令人驚訝的是，進來的是永島咲一行人。咲散發出一眼就看得出是女星的華美氣質，一手拿著手機，帶著經紀人和造型師，大大方方地經過走廊正中央。

「咦，真是太巧了！」

速水開心地大聲說，咲從手機螢幕抬起頭來，露出驚訝的表情。男經紀人護花使者似地走上前來，用充滿警戒的表情看速水。

這反應分明是不記得他。速水覺得彷彿傷口被灑了鹽。當然，咲的連載是出於《三位一體》的利益考量，但無疑是速水第一個發現她的文學才華，提供給她新的發展機會的。

見到速水時，一臉緊張而熱情地談論小說的永島咲感覺變得好遙遠。

「抱歉，像個怪叔叔似地登場。我是薰風社的速水。」

聽到名字，瞬間咲和經紀人的表情亮了起來。

「啊，速水先生！這真是太失禮了！」

經紀人親熱地搭住速水的手。

「對不起，我剛才在看手機……」

咲也用稱不上辯解的話尷尬地掩飾。

「哪裡，請別放在心上。我每星期至少會被警察攔下來盤問兩次，還曾經明明沒侵入民宅，卻驚動保全公司的警報呢。」

速水對接下來要參加綜藝節目錄影的咲送上鼓勵，離開一行人。

雖然順利遮掩過去了，但咲的反應加上杉山的無禮，讓速水的心中充滿了屈辱。

「哎呀，恭候大駕已久啦～」

背後傳來杉山迎接咲的討好聲音。速水受不了他們的輕浮，想要快點回公司，站到自動門前。

門沒開——

看來還是需要證件卡。

速水在原地站了半晌，將忿恨強壓至心底。接著像平常那樣裝出假笑，踩著令人不忍卒睹的輕盈腳步折返回去。

第四章

1

從自己房間的小窗戶望出去，外頭是六月的天空。灰色的雲散發出昏暗的光，彷彿連濕暖的風都可以看見。速水輝也把嚴重磨損的信箋放回信封裡，收進木盒中。

望向吊在辦公桌檯燈上的懷錶，他對時間居然過了那麼久而驚訝。這是晝長夜短的季節。雖然已經五點多了，但外頭昏暗的光線仍沒有要消失的跡象。

最近在家吃晚飯的次數很少，他不知道該幾點出去飯廳才好。面對關係降至冰點的妻子，努力不讓對話中斷，讓他感到精神疲累。實際上他已經疲於在見到妻子前預先準備兩、三個話題，而早紀子只想把開口的次數減少到最小，盡快結束對話的態度，也讓他感到氣憤。

偷窺風波已經過了快四個月。後來兩人不曾談論過那件事。表面上風平浪靜，但無波水便會混濁，無風空氣就會滞悶。這陣子每到週末，速水就憂鬱到不行。

再看一次懷錶。從剛才只前進了五分鐘。即使一個月只有兩三次，但他假日會待在家裡，都是為了女兒美紀。現在就讀小六的美紀為了考上都內的名門女子中學，成天從早到晚埋首唸書。

那裡是早紀子的母校，這下原本感情就好的母女，關係更是緊密了。另一方面，在家中變得更為孤立的速水想要拉攏女兒，邀她去主題公園或電影院，卻不受理睬。

好一把年紀的大人在自家卻得提心吊膽，讓速水覺得窩囊，他吆喝一聲「好！」拍拍膝蓋站起來。為了避免在飯廳沒事做，他拿了一本平裝書。

一走進客廳，就看見早紀子和美紀坐在另一頭的餐桌上。兩人對著筆電螢幕開心地聊天。不知道什麼時候買的，兩人前面擺著粉紅色和橘色的同款馬克杯。看到女兒在，速水鬆了一口氣，在美紀對面坐下來。

「要買什麼給爸爸嗎？」他問。

美紀從筆電螢幕抬起頭來笑道：「零用錢那麼少，能買什麼？」最近女兒忙著準備考試，表情多半陰鬱，她的笑容讓速水開心起來。

「爸爸也要喝吧？」

美紀起身走到餐具櫃，拿出和桌上的杯子同款的馬克杯。

「爸爸用這個水藍色的喔。」

「怎麼，原來也有我的份？」

「我跟媽媽一起去買的。只有爸爸什麼都沒有，不是太可憐了嗎？」

由於忙於工作，速水能陪伴女兒的時間不多，美紀卻會好好地替父親著想。女兒的體貼讓速水的心一下子暖了起來。

「爸爸可以考慮增加妳的零用錢喔。」

「咦，真的嗎！」

美紀的表情頓時亮了起來，相對地，早紀子臉上的笑意消失了。意思是在叫他不要多嘴嗎？早紀子看也不看速水，讓他弄不懂妻子在想些什麼。

「唔，就看妳的談判功夫囉。這社會可沒那麼容易，平白就有錢拿。」

由於事關家計，速水含糊帶過，但早紀子的反應一下子就讓他如坐針氈了。

「什麼嘛，讓人家空歡喜一場，真討厭。」

美紀噘起嘴唇，但還是從茶壺裡為父親倒了杯紅茶。因為有女兒在，速水不用跑去客廳避難。流理台擺著裝了食材的大碗，似乎已經備好料了，但妻子好像還不準備下廚做飯。速水打開帶來的平裝書。

「啊，這件不錯，水藍色滾邊的。」

「咦？太幼稚了啦。」

女兒老成的發言讓速水覺得好笑，從書本抬起頭來。她的長相又變得成熟了一些。原本以為漂亮分明的雙眼皮是遺傳自母親，但仔細一看，小巧的薄唇和細長的鼻子也很像早紀子。不滿的時候抗議的「什麼嘛！」，語氣跟母親幾乎是一個樣。

「我要……這件！」

「不行，太貴了。」

「否決得太快了吧？預算不會太少了嗎？」

「妳以為妳是哪裡的富家千金啊？」

「可是爺爺家很大啊。」

「爺爺家是爺爺家，我們家是我們家。」

在這個家裡，爺爺奶奶指的是早紀子的父母。速水的母親住在鄉下依然健在，但不太喜歡上東京來。速水知道母親討厭價值觀不合的媳婦，因此不知不覺間，與母親的往來只剩下每兩年過年回家一趟。

「爸爸也資助一點嘛。」

「什麼話？那本來就是爸爸的錢。」

早紀子說，還是一樣看也不看丈夫。事實上，基本上家裡的生活開銷都來自速水的薪水，但每次妻子提起錢的事，聽起來就像在挖苦。富有的岳父岳母動輒就會拿錢給女兒，早紀子基本上不懂得金錢的寶貴。岳父岳母幫忙出房子的頭期款，讓速水很感激，但妻子都快四十五了還這樣啃老，有時也讓他很看不慣。

「妳要買什麼？」

「洋裝。現在在這幾件之間猶豫。」

美紀把筆電轉過來，螢幕面向速水。上面有五個視窗並列，顯示洋裝圖片。每一件都很華麗可愛，但價格也不菲。

「這件水藍色的滾邊洋裝不錯啊。」

「連爸爸都這樣說？真是昭和時代的品味。」

「跟時代無關，它的魅力在於價錢。」

「什麼嘛，認真幫我想好嗎？這關係到我的校園生活啊。」

「我說妳啊，只不過是一件洋裝，世界才不會因此而改變。而且妳也不會穿去學校吧？」

「就是不穿去學校才好啊。這叫做反差好嗎？反、差。」

美紀說，看向母親笑了。「反差」這個詞或許是從早紀子那裡現學現賣的。不管怎麼樣，這都讓速水感到有些疏離，他望向書本。由於工作忙碌，他經常不在家，基本上絕大部分的生活作息，都只有她們母女倆一起度過。

「那，買GAP的衣服吧。」

「爸爸。」

聲音聽起來有點僵，速水訝異地從書本抬起頭。

「這話不好笑，給我一萬圓。」

「妳受的是什麼教育啊？」

「錢包輕一點，逃亡的時候比較輕鬆喔。」

「我跟不上妳的設定欸。有誰在追殺我嗎？」

「當然是邪惡的作家囉，這還用說嗎？」

速水噗嗤笑了出來，心想不愧是編輯的女兒。久違的一家團聚，似乎也讓美紀樂在其中。

「比起反差，適合年齡的服裝才是最好的。」

「可是書上說，不管是男是女，都無法抵抗反差啊。」

「哪本書這樣寫？」

「爸爸的雜誌。」

「啊……上一期啊。」

「我呢，現在有點屈居劣勢，所以必須一擊逆轉才行……」

「嗯？什麼叫屈居劣勢？」

母女倆又對望，彷彿在嘲笑男人的遲鈍。

「我啊，下下個星期天要去約會。」

「約會？」

速水驚訝地闔上書本。但女兒甚至不在乎他的反應，一臉開心，令速水陷入茫然。

「約會……妳說的約會，是那個約會？」

「沒錯，就是世人所謂的約會。」

不愧是編輯的小孩，伶牙俐齒，但美紀還只是個小學生而已。當然，現在這個時代，即使聽到小學生約會，速水也不會多驚訝。但換成是自己的女兒，他就無法保持平靜了。他一直以為女兒忙著準備考試，居然還不忘沉迷於戀愛。他大受震驚。

速水要求說明似地望向早紀子，但早紀子只是面露冷笑。這表示她知道是怎麼回事，卻不告訴速水——雖然兩人之間現在連對話都難以成立。

女兒有心儀的男生，這本身並不稀罕。因為她每升上新的年級，就會換一個新的愛慕對象，所以速水並沒有特別放在心上。但論到約會，就有了一種奇妙的逼真。雖然還是孩子，卻讓速水覺得不舒服。

「同班的男生？」

「爸爸好奇嗎？」

「居然會邀妳約會，一定是覬覦我們家的錢。」

「我又不是什麼富家千金。放心啦，他比我還大。」

「什麼？比妳還大？該不會是大叔吧？」

「那是犯罪吧？國二啦。」

國中生……豈止是令人不舒服，腦中的警戒燈號亮了起來。這讓速水覺得應該放在這個家裡的錨鬆掉了，美紀被沖到了遙遠的地方。

「國中生不行。」

「為什麼？」

「還為什麼……一般人會跟小學女生約會嗎？那傢伙太不正常了。」

「只差兩歲而已啊。爸爸才不正常哩。」

女兒鼓起腮幫子，一旁的早紀子避開丈夫的目光，依舊表現出拒絕的態度。就算是速水，也不由得動怒了。偷竊那時候，他因為無法對妻子溫柔而感到內疚，但應該慚愧的，是都多大年紀了還偷東西的妻子。當時那種情況，就算店家報警也不奇怪。

「妳都不管嗎？」

速水帶著幾許怒意問早紀子，但她露出冰冷的眼神，瞧不起人似地說：「這又不是你能決定的事。」一道尖銳的憤怒升起，胃就像被一把抓住似地縮了起來。

「為什麼不是我能決定的事？」

「時代早就不同囉，對吧？」

早紀子對美紀說，美紀用力點點頭，挑戰似地看速水。速水湧出怒吼的衝動，硬是克制下來，咬牙切齒。

在以前，早紀子至少還知道在孩子面前給他留點面子。早紀子開始變了。說滴水穿石就太誇張了，但夫妻關係已經出現了無法忽視的裂痕。

婚前覺得甜如蜜的她的優點，住在一起後，他發現其實是一種毒。速水原本純粹地欣賞早紀子的有教養，但掀開來一看，她的那種餘裕與依賴，只會令人煩躁。

「嗯，不過我也可以瞭解爸爸擔心的心情。」

美紀交互看了看父母，打圓場說。居然讓孩子擔心，速水覺得窩囊極了，閉上嘴巴，再次打開書本。其實他有一堆想問的問題，像是那個國中生的事、去哪裡約會、幾點回家，但他覺得如果早紀子又多話，這次他可能會爆發。

「那，爸爸覺得哪一件比較好？」

設法緩和氣氛的美紀令人感動，速水露出寵愛的笑，但視野中的早紀子攪亂他的思緒。

雖然對美紀很抱歉，但現在他無論如何都不想和早紀子重修舊好。對方應該也一樣。雖然雜誌面臨廢刊危機，但職場待起來還比家裡舒服多了。

速水假裝在看書，想著高野惠的事。自從一月的應酬後，兩人私底下完全沒有連繫。他猶豫起來，考慮打破默契，傳ＬＩＮＥ給她。

2

隔天一早就在下雨。

速水穿過驗票口，撐起雨傘，走入人潮之中。雖然已經過了尖峰時間帶，但往同一個方向前進的人不少。還沒到公司，便已覺得渾身倦怠。昨晚他無法熟睡。

後來理所當然，晚飯的對話有一搭沒一搭，飯後速水立刻關進自己的房間了。作家久谷亞里沙的第一本散文集預定夏季發售，所以他在看校樣，但完全無法專心。雖然主要責編最後決定由惠擔任，但版稅的事必須和三島雄二的經紀公司談。除此之外，還必須為柏青哥機台的事說服二階堂大作、永島咲的連載小說要出書、還得為高杉裕也找到發表連載的版面，有許多問題等著解決。

在公司裡，他忙著達到脫離赤字的業績，在家裡，也為了和妻子空虛的心理戰磨耗身心。速水拿久谷的散文拿藉口，傳LINE給惠，但惠已讀不回。

抵達《三位一體》編輯部樓層時，速水切換消化不良的心情，進入辦公室。今早幾乎沒有人影。除了平常的特輯，編輯還有各自的業績要達成，因此勞動密度確實增加了。週初的內部會議，多半也都改成晚上進行。

「你怎麼穿吊嘎？」

聽到速水的聲音，副總編柴崎真二抬起頭來。他的手臂粗壯結實，就像個運動健將。背心幾乎是全黑的，左胸處用白線刺繡著「flower」，品味可議。

「政府提倡的清涼商務裝啊。」

「那是『flower』嗎？又多了個厭惡夏天的理由了。」

「速水總編今天心情很糟呢。」

「你的手一動，腋毛就若隱若現。要我借你電動理髮剪嗎？」

「完全沒有腋毛不是很怪嗎？請把它當成海藻，靜下心來。對了，剛才相澤局長找你。」

速水想起相澤德郎那張油膩的臉，點點頭在座位坐下。應該是要催促柏青哥的事。這件事雖然吸引力十足，但對象是二階堂，必須有十成把握才能開口。這場談判將成為掌握《三位一體》沉浮的關鍵。

速水打內線到編輯局長室，相澤叫他三十分鐘後到上一樓層的討論室。相澤還是老樣子，說些無聊的笑話，讓人聽不出他的心情好壞。

討論室與可以根據會議形態改變大小的會議室不同，桌椅固定放在那裡。一想到要在感覺像密室的無窗房間跟老狐狸上司獨處，速水無可避免地感到窒息。

他提前一些離開編輯部，一邊爬樓梯，一邊思考柏青哥機台的種種藉口。這一個月半之間，他形同毫無動作。他做好挨罵的心理準備，站在門前。

以為無人的辦公室裡傳來話聲，速水感到詫異。他客氣地敲門，相澤的聲音傳來：『進來。』

「打擾了。」

兩個男人坐在桌子內側。相澤旁邊的小個子是專務多田茂雄。速水驚訝得愣在原地。

「快把門關上，過來這裡坐。」

聽到相澤的話，速水連忙關上門，坐到兩人前面。

「好久不見了呢。」多田說。

一陣子不見，多田的白髮變多了，變成一副慈祥老爺爺的神態。多田平時是個輕飄飄軟綿綿令人捉摸不定的人，但只要開關啟動，瞬間就可以把對方電到無力招架，因此有了「多田水母」的綽號。

「速水愈來愈帥氣啦。」

「他也吃了不少苦嘛。」

「不過相澤你的臉倒是一年比一年邪惡。」

「咦，真奇怪，上次酒店小姐才說我長得像丘比娃娃那樣可愛呢。」

「你像丘比娃娃？那美乃滋應該都變黑色了吧。」

「不敢當、不敢當。」

突然被叫來，看專務和編輯局長互虧開玩笑，速水難得茫然張大嘴巴傻在原地。

「怎麼啦？一點都不像你。年輕人就該在這時候耍一下笨啊。」相澤說。

「兩位是在練習搞笑劇嗎？」

多田笑了，說著「沒錯，就像你說的，現在的狀況就像搞笑劇」，身子往前探了過來。

「昨天我跟帝國出版的社長喝酒。不過聊的全是不景氣的事。」

帝國出版和薰風社是業界兩大龍頭。眾所皆知，多田與帝國出版的社長有同鄉之誼，多田的交際範圍之廣，是公司裡出了名的。雖然速水不曾與他一起喝過酒，但多田似乎不可貌相，千杯不醉。

「我們聊了很多，不過紙本實在不可能恢復過去的榮景。這形同要讓時鐘倒轉。換句話說，如何掌握電子書的特性，將會愈來愈重要。」

多田是個講求邏輯的人。他還是編輯局長時召開的「企劃會議」，氣氛總是劍拔弩張。多田說話的語氣雖然平和，但除非提出數字根據，否則他不會同意新書的企劃案。也因為如此，他的預測多半很準，現在也是，眾人都說相澤說的話，大半都是拾專務的牙慧。

「電子書的銷量確實增加了，但要填補紙本還差得遠。而且也有可能以現在這種荒唐的市場規模穩定下來。我認為應該拋棄傳統思維，盡量開拓新的軌道。你呢？」

「我也認為應該以有彈性的態度來面對。」

速水恭敬地說，多田滿意地露出笑容。

「所以了，我在考慮增加電子圖書館的書目……」

聽到電子圖書館，瞬間速水一陣胃痛，心想：「目的是這個嗎？」就跟昨天被早紀子的口氣激怒時的疼痛一樣。又多了一個棘手的問題。

「現在地基這麼不穩固，我理解有些作家抗拒推出電子版。不過你也理解現在狀況緊迫，不是可以故步自封的時候吧？」

「……是的。」

「幸好二階堂老師贊同書籍電子化。」

「可是……老師對圖書館有很強的戒心，特別是電子圖書館，他明確地表示排斥。」

之前二階堂在銀座的俱樂部憤慨的模樣歷歷在目地浮現眼前。無論如何都必須避免繼續扛下新的負擔。

「但老師對於推出電子書並不排斥。這是重點。如果你能說服文壇中心的二階堂大作，其他作家也容易跟進。所以我才會像這樣親自拜託你。」

多田的態度完全不像在求人。「親自」這兩個字，證明了他的傲慢。

「但是，我認為圖書館做為娛樂設施，過於充實，對作家是很不利的事。」

「所以才要改變思考。你也清楚，娛樂產業是在彼此爭奪時間。如果不設法增加民眾接觸書本的時間，出版業就沒有未來了。如果可以從自己的電腦或手機直接連上，就沒必要上圖書館。讀者借閱電子書，就會有一定的金額回饋給出版社和作者，也可以在畫面加上誘導他們前往網路書店的連結。我們正像這樣逐步打造出盡可能製造出利潤的體制。」

「可是……」

「你看看美國。不只是書，影片、遊戲，什麼都可以用借的。而且公立圖書館有八成以上都加入電子化，日本卻只有百分之一。」

多田一股作氣地說，速水猶豫是否應該反駁，但如果被迫接下這份差事，他的精神無法承受。「專務所言甚是，但……」速水先這麼說道，雙手在桌上交握。

「出版業界的結構，日本和美國有著根本上的不同，而且美國有根深柢固的捐款文化，應該不能用相同的尺度去看待吧？」

多田不太高興地嘆了口氣，靠到椅背上：

「你自詡為美國通嗎？不過，如果你真心為出版文化的未來擔憂，只是抗拒改變是不行的。聽好了，電子圖書館只占整體的一小部分。既然逃不過薄利多銷的趨勢，抓著左輪手槍又有何用？」

相澤瞥了一眼板起臉孔的多田，對速水笑道：

「我為什麼叫你過來這裡？為什麼會選擇你？當然是因為我對你的實力再清楚不過了。你想想十二月的紀念會。老師撇下在場各家出版社的資深編輯，指名你第一個上台致詞不是嗎？」

「可是，還有那件事……」

速水無法判斷能不能在專務面前說出來，卻又逼不得已。

「你說柏青哥的事嗎？那件事後來怎麼了？」

「呃……我還在找時機……」

「那不是正好嗎？如果連續拿兩件不同的事去麻煩老師，老師或許會生氣，但一併提出來要求，或許反而可以一舉突破。」

親自去談的人不是你，你才能在那裡說風涼話——速水留意不讓內心的不愉快流露出來，隨著嘆氣把憤怒一起吐掉。

「直到八〇年代以前，柏青哥業界和出版業界的市場規模還相去不遠。然而現在柏青哥成長為二十兆、三十兆圓的市場，出版卻跌破一兆五千億圓。怎麼樣？這個數字可以利用吧？」

相澤瞄了多田一眼說，發出近乎沒品的大笑聲。

「這樣是沒辦法說服二階堂老師的。」

速水發出細微的抵抗之聲，這時敲門聲響起。接著來人不等回應，不客氣地直接開了門。

「噢，我在等你。」

回頭一看，同期的秋村光一一臉厭煩地杵在門口。他看到專務，也沒有特別驚訝的樣子，甚至沒有理直領帶。

「快過來坐。」

相澤招呼，秋村也不應聲，只是鴿子似地頭往前伸了一下。他甚至看也不看速水，在旁邊坐了下來。

「你來得真慢。」

「抱歉，忙工作。」

「還是老樣子，連裝一下客氣都不會。」

相澤的嘮叨不帶惡意，心情好轉的多田面露微笑，直起身子。

「忙是好事啊。聽說網路版很不錯？」

應該是指秋村擔任總編的財經雜誌的線上版。「翻轉ＯＮＬＩＮＥ」不只是財經訊息，還刊登了銳利剖析政治文化的專欄，據說閱覽數扶搖直上。

「網站上介紹的書好像賣得很好呢。」

「是的，託您的福。」

即使面對專務，秋村似乎也不願阿諛奉承。態度徹底成這樣，甚至讓人看了爽快。

「唔，秋村很能幹嘛。」

相澤這話顯然是在嘲諷速水。

「你身為同期，也幫忙說個幾句吧。速水對二階堂老師太客氣啦。」

秋村面無表情地看速水。因為不知道他會說出什麼話來，速水全身緊繃。

「現在不是凡事都聽作家的時代了。」

多田和相澤齊聲笑起來。秋村一來就製造出三對一的狀況了。

「不過，也不是就可以翻臉不認人。」

「甭擔心，作家會先低頭的。」

「說得這麼事不關己。出版業要成立，全賴有好的書稿。」

「就算不是大老，也能寫出好的稿子。」

「你們部門或許是這樣，但我們有我們的做法。」

「那種作法已經過時了。」

速水與秋村互瞪，相澤開心地打諢說：「噢，火藥味十足喔。」

「我會叫你過來，不為其他，是有件事想要請你調查一下。」

秋村的視線慢慢地望向多田。

「總務那裡有些動靜不太妙，我要你去探聽一下。」

秋村對多田作戲般的台詞沒有特別的反應，只反問了一句：「具體來說是什麼？」

「我聽說總務有目的地在調整退休金數字。」

「貼現率嗎？」

「對。」

長年在財經界打滾的秋村似乎立刻就有了明確的想像，但速水聽得一頭霧水，只能勉強理解大概。

為了進行會計處理，會從往後公司將要負擔的退休金總額，以「貼現率」來計算出現在必要的數字。秋村說，如果「貼現率」設得高，就可以壓縮負債。

「怎麼樣？可以調查一下嗎？」

「好。」

速水驚訝地看向旁邊。

「這麼輕易就答應了？」

「嗯，只是查一下的話。」

看到若無其事地答應的秋村，速水覺得詭異，為了剛才他對電子圖書館的事再三推託而不安起來。

「這樣啊，麻煩你了。」

多田瞇眼看秋村。從「超級」現實主義者這一點來看，多田和秋村很相似。他想起後輩藤岡說過「專務對秋村印象很好」。

「好，那就這樣了。」

相澤拍了一下手，就像在宣布談完了。他們好像要留下來。速水和秋村站起來，多田皺起眉頭說：

「你們也很辛苦，不過好好加油啊。秋季的時候，或許又有雜誌要收掉了。」

多田或許是在以編輯系的專務身分做出激勵，但聽起來完全就是恐嚇。速水把視線從一旁賊笑的相澤身上移開，行了個禮，和秋村一起離開。速水關門的時候，秋村已經快步要走遠了。

「喂，秋村！」

聽到速水輕浮的叫聲，秋村停下腳步，速水立刻追上去。

「噯，怎麼說，咱們都是同期，彼此反目也不算什麼。一起去吐吐職場苦水如何？」

「回到職場，全是苦水，我已經喝夠了。再說，就算士兵在底下怨聲載道，也毫無建設性。」

秋村大剌剌地說完，再次快步往前走。速水不想就這樣被丟下，走到他旁邊，強勢地繼續攀談：

「剛才的事，你居然能一口答應。」

「反正八成是企圖要動搖社長派親信的總務部。」

秋村說，彷彿對多田的計謀嗤之以鼻。

「我聽了也不太懂，是很嚴重的事嗎？」
「根本不算什麼。我們公司規模這麼大，就算操作那些數值，影響也有限，而且風險太大了。十之八九是空穴來風。」
兩人來到樓梯前，停下腳步。
「那是一種忠誠測試。」秋村語氣厭煩地說。
「意思是如果你要加入專務派，就要拿出誠意來？」
「可能是覺得如果讓別人平起平坐，會害得自己火燒屁股吧。」
速水也是相同的看法。直截了當地說，這是雜誌被當成人質挾持的中間管理職的悲哀。速水雖然覺得這是吃人頭路免不了的麻煩，但也很好奇秋村接下來的動向。
「怎麼樣？如果有時間，要不要一起去喝杯茶？」
速水做出倒杯子的動作，秋村一本正經地應道「怎麼可能」。
「咦？怎麼可能？你是說怎麼可能嗎？」
秋村點點頭，完全不把同期放在眼裡似地，走上樓梯離開了。
那過於決絕的退場，讓速水只能茫然目送。
總務部在上去兩樓的地方。秋村剛才的話不斷地在腦中迴響。
「難道……他現在就要去調查？」

說出口的瞬間，口袋裡的手機振動了。是惠傳ＬＩＮＥ來。

『最近有時間碰個面嗎？』

3

惠指定在都內的居酒屋見面。

這是雙人和室包廂，相當侷促，隔著嵌地桌坐下，甚至讓人感到壓迫。

「好像帳篷。」

用生啤酒乾杯後，速水環顧房間說。

「最適合密談了。」

「密談喔……」

收到惠的ＬＩＮＥ之後過了四天。這段期間，速水一直擔心挖角的事。永島咲的連載和久谷亞里沙的第一部散文集，責編都是惠。在廣告收入不斷減少的狀況中，如果這兩大支柱無法出書，下一期絕對逃不過赤字。而且惠很擅長有條不紊地安排特輯採訪事務。在這樣的小組織裡，如果少了她，損失實在太大。

「久谷老師的書，有辦法依照預定來嗎？」

一方面也為了堅壁清野，速水從業績相關的事開始談起。為了提前出版，他們請久谷新寫了幾篇散文。這部分沒有稿費，但久谷下一部小說的出版似乎延期了，時間上剛好可以配合。

「大致上都還順利。跟小說不一樣，老師說會揭露『女人久谷亞里沙』的一面，似乎下了很大的功夫。」

「她的散文滿毒辣的嘛。」

「一定能切中粉絲的喜好。啊，對了，我請永島小姐寫書腰推薦了。」

「經紀公司答應了嗎？真不愧是妳，手腳真快。」

久谷亞里沙的讀者層，女性占了壓倒性多數。而永島咲現在影響力大增，如果登上封面，女性雜誌的銷量就會增加。惠說她也會詢問其他認識的媒體人士。她果然很可靠。

「三島後來有說什麼嗎？」

久谷和原本是薰風社漫畫編輯的三島雄二開的經紀事務所簽了約。書本內容會直接與久谷本人討論，但條件的部分，必須透過三島商量。

「沒什麼特別的麻煩。他好像反而會協助我們做宣傳。」

目前似乎沒有糾紛，但三島是個精明的傢伙。他有可能利用這次協助宣傳，下次提出嚴格的條件。速水想起在久谷的等待會見到三島時他那天不怕地不怕的表情。

第二杯兩人各點了紅酒和高球雞尾酒，氣氛漸漸輕鬆起來。

「後來妳跟中西怎麼樣了？」

兩人為了久谷翻臉吵架，已經過了一個月以上。表面上沒有起衝突，但周圍仍然不敢刺激她們。

「沒什麼影響啊。而且我們本來就沒什麼接觸。她有對速水總編說什麼嗎？」

那場爭吵之後，中西寄了電郵到速水的公司信箱，信中把惠痛批了一頓，但速水刻意沒有說出來。再讓部下之間繼續鬧僵，也沒有任何好處。中西不僅和同期的柴崎勢同水火，還和後輩女同事吵架，速水對她只能小心翼翼。

「她好像跑去局次長那裡哭求讓她調單位。」

喝完杯中的紅酒，惠嘲笑地說。相澤直屬部下的編輯局次長確實從以前就特別關照中西。

「那只是傳聞，不知道有幾分真實性。不過局次長好像喜孜孜地到處向人吹噓。」

「不過中西的話，確實有可能這麼做。」

「我從以前就覺得，妳對中西特別刻薄呢。」

惠從店員那裡接過續杯的紅酒，已經醉紅的臉露出不是滋味的表情。

「以前我在《Aqua》跟中西一起做過。」

「咦？妳們以前共事過？」

「對。我進公司第三年的時候。雖然只待了半年。」

《Aqua》是薰風社的女性流行雜誌，但現在廢刊了。就連中西也沒有對速水提過她們以前是同事。

「中西從那時候就是個陰險的人。心眼壞到家，什麼都不肯教我。」

「半年的話，什麼事都沒辦法做吧？」

「那時候真的很慘。」

半年就調走，肯定是出過什麼事，但即使速水不經意地探問，惠也不肯說明具體狀況。如果兩人從以前就有心結，就算速水是總編，也不必一肩扛起全部的責任。

或許是疲勞累積，生啤酒和兩杯高球雞尾球就讓速水開始醉了。他放下酒杯，改變話題。

「《往後》的事，讓妳失望了。」

速水想起被電視劇組製作人的杉山簡慢對待的那一天。電視人完全不把雜誌小總編當一回事的態度，到現在都還讓他無法釋懷。

「嗯，沒有門路，改編影視很困難的。但總編讓它增刷了一次，我很感謝。」

「虧我應酬的時候那麼賣力模仿。」

「客人明明笑得那麼開心。電視人都是騙子。是可疑的綜合商社。」

「『辻元議員，請妳撤回騙子的指控！』（註19）」

「我喜歡速水總編模仿的鈴木宗男。」

「可是完全沒能打動電視人呢。《往後》真的是一部好小說吶。」

速水托起腮幫子說，惠噗嗤一聲笑出來。

「笑什麼？」

「速水總編真的很熱愛小說呢。你應該想要回去文藝線吧？」

「就算現在回去，也是當部長吧？《小說薰風》也沒了。我還是想要做編輯。這樣說或許有些大言不慚，但作家就像作曲家兼演奏家，編輯則是指揮家。妳懂嗎？就像對樂譜做出不同的詮釋，就會演奏出完全不同的音樂一樣，編輯的指摘和建議，有時候可以讓小說改頭換面。那真的會讓人上癮。」

「或許我還是受到速水總編的才華吸引吧。霧島老師的合作小說真的很有趣。」

速水設法克制不讓笑容在臉上漾開來。可不能被年紀小自己一輪的女孩耍得團團轉。

「看你笑得那麼開心。」

「咦，我笑了嗎？」

「嗯，喜不自勝的感覺。」

註19：眾議員辻元清美曾在國會上追問眾議員鈴木宗男的海外資產，以「可疑的綜合商社」稱呼他。

速水含了一口高球雞尾球，清了清喉嚨，像要轉換氣氛。

「唔，不管怎麼樣，都必須保住《三位一體》才行。如果《三位一體》沒了，又少了一個連載小說的園地。」

「我們的發行量滿大的嘛。永島小姐的小說，在社群網站也漸漸發酵囉。」

「她很有文學才華，不過記憶力有點……」

「記憶力？」

速水說出在電視台巧遇時，永島咲一行人完全不記得他的事。還說出沒有證件卡，被擋在自動門前的事。一喝醉就特別愛笑的惠笑得樂不可支。

「速水總編一定從小就霉星高照對吧？」

「在毫無反應的自動門前立正，連自己都覺得可憐透了。」

「不過總覺得好可愛。」

速水再次感受到惠迷煞歐吉桑的手段，但還是沒有問出最重要的挖角消息。吃起最後的茶泡飯時，惠一本正經地開口：

「上次一直沒有回你的訊息，對不起。」

因為太突然了，速水不小心嚥下滾燙的茶泡飯。

「不會……我才是不好意思，在星期天連絡妳。」

「不會，我很開心，只是當時有點猶豫。」

速水預感到惠要剖白，放下飯碗，筆直地看著她。

「其實，有別家出版社來挖角我。這陣子職場又一直很難熬，所以我猶豫起來。」

「我覺得會有人來挖角妳，是很合情合理的事。」

速水沒有多說什麼，催促惠說下去。

「坦白說我很不安，萬一《三位一體》就這樣消失，被調到完全不熟悉的部門該怎麼辦？我不想再重蹈《Aqua》的覆轍。可是，我現在在《三位一體》做得很開心也是事實。久谷老師的散文和永島小姐的小說，我也想做到最後。而且換個觀點來看，現在這種存續或廢刊的驚險經驗，在人生當中也相當難得。」

速水覺得這實在不是能用驚險一詞帶過的狀況，但確實最近他有些失去了享受工作的餘裕。

「就是因為在煩惱這些，所以我才遲遲沒有回覆。」

必須跨越的門檻出乎意料地多，即使克服了這些難關，也不能保證就能達陣。

「那現在已經沒事了嗎？」

「嗯。我要和《三位一體》……和速水總編共進退。」

速水慢慢地點頭，只說了句「歡迎回來」。惠說出心底話，或許輕鬆了，神情舒爽。

「速水總編最近也很累吧？」

「看起來像嗎？」

「表情凝重的時候變多了。」

速水一直極力要自己不要表現出來，但或許無意識之間，內心的煩躁還是反映在臉上了。

「噯，業績什麼的，給大家增加了許多負擔嘛。」

「業績的事請不要太放在心上。畢竟不努力一點，雜誌就要倒了。」

惠一口氣喝完不知道第幾杯的紅酒，笑道：「放手一搏吧。」

「妳真是好膽識。」

「哪一樣讓你覺得最難受？」

「難以選擇吶……」

「來自相澤局長的壓力？」

「那邊的壓力確實很大。看到他臉上的油應該就知道，實在很黏人。」

「就算是速水總編，也抵擋不了啊？」

「怎麼說……相澤局長老奸巨滑。想要高他一籌，相當困難。不過說到底，能出人頭地的都是那種人。」

惠說著「這樣啊」，在嵌地桌底下用腳踢踢速水。速水表面若無其事，把腳纏繞上去。

「別輸囉。」

惠抬眼看速水，腳尖輕輕地撫過速水的腳背。

「換個地方吧？」

速水邀道，惠什麼也沒說，只是歪著頭笑，看起來像在享受男人的反應。惠的腳尖撩起速水的褲腳，慢慢地滑上小腿。然後來到膝蓋下方，動作突然停住了。

「我要回去了。」

出其不意的回應，讓速水說不出話來，惠露出嫵媚的笑，倏地收回了腳。

4

一片寂靜的樓層令速水有些手足無措。

以前他也來過業務部幾次，但疑惑之前的氣氛有這麼安靜嗎？面積約是《三位一體》編輯部的兩倍半，但大部分的員工都肅穆地埋首工作。

業務部的辦公樓層分成三區，分別是「企劃」、「書店」與「經銷」。速水先探頭看「企劃」，找到曾經勉強對方幫忙《往後》增刷的西村和喜，輕輕揚手。西村似乎正好有空，走到速水這裡來。

「今天怎麼會來？」

「又來拜託你增刷囉。」

「饒了我吧。結果《往後》改編電視劇的計畫不是告吹了嗎？」

「真抱歉。我把我的謎片送你。」

「才不要哩。你只是想要處理掉垃圾罷了吧？」

「片名叫《尿意衝刺》。」

「嗜好太特殊了吧？」

西村露出目瞪口呆的樣子，返回辦公桌，速水望向「書店」辦公區。

同期的小山內甫一手拿著電話，正在行禮。小山內注意到速水，指向門外，示意他在外頭等候。

一會兒後，小山內提著公事包和西裝外套來到走廊。

「讓你久等了。」

「不會穿得太正式了點嗎？」

都已經過了六月中旬，小山內卻打著領帶。他還在編輯部的時候，在公司多半都看他穿牛仔褲。

「習慣穿西裝以後，穿便服就覺得麻煩了。」

好久沒聽到小山內的關西腔了。由於部下三島帶走了負責的漫畫家獨立，當時的總編小山內以「人事交流」的名目，被調到了業務部。那些漫畫家與三島的經紀公司簽約後，仍在薰風社的漫畫雜誌繼續連載，但也許是為了殺雞儆猴，四十歲以上的編輯全被調到不同領域的部門去了。

「新部門習慣了嗎？」

「才剛過兩個半月而已。工作內容完全不一樣，整天被比我小的上司罵。」

同為雜誌總編，速水想像如果自己被丟到這個部門，忍不住毛骨悚然。小山內天生就生了張老臉，但三島獨立以後，他的皺紋深了許多。相澤的臉掠過腦海。

兩人搭電梯下去一樓，穿過大廳，走出烏雲密布的天空底下。

「梅雨很討厭，但夏天也夠討厭的。」

小山內仰望深灰色的雲，虛弱地說。

「聲音怎麼像個病人似的？距離熱昏人的季節還早吧？」

「工作期間是省電模式。我現在是上班一條蟲，下班一條龍。」

小山內離過婚，目前單身。想像他一個人在居酒屋喝酒的身影，速水的心情陰沉得就像罩頂的陰天。

「你說省電，可是我看你拿著話筒猛行禮啊？」

「哦，那個啊。家常便飯。就像熱身操。」

了。

兩人走路的速度都很快，不停地超過前面的人。離開公司五分鐘左右，就穿過車站的驗票口

「是文藝線的編輯打電話來罵人。」

「文藝線？」

在月台加入排隊行列時，小山內從皮包拿出扇子搧起來。

「威爾森啦。」

總公司位於美國的大型電商網站威爾森不只是書籍，網站上同時販售及配送音樂、影片、生活用品、家具等各樣商品。由於它龐大的庫存量及快速的送貨，甚至可以購買二手書，使得它在出版業界具有壓倒性的存在感。各家出版社，尤其是業務部門，對威爾森完全抬不起頭來。

「書本價格誤植得太高，作家氣炸了，編輯更是暴跳如雷。」

「那不能立刻修正嗎？」

「我們有ＩＤ，所以可以修改文案，但價格修正就難了。而且也有哪一方要負擔買貴的讀者的價差的問題。」

「你要狠狠地說他們一頓啊。」

「你說對威爾森？別說夢話了。他們比菅官房長官（註20）還要可怕好嗎？」

「噢，那真的很可怕。」

「別小看威爾森那種高高在上的態度。哪家都好，你去問問其他出版社，每一家遇到威爾森，都像小媳婦似的。」

「可是你不覺得生氣嗎？」

「我說速水啊，消費者本來就沒有忠誠度可言。要是離開出版圈，我們也樂得挑選方便的服務對吧？」

「是這樣沒錯……」

「你就不會在威爾森買東西嗎？」

「……會。」

「就是這麼回事。」

上了電車，兩人相鄰而坐，小山內把扇子收進皮包，接著取出漫畫。是坂上實的新作品。

「你還在看坂上老師的作品？」

「剛調單位的時候，大概一個月左右，我連漫畫都不想看到，可是老師的作品真的很有趣。一出新書我就會立刻去買。」

「你也真喜歡漫畫。」

註20：指菅義偉，日本民主黨政治家。曾任眾議院議員及三任內閣官房長官等職位。

乎。

「畢竟在工作中做過那麼多漫畫嘛。」

速水也取出平裝書讀起來。有編輯經驗的人碰面就是這樣。因為有書，即使沒有對話也不在乎。

在離目的地最近的車站下車時，已經快上午十一點了。時間意外緊迫，兩人快步走下樓梯。站前有一家全國連鎖大書店的大型店鋪。這裡有一位堪稱教祖的女店員。

每年一次，由全國書店店員票選出來的文學賞受到媒體熱烈報導，不僅是得獎作，連提名作品都獨占了書店門口的陳列架。自從這個獎項創設以來，這名專業店員便愈來愈引人注目，不僅在雜誌進行連載，甚至登上電視，活動範圍愈來愈廣闊。值得信賴的店員推薦的作品銷量大增，也不是罕見的事。

「橫山小姐！」

速水出聲，正在整理文學書區的橫山涼子抬起頭來。她應該已經快三十了，但個子嬌小，看上去就像個學生。

「啊，速水先生！好久不見！」

興奮的橫山和速水手拉手，為了再會而歡喜。橫山的推特有許多追隨者，她獨特的評論與介紹書籍的「ＰＯＰ廣告」品味，讓她成為各種活動的搶手人物。有趣的是，這名年輕的橫山是二階堂的狂熱粉絲，作家本人也很喜歡她。

「這次提出無理的要求，真是不好意思。」

「哪裡哪裡，沒有的事。能夠舉辦二階堂老師的書展活動，我簡直太開心了！」

速水計畫在《三位一體》的連載開始前，在書店舉辦二階堂的書展活動，並舉行談話會與簽書會。除了為新連載預作宣傳，也是想要藉由大力吹捧二階堂，讓他答應「柏青哥」與「電子圖書館」這兩項懸而未決的要求。

「哎呀，不管什麼時候看到妳，都這麼青春有活力。」

小山內說出老頭子般的稱讚，橫山閉上眼睛搖搖頭：

「小山內先生是速水先生的同期對吧？一點都不像。」

「而且我還比較年輕。」小山內說。

「不敢置信。怎麼說，小山內先生就像松本清張的小說裡會出現的刑警。感覺好像會打公共電話那種。」

「居然這樣損我。速水，你怎麼說？」

「刑警跟公共電話還好吧？要是說你是嫌犯跟火腿族，表示你一定被討厭了。」

「表示我還算受到欣賞嗎？」

「噯，別在這邊聊，我帶兩位去辦公室吧。」

橫山一個轉身，穿過店內往裡面走。被帶到隨處放置紙箱和海報紙的書店後場，速水想起早紀子，內心湧出一陣苦澀。

速水在裡面的座位和小山內一起坐下，橫山端出瓶裝茶招待。

「我好期待二階堂老師的新連載。什麼時候會開始？」

「我們考慮接在永島小姐的連載結束後，所以還要一陣子。目前是大綱的最後階段。」

雖說是最後階段，但二階堂的構想似乎尚未定案。一方面是因為作品格局恢弘，而且出國採訪也還沒有眉目，所以必須在這段緩衝期設法做好連載的準備。

「這是企劃案。」

小山內把綱要拿給橫山。因為是速水向小山內提出的企劃，兩人對內容已經有了共識。

業務部的「書店」主管從「企劃」部門那裡接到發售日通知後，就會向書店要訂單，製作鋪書清單。然後把這份清單交給「經銷」，讓書籍流通。此外，像這次這樣規劃書店的行銷活動，創造話題，吸引讀者，也是業務部重要的工作。

速水望向橫山手上的綱要，說明要旨：

「這次活動的目的，是簡明地展示二階堂老師的經歷與作品之間的關聯性，讓讀者瞭解他的創作範圍之廣。我特別希望大力推薦發表後過了一段時間，印象變淡的所謂『隱藏的名作』。」

「重新看看這份作品清單，可以感受到四十年的歷史呢。老師從我出生以前，就一直身在文壇的最前線嘛。」

「是的。橫山小姐讀過這部《忍者的夙願》嗎?」

「沒有……是時代小說嗎?」

「對,是八〇年代的暢銷作品。角色鮮明,主角是個堅毅的忍者,非常帥氣喔!動作場面也非常精彩,但人物關係與忍者的哀愁也描寫得入木三分,到現在還是有很多死忠支持者。」

「這是系列作品,出了七本呢。老師的作品我應該讀過不少,可是對這部沒有印象呢。」

從年齡來看,橫山讀過的二階堂作品,應該多半是電視劇或電影原作。是那些配合改編影視而增刷的文庫版嗎?但《忍者的夙願》由於不幸的原因,沒有脫離鉛字的世界搬上螢幕。

「下次我送妳一套,請務必一讀。橫山小姐的話,一定會迷上的。」

橫山笑容滿面,高呼:「萬歲!」想到她是真心熱愛小說,速水也開心起來。

「這麼有幹勁啊?」

小山內打諢地插口說。自從和惠一起去喝酒後,速水想要捲土重來的衝勁日益高漲。

「你才是,少一副置身事外的樣子。到時候要主導活動的可是業務耶。」

「不,這是被稱為二階堂大作私生子的你的主戰場。」

「喂,老師有段時期真的有傳聞說他可能有私生子,這種玩笑可別亂開,會被當成真的四處傳播。」

橫山也受不了地抗議:「小山內先生!」

「對了，上次那本書……」

橫山接著提到某本因為熱銷斷貨而引發話題的政治類小開本叢書。

「怎麼只有威爾森有庫存？」

「啊，真抱歉。」

小山內假惺惺地搔頭，掩飾尷尬。他內心一定在想：「又是威爾森。」對書店來說，點一下就可以結帳，而且還販賣書籍以外的商品的威爾森，一定也是個威脅。

後來三人又討論了約二十分鐘，薰風社的兩人告辭離開橫山任職的書店。

「希望可以順利。」

與走出公司仰望陰天那時截然不同，小山內的表情十分舒暢。但也反過來將他平日的陰鬱襯得更濃重，令速水一陣難受。

「你不打算就這樣在業務做到死吧？」

速水邊走邊問，小山內用鼻子「哼」了一聲。

「人事是公司決定的。」

「可是，那分明是懲戒人事啊。」

「唔，確實是很露骨。」

「你記得藤岡嗎？」

「嗯，他以前是在《小說薰風》吧？」

「那傢伙是工會的下任執行部成員。夏季工運不是還有沒提出的訴求嗎？」

前些日子結束的工會夏季抗爭雖然提出獎金和各種要求，但幾乎沒有成果，就此落幕。

「你是說『針對雜誌陸續廢刊的質疑』嗎？」

「嗯。好像也會提到人事異動，所以你的調動也……」

「不行不行。」

小山內搖手，就像在說沒得談。

「我才不想當砲灰。」

不出所料，被一口回絕，速水立刻不再提了。因為如果自己站在小山內的立場，一定也會做出相同的回答。

「倒是，秋村有奇妙的行動。」

「秋村？」

速水立刻直覺是與退休金有關的事，焦急地停下腳步。小山內也跟著停步，回望速水。

「他來問我會計上的處理問題。」

「退休金的事嗎？」

「你知道？我第一次聽說，所以跟他說不知道。」

「……這樣啊。」

秋村當時的口氣像是認為白費工夫，但原來他好好地在努力查證。

「我不認為秋村會主動去蹚職場政治的渾水，一定是相澤局長那些人在幕後操縱吧？」

「明察秋毫。」

「同期自相殘殺嗎？真可悲。」

聽到自相殘殺，速水有了更清楚的認識。上次相澤叫他過去，要表達的其實很單純，也就是《三位一體》或《翻轉》，只有一方能夠存活。被奸巧的上司操弄在掌心，這種狀況令人不爽，但能衝破終點線的只有領先的一個人。而終點線很快又會變成起跑線。無論如何，他都必須贏得勝利，存活下來。

有種開關切換的感覺。

放手一搏吧！——惠的聲音響起，在內心宣告逆來順受的時間已經結束了。

速水向小山內道謝，再次走向車站。

好了，開始絕地大反攻——！

5

自動門另一頭是清一色白。

寬闊的大廳裡面有櫃台，坐著一名穿背心制服的小姐。速水只稍微卻步了一下，隨即清了清喉嚨，走過大理石地板。

「我和內容事業部的清川先生有約。」

五官立體的櫃台小姐露出模範笑容，說著「請稍等」，拿起話筒。速水望向天花板挑高，充滿開放感的會客區。以圓型造型花藝擺飾為中心，呈放射狀擺放著皮革沙發組。有幾組訪客正在討論事情。

小姐請他在會客區等候，速水在沙發坐下，從皮包取出厚厚的一疊報告。

這是報社時代的上司給他的。速水想起前上司精通柏青哥業界，試著連絡。前上司突然接到他的電話，似乎很驚訝，但懷念地說「我都有在讀《三位一體》」，讓速水很開心。然後前上司坦承自己瞞著公司供稿給柏青哥雜誌，把他整理的報告寄給了速水。

久谷亞里沙和永島咲的新書是重要的財源，但能不能熱銷，是一場賭注。相較之下，全年合約的廣告是「現金」，而採訪費用是給二階堂最好的伴手禮。但雜誌的經營沒那麼容易，不是說拿到這三千萬圓就能立刻轉虧為盈。但如果不有所突破，肯定無法開拓未來。具備遠比自己優秀的經濟觀念的秋村正在水面下行動。懷著半吊子的覺悟，是贏不了那傢伙的。

「抱歉讓您久等了。」

清川和兩個月前一樣，優雅地穿著完全合身的西裝。眼鏡鏡框也和上次一樣，非常時尚。

「我還是不得不說，您的眼鏡真帥氣。」

「哈哈，今天因為要跟速水先生碰面，所以我戴了新眼鏡。」

「送這種東西給這麼時尚的清川先生真不好意思，這是醬煮海鮮禮盒。」

「咦，您太客氣了。謝謝。我最喜歡這種佐飯的配料了。」

「那太好了。希望能合您的胃口。」

雖然只是一點小心意，但清川似乎很開心，愉快地邀請速水：「來，這邊請。」

會客區深處有一小段階梯，盡頭處是一道厚實的門，入內一看，擺了一整排柏青哥機台。疑似員工的襯衫男子聚集在各機台周圍，一手拿著檔案夾，正在討論。四處響起小鋼珠滾動的聲音與角色的招牌台詞，熱鬧滾滾，與會客區截然不同。

速水露出好奇的樣子，清川說：「是在檢查新機台。」隔了一道隔音門，速水總算有來到柏青哥公司的真實感。他跟在清川後面走上樓梯，來到電梯間。

「您這麼忙，還請您抽空，真是抱歉。」

今天的會面是速水提議的。為了擬定攻略二階堂的戰略，他認為首先必須瞭解業界。同時還有一個目的，就是認清清川這個人。

「哪裡，我才是，不好意思請您中午時間過來。其實應該要我過去拜訪才是禮數。」

「哪裡，跟貴公司這麼漂亮的建築物相比，我們公司大樓簡直是違章建築。」

搭電梯到樓上以後，清川領他到樓層深處的接待室。中央是一大張擦拭得光可鑑人的橢圓形木桌，還有投影螢幕和音箱等等，充滿了高級感。

「真豪華的房間。」

「大而無當啊。我還沒有在這個房間用過螢幕呢。」

在桌子兩邊坐下，即使伸長了腳，也碰不到彼此。

「上上個月謝謝您的招待。」

「我才是，謝謝您光臨舍弟的餐廳。結果錢又回到清川家的口袋裡了。」

「真是理想的洗錢手段。」

「速水先生真的好健談。我一直想再和您見一次面。」

敲門聲響起，女員工推著推車進來了。

「速水先生還沒用午飯吧？」

「是的。」

「抱歉只有便當可以招待。」

「您太費心了，真不好意思。」

女職員放下便當和茶水，這驚喜的招待令速水很驚訝。清川掀開蓋子，速水也照做。便當裡有好幾片大塊的肉，是肉排便當。

「這太豐盛了……我只帶了醬煮海鮮當伴手禮，真的可以嗎？」

「當然。咱們邊吃邊聊吧。」

速水不客氣地夾起肉排。脂肪恰到好處而且柔軟的肉裏滿了醬汁，美味得令人咋舌。才嚐上一口，就知道這便當要價不菲。

「清川先生每天都吃這麼好吃的便當嗎？」

「怎麼可能？要是老吃這麼好的東西，兩年就翹辮子了。」

速水一邊用餐，從無傷大雅的地方開始問起：

「現在大部分的柏青哥廠商，都有內容事業部這樣的部門嗎？」

「大公司應該有，但中小應該多半沒有吧。沒有的地方，就跟代理店合作。交給代理店處理或許比較便宜，但因為有獨立的部門，我才有機會像這樣認識速水先生，我認為絕對不是白費。」

「人數應該不少吧？」

「不不不，我們部門很小的。我也是轉職進來的，不過幾乎都不是一畢業就進來的，所以在公司裡，我們被視為怪咖小集團。實際上就類似用術科考試錄取進來，集合了各領域的阿宅。這是個很容易引起戒心的業界，所以工作上最重要的就是能和人打成一片。」

速水心想，看來招攬到的都不是等閒人物。清川本身雖然態度溫和，卻頗為強勢。但這樣的個性在談判的時候，絕對不是缺點。

「前些日子您提到的廣告，貴集團旗下的溫泉設施和年輕人的娛樂設施，業績似乎相當不錯呢。」

「每家公司都有一堆不動產系的副業。託您的福，我們旗下的產業似乎生意也很興隆，但還是比不過本業。」

「貴公司會設法吸引前來旗下設施的客人，比方說女性客群，設法把她們引到柏青哥店去嗎？」

「非常困難呢。《冬季戀歌》爆紅的時候，《冬季戀歌》的機台以中年婦女為中心，爆炸性地熱賣，但就我所知，除此之外，沒有其他成功的例子。」

「『勇樣』沒能成為突破口嗎？」

「以結論來說，是的。這是我們首要面對的課題，卻很難找到提升柏青哥形象的方法。因為柏青哥沒有半點『美容』或『療癒』的要素，確實讓女性難以踏入店裡。」

「對了，我會模仿勇樣。」

「我也會。」

速水「哦？」了一聲，提議兩人暫時模仿裴勇浚來對話。速水對自己的模仿相當有自信，但清川的裴勇浚即使講了很久的話，聲音還是維持模仿的狀態。感覺好像可以看到圍巾、雪花和崔志宇（註21），速水甘拜下風。

「這是……這是因為清川先生有眼鏡！」

「我是靠著模仿特技進入內容事業部的。」

「怎麼不早說嘛！」

兩人同時拿起茶杯，氣氛融洽起來。

「回到原來的話題，我可以請教顧客群的男女比例嗎？」

「大概八比二吧。下午也可以看到大嬸客人入店，所以也有把午間連續劇做成機台的提案。」

「也很難吸引家庭客群吧？」

「我們也有推出附托兒所的柏青哥店，但世人的眼光很苛刻。東日本大地震以後，我們自行撤下柏青哥機台的電視廣告，但是完全沒有恢復的徵兆。」

為了讓對方容易開口，速水沒有做筆記，但出於以前當記者的習性，他在腦中的筆記本裡，將問題和答案分開記錄起來。

「既然都說了這麼多，我就不再保留了，不只是女性和家庭客群而已，該如何吸引年輕族群，也是重要的問題。柏青哥的平均核心層是四十歲以上，斯洛機台更年輕一點。現在的年輕人真的很窮呢。打得不好的人，不到十分鐘就會被吃掉一萬圓，所以也必須配合時代，製作適合的機台才行。」

最近不管跟任何業界的人聊天，都有很多人提到「過渡期」，柏青哥業界應該也正處於這個時期。速水確認二階堂可能會深入追問的問題後，決定改變方向。他喝了一口日本茶，蓋上吃得一乾二淨的便當。

「我重新讀過二階堂老師的《忍者的夙願》，清川先生真不愧是專家。那麼適合影視作品的小說難得一見。」

「現在真的很難找到那麼精彩的小說。怎麼說，已經枯竭了，連可以借用的作品都沒有。剩下的都是些絕對不會釋出版權的作品。」

「之前您也提到您很愛看書？」

「也沒有什麼，我從青少年時期就一直有讀小說的習慣。」

速水聊了一陣清川喜歡的作品。清川的閱讀範圍很廣，不管是現代作品還是歷史小說都會

註21：飾演《冬季戀歌》女主角的女星。

讀，從他的語氣也感受得到熱情。清川舉出的作品，速水幾乎也都知道，因此小說話題聊得相當盡興。雖然很想繼續聊下去，但時間有限，速水把話題拉回正題。

「剛才我看到許多新機台，畫面進化好多，我很驚訝。」

「九〇年代開始，可以用液晶播放影像之後，我們就開始和娛樂業界合作了。」

「《忍者的夙願》預定要改編成動畫對吧？」

「現在是動畫泡沫時期，製作公司也是，高品質的地方預定都排到很後面了。不管拿出多少錢都沒辦法提前，必須照順序來。所以我希望可以盡快預約……」

「……真的很抱歉，二階堂老師那邊如果走錯第一步，有可能會是自尋死路……」

「真是不好意思。我是覺得不能催得太緊，但也不願意被其他公司搶走這個機會。」

「這個提議就像一把雙刃劍，但老師不是那麼容易說動的。我認為老師一定會問到相當深入的問題，可以請你詳細告訴我動畫業界的現況嗎？」

「動畫界一直持續著非常激烈的競爭，每一季約有五十部新作品推出。」

「五十部？一年兩百部嗎？太可觀了。」

「不過這包括了深夜動畫、通訊衛星台、五分鐘動畫等各種類型。尤其因為深夜動畫增加，二〇〇〇年代後半開始，競爭愈演愈烈，動畫業界的人似乎都忙到有家歸不得。由於處於飽和狀態，沒有一家公司是空閒的。」

「感覺很賺錢呢。」

速水用拇指和食指扣成圈圈翻過來說。

「每個世界都有輸贏，但基礎穩固的公司，應該是不會有負債的情況。作品的藍光光碟能熱銷是最好的，不過意外地似乎有辦法維持盈收。海外播放的話，美國的狀況似乎很不錯。日本的動畫在那裡的播放率是百分之百，幾乎是零時差播放。如果順利，光是輸出海外，就可以回收成本。還有中國也不錯。」

「中國嗎……」

速水針對海外播放提出更詳細的問題，接下來也聽到好萊塢作品的版權購買，以及向歐洲推銷機台等外國相關的狀況。二階堂這個人全身上下充滿了好奇心，總是露出肉食動物般的眼神，無時無刻尋找新題材。說得露骨些，對作家來說，題材就是金錢。速水總算漸漸看出攻略二階堂的戰略了。

敲門聲響起，剛才的女職員推著推車進來了。上面放著紅茶及盛餅乾的盤子。看看手錶，已經過了一小時半。

「占用您這麼久的時間，還承蒙熱情款待，太感激不盡了。」

「哪裡，平常我也沒有機會談論自己的工作，聊得很開心。這讓我重新認識到這個業界面對的問題還真多。」

「我也是，想到出版業的未來，就感到消沉。」

「下次咱們私下去喝一杯如何？雖然完全不及速水先生的熱情，但我也很希望小說能受到世人矚目。」

「謝謝。真的就像您說的，再這樣下去，以後小說家可能會變成歷史課本的條目：『過去有一種叫做小說家的職業，是藉由以文字書寫故事來維持生計』。」

「如果小說家必須從文化廳之類的單位領取補助金，致力於保存小說這項傳統文化，那就完蛋了呢。」

「大家都在摸索新的方向，卻是困難重重。或許意外地像二階堂老師這樣的大老會更有企圖心。」

速水喝了紅茶，直視清川。透過宛如採訪般的討論，他加深了自信，認為清川如此強大的精神力絕對沒問題。

「我有個提議，清川先生，要不要和我一起去見二階堂老師？」

「咦？我嗎？當然，我很想拜會老師……可是突然去打擾，沒問題嗎？」

「放心。清川先生很年輕，卻很穩重，最重要的是，您可以客觀地評估自己的職業，二階堂老師肯定會欣賞您的。再說，那位老師也很喜歡模仿。如果遇到問題，模仿伊東四朗（註22）就可以撐上五分鐘。」

二階堂不是那種看到陌生訪客會不開心的人。他是個任何事情都能從中取樂的人。即使速水一個人低聲下氣地懇求，能引來的同情也可想而知。若要讓《三位一體》成功轉虧為盈，需要這點計策。

「像今天您告訴我的動畫海外播放，老師一定會很感興趣。老師對賺錢已經沒興趣了，我認為勝負關鍵在於能提供老師多有趣的題材。」

速水起勁地遊說，清川卻默默地啜飲紅茶。一段奇妙的空白，讓速水冷汗直淌：難道自己失言了？

「……您意下如何，清川先生？」

速水一瞬間擔心自己是否說錯了話，但對面的男子臉上浮現的不是憤怒，而是猶疑。

「有什麼不方便的地方嗎……？」

「不，剛才速水先生說，二階堂老師對賺錢沒興趣……」

「是的，畢竟老師一直在第一線活躍。」

「很抱歉，其實我們也稍微調查了一下老師。」

話題往意想不到的方向轉去，速水的心跳加速了。

註22：伊東四朗（一九三七～），日本知名主持人、演員及藝人。

「老師在金融掮客的花言巧語下，似乎拿出相當大的一筆金額，買下某家能源公司的未公開上市股票。」

「老師玩股票……？原來老師有在投資呢。」

速水刻意明朗地說，卻隱約看出清川的話要如何作結。

「那算投資嗎……？」

「怎麼說？」

「那個金融掮客相當惡質。」

「是黑道人士嗎？」

「不是道上的，不過半斤八兩。那個人拿了老師的錢，已經捲款而逃。」

速水感到一股遭受重毆般的衝擊。在過去如此漫長的往來中，二階堂連「股票」的「股」字都沒有提起過。速水不知道陪二階堂喝過多少次酒，還在二階堂與小三的不倫之旅中替他掩飾，自以為在漫長的歲月裡贏得了二階堂的信賴。

「我完全不知情。」

即使看到速水大驚失色，清川依然平靜如常。他用右手中指推起眼鏡框：

「是典型的未上市股票詐騙。怎麼樣？速水先生，這一點可以利用嗎？」

第五章

1

從音量來看，蟬就在近旁鳴叫著。

凸窗外射入的陽光強烈，風量開到最大的舊冷氣發出呻吟。雖然尚未聽到梅雨結束的消息，但速水輝也感覺盛夏已近了。

「這房間真的就像電影裡面會出現的場景呢。」

坐在皮革沙發旁邊的清川徹一臉興奮地說。

「噯，畢竟很老舊囉。這棟房子也已經有三十年屋齡了。小一點也沒關係，真想住在乾淨漂亮的地方。」

坐在對面的二階堂大作哈哈大笑，大方地拿起岩石杯。

這裡是位於橫濱市內的二階堂自家。三人目前所在的書房以走廊和房屋相連，卻宛如離屋一般，獨立於庭院之中。約十坪大的房間為了招待客人，備有飯廳，占據一角的書架上擺滿了密密麻麻的書籍，彷彿可以聽見這樣的主張：身為作家，就應當如此。

「老師，這是之前向您提到的書展活動的圖示解說。是橫山小姐製作的。」

是前些日子和同期的小山內甫一起拜訪的書店活動說明。二階堂從速水手中接過圖示，大略瀏覽，愉悅地問：「涼子好嗎？」雖然也因為對方是年輕小姐，但書迷的書店員特地為活動製作圖示說明，似乎讓大作家很高興。速水看到起步順利，鬆了一口氣。

「因為是老師的書展活動，橫山小姐也卯足了勁。」

「這麼說來，我也好久沒跟她喝酒了。」

「希望老師最近可以挪出一點時間，順便討論活動的事。」

「麻煩你安排啦。好了，你們也喝吧。你們做的也不是需要擔心時間帶的工作吧？」

與作家討論，從大白天就開始喝酒的情況並不稀奇。速水和清川對望之後，手伸向沉甸甸的岩石杯。是調和式蘇格蘭威士忌。醇厚的口感，讓人一喝就知道是高級品。

「速水，你帶了個很有趣的客人來呢。」

拜訪清川的公司之後過了十天。後來清川在極機密的狀況下調查二階堂的財務狀況，查出二階堂賣掉帆船，夜晚出遊的次數也減少了。不知道是從哪裡得到的消息，據說二階堂還在都內的膠囊旅館過夜。

不過最令人驚訝的是，二階堂正準備與結縭多年的妻子離婚。二階堂花天酒地也不是這一兩天的事了，速水一直以為夫人老早就進入豁達的境界了。離婚的話，就必須考慮到財產分配的問題，即使看似穩如泰山的二階堂大作，也無可避免地似乎有些搖搖欲墜了。對於這件事，速水也向其他出版社的週刊記者求證了。剛才二階堂提到「這棟屋子也已經三十年屋齡了」，與其說是謙虛，或許是在暗示搬家。

「清川先生是我們出版社的相澤介紹的，他年紀輕輕，卻很能幹，最重要的是他是老師的大粉絲，所以才請老師今天撥冗接見。」

三天前打電話約時間時，速水說要帶柏青哥業界的人過去，二階堂只是擺出大師風範說「哦，好啊」，沒有特別詢問理由。

「柏青哥業界的景氣如何？」

二階堂向清川拋出話題，做為招呼。二階堂應該也難以揣測速水的用意，疑惑柏青哥業界的人來做什麼。但另一方面，他也是個處變不驚的大作家，能夠享受這種不確定的狀況。

「不太樂觀呢。」

清川說，表明公司為了吸引女性客群及年輕人，尤其是為了提升形象，正煞費苦心。

「我也在許多地方說過，現在每一個業界，似乎都為了該如何開拓新客群而煩惱呢。網路的影響似乎果然不容小覷。只要坐在電腦前就可以找到最便宜的店，真是懶到家了。娛樂也是，每個人都只願意免費或是用少得可笑的金額殺時間不是嗎？」

速水判斷現在不是提出電子圖書館的好時機，決定改變話題方向。

「老師，說到提升形象，我們業界也無法置身事外。」

「確實如此。到處都是一年讀不到一本小說的人。花錢買文字娛樂的人是瘋子嗎？」

二階堂自嘲地笑，靠到沙發椅背上。

「就是說啊，為不讀小說的人打造閱讀入口，不是件易事。即使單一業界拚命努力，也不知道能不能看到隧道出口……」

一旁的清川把手上的杯子放到杯墊上。

「我們也為了轉型為綜合性的內容企業，與各個業界的人士加深交流……」

清川說明初次見面時提到的柏青哥業界與動畫業界的關係。二階堂只是含糊地應著「哦」，但速水知道他很嚴肅在聆聽。

「換句話說，即使加入影視作品的製作委員會，如果作品無法做成柏青哥機台，你們就沒有任何利潤是嗎？那不是問題多端嗎？」

二階堂不愧觀察力過人，似乎立刻識破了柏青哥業界的弱點。但這樣的反問，也在速水和清川預先討論設想到的範圍內。

「完全就像老師說的那樣。所以影片網站是我們的救世主。」

「影片網站？這話真有意思。我對這部分不熟悉，影片網站那麼受歡迎嗎？」

「成長速度飛快。我們的瓶頸是沒有自己的媒體，但可以和各種媒體合作，我認為是一項優勢。」

為了說服二階堂，必須讓他強烈地意識到跨媒體結合。清川氣定神閒地依照劇本繼續說明：

「電視雖然具有強大的影響力，但費用太高。在這一點上，影片網站是販售獨占播放權的形態，不僅可以免費上架，甚至還可以拿到錢。」

「真是天差地遠。」

「是的。而且最近的電視，只要稍微激烈一點的描寫，就非常有可能被拒播，但網路上就不必擔心這些。所以動畫和電影製作都相當依賴網路播放。」

「噢，電腦啊……？我完全無法想像。那你說的影片網站的公司又是什麼？」

「多半是外資，像是威爾森。」

聽到威爾森，瞬間二階堂皺起眉頭。或許他聽到威爾森不少的負面傳聞。速水想起拿著電話不停哈腰鞠躬的小山內。

「威爾森連這個都搞嗎？」

「是的。如果和威爾森合作，不只是二次元，還可以推動周邊商品的販賣。比方說，假設有一支樂團，會在柏青哥機台的影像登場，唱機台的曲子。然後我們公司也想捧紅這支樂團，所以請他們唱製作的動畫主題曲，如此一來，就能帶動CD和周邊商品的銷售，為威爾森帶來收益。」

「也就是所謂的雙贏嗎？你們也是，只要外資的播放公司購買播放權，也可以一舉回收製作費。」

二階堂搖著頭，就像在說跟不上這些內容。年近四十五歲的速水，很能瞭解那種對時代的轉變感到疲憊的心情。到了二階堂那種年紀，一定更覺得社會的中心都被一些違反常識的浮誇事物給占據了。

速水望向窗邊寫作用的書桌。二階堂現在依然使用他心愛的鋼筆，在印了自己名字的稿紙上撰寫故事。桌上是傾斜的木製寫稿台、鋼筆和墨水瓶、紅筆等文具，還有採訪用的室內電話。與同為小說家的高杉裕也這些年輕作家相比，寫作工具應該徹底不同。但是對速水而言，這些東西看上去不是老舊，而是威嚴。但有一樣東西給這份威嚴澆了冷水，那就是家庭用伴唱卡拉ＯＫ的麥克風。被逼著用這支格格不入的麥克風唱自己的拿手歌曲，是每個責編的通過儀禮。

「最近也有中國資本進來。不只是影片網站，花錢的電視動畫也一樣，製作委員會都很仰賴這些中資。不過中資不能投資有寫實戰鬥場面或顛覆政府的題材，因此多半是萌系或青春作品。」

清川說到這裡暫時打住，露出斜眼瞄向旁邊的樣子。速水把它當成信號，重心往前傾：

「有個很有趣的現象。據說在全世界，日本動畫漸漸成為投資的對象。」

「投資？」

二階堂的表情雖然不變，但顯然被勾起了興趣。

「是的。如果正式形成潮流，對製作現場的資金面大有助益，但相反地……」

「只知道用金錢看待創作的傢伙很危險的。」二階堂不屑地說。

「完全就像老師說的，投資家的目的只有賺錢。對他們來說，工具是什麼都無所謂。如果業界指望這些投機資金，製作品質絕對會下降。這是一把雙刃劍。」

在眼前搖晃著岩石杯裡的冰塊的大作家，就像清川說的，遇上了典型的未公開股票詐騙。原因是舊識的俱樂部媽媽桑。雖然無法連誘騙的說詞都一五一十重現，但媽媽桑和金融掮客一同遠走高飛，可見得二階堂肯定上了當。對方應該也是料定了二階堂好面子，不會出面控訴受害。受害金額是億圓單位。與妻子的離婚問題也沒有解決，二階堂很有可能陷入了資金周轉困難。

從清川那裡聽到詐騙一事時，速水靈光一閃：連結動畫業界的投資狀況，來說服二階堂吧！雖然像是趁虛而入，但這對二階堂來說，也是大賺一筆的好機會。當然，為了維護作家的自尊，速水完全不打算提起詐騙的事。

「這麼一想，這位清川先生……真的很努力呢。即使出資製作委員會，有時候也沒辦法做成柏青哥機台。而且還踏實耕耘，與其他業種的人建立起信賴關係……怎麼說，好像可以從這裡看出你的人品。」

「哪裡，我們沒有老師這種創造的才華，所以某程度也是迫於無奈。」

把投資家說成壞人，讓清川當白臉。雖然是很簡單明瞭的構圖，但三人的相關立場應該可以一下便烙印在二階堂心裡。二階堂做出有些敏感的發言：「確實，清川先生說起來，是被可疑的炒股投機客吃乾抹淨的一邊呢。」

速水在表情露餡之前，正襟危坐，迎視二階堂說：

「所以了，老師，我們今日前來拜會，不為其他，而是有一項提案。」

「怎麼了，這麼正經八百的。」

「老師願不願意把作品做成柏青哥機台？」

「什麼？柏青哥機台……」

趁著二階堂愣住，速水更進一步遊說：

「我當然不用說，清川先生也非常熱愛老師的小說！」

「這我是很高興……」

「不只是嘴上說說而已。清川先生和公司談判之後，決定為老師在《三位一體》的新連載出資採訪費用。」

「咦？採訪費？」

二階堂驚訝地問，清川靜靜地答道「是的，一千萬圓左右」。

「老師，您想先去哪一國？英國、美國、俄國……」

「等、等一下，我有點跟不上。」

二階堂從襯衫口袋取出香菸盒。寫作的時候自不必說，二階堂從以前就習慣邊想事情邊抽菸。速水雖然不抽菸，但見狀立刻從褲袋掏出打火機點火。

「可是，小說怎麼能做成柏青哥機台……？」

二階堂悠悠地吐出菸來，自言自語地說。

「老實說，如果是平淡的文學作品，聲光實在不夠精彩。如果要借用作品，還是動畫比較多。我本身不記得有小說改編的機台，但心想既然沒有，我就來當開拓先鋒。而且老師的作品的話，也可以免去提升知名度這項困難的工作。」

「不過，我的作品裡面有那麼熱鬧的小說嗎？」

「有的，就是《忍者的夙願》。我一直是那部作品的粉絲，務必希望可以重現登場角色充滿幽默的忍術……」

清川單刀直入地說，二階堂重重地噴出一口煙：

「不行不行，只有那部作品，我拒絕了全部的改編要求。」

聽到那不容分說打斷的聲音，速水接過話頭：

「那部作品之所以沒有改編成影視，都要歸咎於當時的製作團隊太不用心，以及真人演出無法完全表現出作品的浩大格局。」

「就算是這樣，我也不想看到用了一大堆CG，讓人看了出戲的影像。」

「老師說的沒錯。因此我認為不要採取那種半吊子作法，直接改編成動畫，一定更有趣。」

「動畫？意思是要把俺的作品畫成漫畫？」

也許是心情激動，二階堂冒出了私下聊天時會用的「俺」。

「老師，動畫的門戶已經向全世界打開。投資家提供大筆資金的狀況，就是最好的明證。為了利用過往的名作，開創二階堂作品的全新局面，需要大刀闊斧的戰略。」

「可是漫畫……」

「老師，直到八〇年代以前，柏青哥業界與出版業界的市場規模沒有多大的差異。然而現在呢？柏青哥成長為二十兆、三十兆日幣的市場，出版業卻跌破一兆五千億圓。」

速水搬出相澤的話，裝作不曾在公司討論室說過「這是說服不了二階堂老師的」。

二階堂猶豫不決地吞雲吐霧，但速水看得出他心動不已。他認為現在是勝負關鍵，望向二階堂的書桌。「恕我失禮。」他說，站了起來，拿起桌上的卡拉ＯＫ麥克風。

「你要做什麼？」

速水不回答，把麥克風線插進空無一物的西側牆上的電視。不只是二階堂，連清川都張大了嘴巴看著速水脫離討論計畫的行動。

「老師，速水不才，請讓我獻唱一首。」

「為什麼？怎麼會在這時候突然唱起卡拉ＯＫ？」

「請各位欣賞速水輝也獻唱——〈回憶酒杯〉。」

「這什麼發展啦！」

堀江淳的〈回憶酒杯〉是報社記者改編歌的代名詞。把開頭知名的歌詞「給我一杯兌水酒」換成「給我一篇大獨家」，唱出有志難伸的社會記者的哀愁。速水在當記者的時候被前輩訓練學會這首改編歌，為了哪一天能派上用場，一直在心中蘊釀著。

聽完輕快的前奏之後，速水握緊麥克風，喊了一聲「老師！」，高歌起來。

「請給我大師的版權～」

無聊到家的發展讓沙發上的兩人爆笑出來。速水誇張地唱著對二階堂沒有回報的愛。除了精心設想的歌詞，速水還用與堀川淳一模一樣的歌聲演唱著，就連二階堂也傻眼到家，反而似乎佩服起來了。

「老師，我也會模仿堀江淳！」

清川跑到速水旁邊，一把搶下麥克風，以極精湛的模仿唱起：「請給我大師的版權～」

「好了啦！」

二階堂的叫聲成了哨音，臨時卡拉ＯＫ大會落幕了。

「反正你們打定主意了吧？除非我說好，否則你們要死賴在這裡不走對吧？」

「我們已經做好家庭寄宿的心理準備，把過夜的東西都帶來了。」

速水對著從清川那裡搶回來的麥克風說，二階堂訓道：「反正先給我放下麥克風，過來坐下。」

然後他開口道：「好吧，就聽你們的意思吧。」

「謝謝老師！」

速水和清川齊聲歡呼，深深行禮，二階堂臉上掛著賊笑，身體往前探過來說：

「不過我有條件，今天你們說的柏青哥業界的事，再多說一點。」

速水看出二階堂打算寫這個題材，幾乎要搓起手來，打包票說：「當然沒問題！」

「沒想到我的作品要變成柏青哥機台啊。而且還是那部《忍者的夙願》。機台也是那個吧？跟版稅一樣是抽成的吧？清川先生，你可得好好加油啊。」

心思切換得極快的二階堂似乎已經開始描繪起新的「版稅生活」藍圖了。

「是的，我一定會賭上我的上班族人生，全力以赴！」

清川露出燦爛的笑容點點頭，但立刻又補了句「不過……」，壓低了聲音。

「老師，版權費如果可以一次買斷，而不是抽成，我們會很感激。」

2

聽到腳步聲靠近，速水闔上英文報紙。

抬頭一看，不出所料，來人是藤岡裕樹。速水把報紙和電子辭典一起收進皮包裡。

「讓你久等了。」

藤岡也沒有特別抱歉的樣子，在對面坐了下來。這是公司裡的咖啡廳人影稀疏的午後時間帶。

「這麼說來，上次也是在這裡聊天呢。記得那時候你在讀A書。」

當時窗外看到的櫻花，現在已經結滿了深綠色的葉子。感覺就像才最近的事，卻已經三個月過去了。

「才不是A書，是讀者來信啦。而且速水先生把那封信拿走了不是嗎？」

「有嗎？」

「我從以前就覺得奇怪，為什麼速水先生老愛說些國中小屁孩似的傻話？」

「如果性欲有力量，那個時期的我絕對所向無敵。就跟緬懷大英帝國的英國老人家是一樣的。」

「完全不一樣好嗎？」

「怎麼這麼冷漠？詛咒你倒大楣。」

「心情真差呢。遇到什麼討厭的事嗎？」

「我女兒交男朋友了。」

「啊，確實教人沮喪呢。」

聽說上個月美紀穿著新買的洋裝，跟那個國二男生一起去看電影了。七月以後又約會了一次，三天前男生好像向她表白了。

「說是用LINE的貼圖表白的。怎麼想都只是玩玩吧？」

「什麼玩玩？可是對方是國中生喔……根據速水大師的說法，那不是性欲最旺盛的時期嗎？」

「我想暫時應該是不會有事，但還是擔心死了。我在二階堂老師家的時候收到女兒的LINE呢。『爸爸，我交男朋友了！』還附上像顆爛栗子的角色貼圖。」

「現在重要的事都用LINE通知呢。」

「害我忍不住向二階堂老師傾吐了。說我好傷心。」

「老師怎麼說？」

「『關我什麼事？』」

「感覺是老師的肺腑之言呢。還是老樣子，冷血無情。」

「不，簡單俐落。不過我女兒明年就要考試了耶？就不能再忍耐個十年嗎？」

「十年太可憐了吧？可是小六啊？教人喪氣吶。」

儘管速水如此擔心，但美紀的單相思修成正果，精神上似乎反而穩定下來，努力認真唸書。不過那完全只是她自己說的，缺乏可信度。如果不是和早紀子的關係降至冰點，就可以打聽出更多消息了，但現在在家的時候，他甚至避免看到妻子。

「對了，你找我幹嘛？等一下我得去見油臉人。」

「你說相澤局長嗎？別亂創造詞彙好嗎？不，我找你是有正經事。」

「跟工會有關嗎？」

「對。」

藤岡將成為工會的下任執行部成員，從八月開始的一年之間，代表公司與資方高層進行協商。執行部必須在平日的工作之外，進行集體協商、發行工會報等等，因此幾乎沒有人志願加入。候補人選互相推托，最後從編輯和業務等各部門抓來勉為其難同意的員工，共同分擔重責大任。

「唔，我們公會在業界裡面也特別強大嘛。很辛苦喔？」

「速水先生都很高明地躲掉對吧？」

「我很擅長這類協商。」

「那就跟我交換吧。雜誌收掉、又在集體協商被『多田水母』電，實在太不划算了，」

「還有油臉人也滿常出現在協商場合的。他很難纏喔。」

「所以我才會來找速水先生求助啊。夏季抗爭的各項要求裡，還有尚未解決的問題對吧？」

「噢，你說『針對雜誌陸續廢刊的質疑』嗎？之前我也說過，小山內拒絕了。他說『我才不想當砲灰』。」

「這我知道。其實最近要召開臨時中央委員會，會請勞務主管多田專務和編輯局長相澤先生做為資方代表出席。雜誌那件事是交接事項，所以新舊執行部都會出席，還有中央委員，預定會是一場規模相當盛大的會議。」

「工會大概會有三十人左右參加吧？」

「不，五十人。」

「哇塞。然後資方代表只有多田專務和相澤局長兩個人嗎？」

「是的。然後我們希望施加更進一步的壓力，所以想要邀請五名雜誌總編，討論過勞問題。」

「等一下，你該不會是要我出席吧？」

「就是這個意思啊。要不然我找你做什麼?」
「喂喂喂,饒了我吧。我最討厭那兩個傢伙了。」
「怎麼這麼懦弱呢?我們工會是所有員工都一定要加入的制度啊。不團結一致,連打得贏的仗也會打不贏的!」
「少在那裡煽風點火了。超麻煩的啦。」
「秋村先生答應參加了。」
「咦?你說秋村嗎?」
「對。我也很驚訝,他用平常那種倦怠的態度說:『嗯,好啊』。」
孤狼而且現實主義者的秋村居然要帶領工會成員與資方對峙,速水無法想像。
「那傢伙是吹了什麼風?」
「天曉得……不過秋村先生都說好了,眾人愛戴的速水先生不可能說不吧?」
多田和相澤掌握著《三位一體》廢刊的生殺予奪大權。心情上速水傾向支持工會,但如果不考慮一下發言平衡,會影響到自己的雜誌,不過,秋村怎麼會答應出席……?
速水覺得僵持下去也沒有結果,便說「一瓶約翰走路藍牌,知道了嗎?」答應了後輩的請託。
三十分鐘後,速水敲了敲編輯局長室的門。

入內一看，相澤正在辦公桌看書。

「啊，你那麼忙，抱歉把你叫來。」

速水走到前面，相澤總算抬頭。這次他不是在讀對手雜誌《Espresso》，而是在看電子圖書館相關書籍。這比平常的含沙射影更惡質。

「這書很有趣呢。」

「這樣啊。」

「怎麼這麼沒勁？要借你看看嗎？」

相澤也不理會速水的回答，移動到會客區的沙發。速水在對面坐下，相澤便忙碌地搧起白檀扇子。線香般的懷念香味飄了過來。

「真是熱死人啦。乾脆搬去俄國算了。」

「這是英明的決定。」

「嗳，人該做決定的時候就該當機立斷。」

相澤「啪」地闔上扇子，說著「拜託你啦，速水」，別有深意地露出笑容。速水猜想是電子圖書館的事，但裝傻說：「呃，俄國我有點……」

「你還是老樣子，這麼油滑。我怎麼可能在私底下看那種正經書呢？」

「二階堂老師的事是嗎？」

速水還沒有把柏青哥店的事報告上去。以前他都會迅速把人事消息通報上去，但最近他疲於應付這名摸不透真心的局長。讓他和秋村競爭的做法也令人不悅。

「前些日子我和清川先生一起拜訪老師家，老師答應柏青哥機台的事了。」

「真的嗎？這不是太好了嗎！」

明明是自己介紹清川的，相澤卻說得事不關己。相澤保持獨特距離的做法讓人感到詭異，但他似乎並未與清川密切連絡，讓速水覺得意外。

「雖然煞費工夫，但多虧了清川先生，總算是說服老師了。」

「二階堂老師是個老狐狸嘛。可是，這下不僅可以拿到整年的廣告，還有採訪經費，真是萬萬歲。如何？我介紹給你的人不賴吧？」

速水想要強調他鍥而不捨的談判，卻只得到賣人情般的回覆。

「那，那邊怎麼樣？」

相澤指指放著電子圖書館書籍的辦公桌。

「因為清川先生也在，而且光是說服柏青哥機台的事就大費周章……」

「為什麼？太可惜了吧？」

「我認為就算那時候勉強提出，也只會讓老師不開心。」

「不成不成，拜託事情的時候氣勢最重要。不一氣呵成怎麼行？」

相澤不負責任的態度令人氣憤，但速水沒有表現出來，低頭行禮。

「噯，怎麼這麼靠不住呢？拜託啦。專務一直催我，我也是很為難的。」

雖然速水自覺自己只是被相澤利用來討好上司，但沒想到對方會如此大剌剌地說出來，讓他有些傻眼。

「不過你的話，一定有辦法成功的。」

相澤說得輕巧，讓速水火冒三丈，但只能馴順地點點頭。一想到又得從頭說服二階堂，就心情鬱悶。

「對了，你跟藤岡交情不錯吧？」

話題突然改變，速水跟不上，呆呆地「呃」了一聲。

「你應該知道他是下任執行部成員，他好像相當積極呢。」

速水沒有說出兩人才剛碰面，裝傻說：「是嗎？」

「工會那些人好像要在月底召開臨時中央委員會，打算把我和專務拖上火線，當成箭靶。」

「那太艱難了。」

「你懂我的心情對吧？速水。我從以前就是個除了賞賞花鳥以外，別無是處的小市民。工會卻計畫在這次的中央委員會，聯合全員來欺負我這個丘比娃娃。」

速水想起多田說的「黑色美乃滋」，面露冷笑聆聽。

「而且好像還打算找來雜誌總編，發動總攻擊。我想藤岡八成也會來找你出席。」

速水戒備起來：難不成相澤要叫他「不准出席」？相澤上身前屈，雙手放在大腿上，交握住雙手說：

「所以了，如果藤岡來拜託你，你千萬要答應。」

「咦？」

意外的提議，換速水身子往前探了出去。

「我希望你用你的三寸不爛之舌，巧妙地在勞資之間周旋。」

簡而言之，就是要避免讓協商窗口的勞務主管多田成為眾矢之的吧。結果又是為了討好上司，跟電子圖書館不是同一回事嗎？速水心寒到了極點。

「就像你也知道的，刪減人手、雜誌廢刊和人事異動，基本上都是社長的意思。我們編輯部門必須設法抵抗這樣的趨勢。現在可不是鬧內鬨的時候。」

相澤再次打開白檀扇子，對反應平淡的速水安撫說：

「編輯的事，只有編輯最明白，交給我們吧。你下次有可能成為委員長候補，不過成天混工會的傢伙，沒一個能出人頭地的。」

看來相澤忘了約十年前左右，速水曾經做為工會執行部的一員，言辭鋒利地抨擊過資方。

「就是這樣，拜託你啦。」

相澤看看手錶，闔上扇子，就像宣告他說完了。速水對中央委員會的事沒有明確表態，離開房間。

對於雜誌陸續廢刊一事，他非常想站出來提出意見。但彷彿可以看到接下來的後果，內心的天平無法向勞資任何一方傾斜。他想起自己還是一介小編輯的過往時光，嘆了一口氣。

速水拖著沉重的心情往前走，看見秋村從前方走過來。還是老樣子，一副邋遢樣，雙手插在口袋裡。

「最近常碰到你呢。」

速水攀談，兩人都停下腳步。

「你要去哪？」

「相澤局長那。」

聽到秋村的回答，速水興起一陣不安。離開房間前，相澤瞄了瞄手錶，是因為他也把這名同期叫去了吧。先前的退休金問題讓速水介懷，但又覺得會被嘲笑度量狹小，沒有問出口。

「聽說你要參加臨時中央委員會？我真是懷疑自己聽錯了。」

「沒辦法，我們雜誌沒一個能用的傢伙。壓力很大。」

「你是向著哪邊的啊？說自己人的壞話又能怎樣？」

「不管怎麼樣，萬一雜誌收掉就麻煩了。」

「我也是一樣的。」

「不，你是因為喜歡《三位一體》，或是覺得對不起作家這類理由吧？我不一樣。我不想被別人說『雜誌就是在他手裡收掉的』。」

「因為會影響升遷？你是打算當上社長嗎？」

「或許那樣也不賴。」

秋村面露冷笑，揚起右手說「拜」，往編輯局長室走去。速水是玩笑問問，但搞不好雖不中亦不遠矣。萬一真的被這個人當上社長，一定會變成一個用數字對話、令人窒息的職場。

「你當社長要做什麼？」

速水對著遠離的背影問，秋村停步回頭：

「第一個撤掉小說。」

速水無法壓抑湧上心頭的不快感情，一反常態地狠狠瞪住同期。秋村以冰冷的笑帶過那強烈的視線，再次轉身往前走去。

相澤應該也會為了中央委員會的事，對秋村做出相同的要求。但速水無論如何都想不透。秋村拙於言詞，也無法孚眾望，那麼，相澤會命令那傢伙做什麼——？

3

純白色小酒壺靠過來傾斜，速水遞出小酒杯。

眼前升起燒烤雞肉串的白煙，每當有客人點單，店員就扯著嗓子高喊：「謝謝！」速水把小酒杯湊到唇邊，也拿起酒壺，反過來為小山內斟酒。

「燙酒醉得慢，所以才好。」

小山內心情很好。這裡是以前常來的紅燈籠居酒屋，兩名同期一起坐在吧台座。進店裡的時候，包廂已經坐滿了。這家店雖然走庶民路線，但魚肉和雞肉都很新鮮美味。

「那麼，二階堂老師的連載可以順利開始嗎？」

今天兩人以「討論書店活動」為名目碰面，但其實只是想要喝酒，進店之後大概一個小時，都在聊些無聊的回憶。

「目前永島咲的連載預定在秋季結束，所以大概是年底或年初開始吧。」

「還要出國採訪，你也很辛苦呢。那個女星的小說有辦法出書嗎？」

「編輯是項大工程，不過她相當有文才。雖然相澤局長評價很低，說什麼『花大錢買沒用的稿子』。」

「他啊，做為一個編輯早就死了。」

小山內不屑地說，仰頭喝酒。

「你跟相澤局長是同鄉吧？」速水問。

「說是同鄉，畢竟是大阪，人口太多，完全沒有特別的感慨。不過以前他還滿關照我的，但我不擅長逢迎馬屁那一套，不知不覺間就被他疏遠了。然後又遇到三島獨立的事。」

「那實在太露骨了。大家到現在都還覺得難以接受。」

「是殺雞儆猴吧。也算是給專務一個交代。」

小山內喝酒的表情變得苦澀，速水改變話題：

「威爾森的事後來怎麼了？」

「哦。我拚命向文藝那邊道歉，總算解決了。」

「現在這時代，真不是小時候的我們能想像的。報紙和雜誌老早就成了化石媒體了。」

「等到我們會邊喝酒邊回想當年有多美好，那就完蛋了。」

「真的。什麼紙本好、威爾森教人生氣，都只是訴苦嘛。」

「我調到業務部門後更討厭威爾森了，但還是有敬佩他們的地方。他們把人的內在換成了金錢。」

「內在？」

「化石媒體擁有的個人資訊，都是住址、姓名這些表面的東西。但威爾森掌握了內在的個人資訊，像是顧客對什麼感興趣、可能對什麼感興趣。賈伯斯不是說過嗎？」

「你是說，顧客不瞭解自己想要什麼？」

「感覺好像被外國大企業看透了心底，教人發毛，而且也有一種彷彿受到支配的恐懼。可是，如果他們秀出來的資訊切中喜好，幾乎所有的人都會被吸引。而且當天或隔天貨品就會送到手上，誰還會特地去書店呢？」

「不過各種紀錄一直留存下來，我實在覺得不太好。我認為遺忘或消失才是自然的。生物基本上就是有限的啊。」

「所以才會覺得發毛啊。在倫理方面雖然感到質疑，但他們的發想和實現的技術，也讓我覺得他們是貨真價實的。」

嚴肅闡述意見似乎令小山內感到靦腆，他笑著夾起花魚。這個從年輕時候就對過時的粗獷懷抱著憧憬的男人，現在卻以現實的觀點審視自己的工作，這讓速水感到困惑。這要是以前的小山內，一定會像將棋的「香車」（註23）棋一樣橫衝直撞說：「威爾森算什麼！」倘若這是因為被調到完全不同領域的部門，在一直迴避的金錢計算的世界中動彈不得而學到的豁達，實在無法讓人坦率地開心。速水把目光從疲倦的同期側臉移開，伸筷夾起生魚片。

註23：將棋中的香車棋，走法是可以往前走任意步數，不可跨過其他棋子。

「總覺得啊，這個世界過度追求簡單和單純，讓我覺得疏離。就是覺得這整個社會失去了骨氣。」

「每個時代的菁英分子都會說一樣的話吧。所以才惹人厭。」

小山內大剌剌的說法讓速水笑了。雖然帶著憂鬱，但同期之間的毫不拘束，讓他覺得舒服。

「速水，讓雜誌存活下來也很重要，不過你得做好準備啊。問題不是哪天紙本會消失，而是何時要把重心轉移到電子。要預先累積創意。」

這話要是出自別人口中，速水會覺得多管閒事，但他瞭解小山內的好意，感激地接受建議。

「不過，你有空擔心別人，應該先趕快脫離單身吧？就沒有欣賞的對象嗎？」

「離婚把我累壞了，覺得煩了。性欲頂多也只剩下全盛時期的三成而已。」

「衰退得比出版業更嚴重耶。」

「看書、吃美食更要快樂多了。而且要找到跟我投機的女人，就像哪裡的議員一樣，需要環繞地球五圈的汽油（註24）。」

「繞個兩圈半就夠了吧。」

「別說我了，你跟你老婆怎麼樣？」

「已經沒救了。」

一方面也是受到日本酒的影響，話不經思索地脫口而出。

「說得這麼斬釘截鐵。告訴我吧。我現在渴望別人的不幸。」

「我還有個可愛的女兒，才沒你那麼不幸。」

「這由我來決定。」

「我們現在是家庭內分居的狀態。對話也是隔著女兒的感覺，如果只剩下兩個人，其中一個就會離開。」

「滿嚴重的呢。從什麼時候開始的？」

「今年冬天左右吧。」

不講客氣的關西人接著詢問原因，但速水語塞了。當然他不打算說出偷竊一事，但那與其說是原因，更像是導火線。過去他從來沒有深思過夫妻關係的「為什麼」，懶得去為早紀子的事煩心。

「應該是種種的不同累積導致的吧。你會離婚，不也是差不多的原因嗎？」

「我們是兩邊都有外遇。」

「咦！你太太也是嗎？」

註24：指日本民進黨議員山尾志櫻里於二〇一二年支出約四二九萬圓、相當於圍繞地球五圈的的汽油錢一事，本人則聲稱是前祕書所為。

「沒錯。我前妻喝醉，自己招了。唔，雖然是有點震驚啦，但也只是覺得：她瞞得真好。」自己家又是如何？速水回想早紀子的樣子，但訊息太少，無法判斷。即使她有男人，速水應該也只會覺得心冷吧。

「老婆不重要。我有個聰明又漂亮的女兒。光是這樣，我回家就值得了。」

速水吐露無法告訴任何人而悶在心裡的對家庭的不滿，稍微輕鬆了些。

「你就算離婚也沒問題，一下就能找到新的對象。」

「少說得那麼容易。我已經快四十五啦。」

「不不不，速水你氣質出眾，穿衣講究，又沒有脾酒肚。在書店，橫山小姐也說我們怎麼看都不像同期。」

一身窮酸西裝的小山內怨恨地看向旁邊。速水的穿著色調明亮，很適合夏天。散發清涼感的淡藍色襯衫搭配合身的白色棉褲，深葡萄色的背心有畫龍點睛之效。

「小山內，我是很喜歡你，但可不會跟你交換衣服。」

「那種青春似的水藍色襯衫，虧你穿得住。而且一正一反的還不只外表而已。你跟我不一樣，是天生的萬人迷，真教人羨慕。」

「我又不是刻意去迷倒誰。不過最近我都被公司政治鬥爭搞得暈頭轉向，根本沒法好好工作。編輯也都累壞了，雜誌的特輯品質顯著下降。即使只是座小山頭，但是站在別人上頭指揮，還真是件無聊事。」

「冠個『長』字的頭銜，能得到的也只有切腹的責任嘛。我已經輕鬆了，但你似乎沒法這樣呢。」

「……真想做精彩的小說。」

看到速水吐出被酒精醺熱的嘆息，小山內笑了：

「你這二十年來，說的話從來沒有變過。」

「是啊，我會進出版社，就是為了做小說啊。」

「你第一次做出百萬暢銷作時，我純粹地驚訝極了。在我們公司，包括改編影視的作品在內，對媒體的推銷那樣成功的例子，幾乎是史無前例。」

「那個時候比當社會記者還要忙呢。不過現在這時局，不可能像那樣順利了。都是以前的事了。」

速水喝光杯裡的酒，小山內立刻拿起小酒壺為他斟滿。

「後來你跟秋村怎麼樣？」

「我從進公司以後，就一直不懂他這個人。我覺得三個人一起做週刊的時候，跟他還可以溝通……或者是大腦任意把過去美化了？」

「最近我也經常想起過去美好的週刊時代。我跟秋村單獨喝過幾次酒，他說你很可怕。」

「我很可怕？」

「嗯。他說你是那種最後總能如願的人。不過我跟他說，『我覺得你才可怕多了。』」

「不管怎麼想，恐怖的都是秋村吧？」

「那傢伙看不出在想什麼，不過他確實把你當成對手。多田和相澤應該也看穿這一點了吧。」

速水完全沒注意到秋村把自己當成假想敵，但不管怎麼樣，那都是二十年前的事了。應該要思考的是「現在」。包括相澤介紹清川給他的事在內，速水大略說明自己和秋村所處的狀況。

「完全被當成棋子耍了嘛。電子圖書館和退休金嗎？還是一樣，一群目光淺短的廢物。」

「之前我跟那個柏青哥廠商的人一起去二階堂老師家，總算說服老師同意把《忍者的夙願》做成柏青哥機台了。」

「你也愈來愈弄不清楚本業是什麼了呢。」

「完全就是便利屋了。問題都集中在二階堂老師身上，我每天胃都痛死了。請老師調整連載行程、拜託他答應柏青哥機台的事，哪裡還有辦法再提出電子圖書館的要求？」

「唔，不過我可以想像相澤老頭的回答。」

「他罵我說『不一氣呵成怎麼行』。」

「那老頭說的話，不用放在心上。」

「我也是這麼想啦……去書店回程的時候，我們不是聊到工會嗎？」

「夏季抗爭的要求什麼的嗎？」

「後來藤岡叫我出席月底的中央委員會，相澤局長也叫我出席委員會，巧妙地居中周旋，不要讓資方難看。」

「感覺老頭就會說那種話。」

「然後我離開之後，秋村也被叫去了。」

「難道他也要參加中央委員會？」

「令人費解……沒有好處，秋村不可能答應這種麻煩事。」

速水點點頭，小山內放下手上的小酒杯，做出沉思的樣子。

「就是說呢……」

「秋村的事我是不懂，但電子圖書館的事，還有個法子吧？」

「……真的嗎？」

「直接跟專務談就好了。」

「你說去見專務？風險太高了啦。」

「但總不能就這樣裝作沒這件事吧？如果透過相澤，事情只會更複雜。真的只有要求二階堂老師一途嗎？你們談過之後，或許意外地可以發現別的金雞母喔。」

「原來如此。確實，不瞭解多田專務的想法，我也定不下心來。我打內線連絡看看好了。專務應該會嚇一跳。」

「讓他更驚訝吧。」

小山內甩甩空掉的酒壺，向吧台裡的店員再點了一瓶。

「直接去夜襲。」

「咦，直接殺去他家嗎？」

「沒錯。如果殺進大本營還是沒辦法，對前記者來說，也算是死得其所了吧。」

雖然不知道這樣的奇襲對多田管不管用，但是在醉意推波助瀾下，速水決定試試。

後來兩人又痛快地聊了約三十分鐘的往事。小酒壺一瓶接著一瓶，氣氛變得像同學會。

「二十年前覺得窒息的事，現在回想，簡直太悠閒了。」小山內說。

「你看起來很憔悴嘛。不過你比想像中的更有精神，我放心了。」

「因為好久沒喝得這麼爽快了。記者時代真是有意思。最近我常想，最難熬的時候就是最愉快的時候，或是現在的話，一定可以更緊咬不放地採訪。」

雖然聊得很開心，但速水擔心起耽溺於回憶的同期。

「你還好吧？」

「……唔，我也正面對一點人生歧路嘛。」

「歧路？」

「大概一星期前，有人來勸我自願離職。」

這意想不到的告白，讓速水說不出話來。不僅僅是左遷，甚至要逼人離職，這簡直嚴重時代錯亂。

「之前不是有大量裁員的風聲嗎？說是十月前怎麼樣都湊不到兩百人。」

「別管那些。小山內，你要再堅持一下。辭職就輸了啊！」

速水搭住小山內的肩膀，比起同情，更感到憤怒。

「總覺得心被慢慢地腐蝕，難受極了。有時還會半夜醒來，心想自己是不是會就這樣消瘦下去，直到融化消失。」

「就算是這樣……」

「我知道。就算現在轉職，也不可能找到像樣的工作。但又覺得我一個人的話，總有法子過下去。」

這想法太天真了——速水把來到喉邊的話吞了回去。這一點小山內自己最清楚。速水找不到安慰的話，對自己的無力焦躁極了。

「我也想說是不是乾脆領了離職金回大阪去……」

小山內用幾乎聽不見的聲音說，筷子伸向生魚片早已吃完的盤子，夾起白蘿蔔絲放入口中。

速水再次把因酒醉而灼熱的手搭到同期肩上，但依舊說不出話來。

4

最近主持會議令速水感到憂鬱。

很久沒在上午舉行星期一的內部會議了，但這週才剛開始，氣氛就凝重極了。把椅子推到總編座位附近空位的編輯們，個個就像宿醉一樣，臉色沉鬱。

「柴崎，你幹嘛穿長袖？」

副總編柴崎真二難得穿著法蘭絨襯衫。脫離季節的厚衣象徵了柴崎的時尚品味，但因為不是熟悉的背心吊嘎，讓人覺得怪怪的。

「哦……我可能吹不慣冷氣。」

「今年才發現？」

柴崎少根筋的回答引來一陣笑聲。

「副總編也上了年紀呢。」

聽到中西清美的嘲諷，柴崎說「我隨時都能脫」，褪下了襯衫。裡面穿的是迷彩圖案的背心。

「你被蚊子叮了耶。」

柴崎的右肩和手臂有紅色的斑點，柴崎害臊地說「很癢呢」，速水抬槓「關我什麼事」，場子的氣氛輕鬆下來。

自從宣布業績要求後，柴崎的穿衣品味幫了速水不少。中斥底下的編輯是柴崎的職責，因此速水會帶他去喝酒，聽他吐吐苦水，或是分擔他扛不下來的過多工作。

速水確定特輯的進展，但沒有特別吸睛的題材。「定居在夏威夷」、「眾所仰賴的女上司」、「小型電影院的魔力」——雖然各別都可望達到一定程度的銷售數字，但即使聽到責編說明，也想不到足以吸引讀者的宣傳標語。

「最近我們《三位一體》的實銷量下降，《Espresso》的銷售數字不斷成長。他們上一期的紙本似乎全數銷售一空。」

聽到柴崎的報告，團隊發出嘆氣聲。接下來確定各自的預定，但沒有任何可望逆轉情勢的好消息。只要久谷亞里沙的散文集和永島咲的小說能夠超越勝算門檻，或許就能確保黑字。不過彈藥愈多愈好。

「大家都很辛苦，不過再利用的部分，還請大家多多幫忙。」

速水苦澀地看著團隊厭倦的表情，為了轉換一片陰沉的氣氛，拍手宣布散會。

「現在方便嗎？」

眾人就要起身時，篠田充舉手了。自從他自己企劃、自己搞砸的作家霧島哲矢與七彩肥皂的飯局之後，他就一直很安分，因此速水感到意外。

「怎麼了？」

「總編知道樓上有這樣的傳單在傳閱嗎？」

篠田手上拿著一張黑白印刷的Ａ４紙張。

「那是什麼？」

「類似黑函的東西……」

「黑函？」

速水從篠田那裡接過紙張，迅速瀏覽。

——在編輯局幹部周圍漫天飛舞的可疑紙鈔——

看到大型字體的粗俗標題，速水直覺是編輯部門以外的人幹的。文章簡單，幾乎毫無內容可言。上面說有名編輯局幹部從外部企業收取黑金，中飽私囊，內容要怎麼解讀都成，嚴重缺少具體性。

「真莫名其妙。」

黑函從速水手中交到柴崎那裡，在團隊之間依序傳閱。

「你在哪裡拿到的？」

「今天早上我去樓上，發現一片鬧哄哄的，問了一下同期，結果他把這個拿給我。好像是隨機丟在各部門的辦公桌上，已經有影本四處傳閱了。」

對於速水的問題，篠田激動地回答。

「知道是誰放的嗎？」

「不，這就……」

篠田似乎對最重要的部分沒有任何資訊。

「特地做這種東西到處分發，真幼稚。」

柴崎受不了地說，速水點點頭同意。

「雖然不知道是誰幹的，但沒有任何具體的內容，應該是抹黑之類的吧。為這種東西大驚小怪也很難看，別管它吧。」

這也不是應該在內部會議拿出來的東西，速水釘了篠田一下。

散會後，中西到總編辦公桌來：「現在方便嗎？」下午還有一場會要開，速水想要處理累積的工作，但察覺中西似乎想要避人耳目，便邀她去自動販賣機區。

「是關於剛才的黑函……」

速水買了兩人份的冰咖啡，在高腳椅坐下，中西坐到旁邊，小聲道謝。

「妳知道什麼嗎？」

「不，也不到知道，只是有點介意……」

速水把紙杯拿到嘴邊，用眼神催促下文。

「就像速水總編剛才說的，內容要怎麼解讀都行，不過說的會不會是那家柏青哥公司？」

這過於跳躍的聯想讓速水差點噎住。

「怎麼會是這樣？」

「二階堂老師答應柏青哥機台那件事，是不是有點蹊蹺？兩則一年的廣告，再加上新連載的採訪經費呢。這金錢觀太離譜了。」

「確實有點蹊蹺。」

「就是說吧？相澤局長是不是跟柏青哥業界勾結，無法脫身了？所以才會向速水總編提出那樣的要求——」

聽到相澤的名字，速水有些坐立不安起來。相澤的話，即使收取黑金，中飽私囊，也覺得心安理得吧。這樣一來，自己是不是也等於加入了他的陰謀？

「謝謝妳擔心我。我想應該是沒有問題，不過也會往這方面調查一下。」

「抱歉，跑來跟總編囉唆這些。不過我怎麼樣就是放心不下……」

中西表情憂愁，速水再次向她道謝，喝完杯裡的冰咖啡。

速水悶熱難耐，打開駕駛座車門。

這是無處藏身的住宅區。如果在幽暗的路燈底下閒晃，可能會引起附近居民打一一〇報警。事實上速水在當報社記者的時候，在刑警自家門前等待對方回來時，就被報警過好幾次。但如果坐在車子裡不熄火，反而更引人注目。

速水把車停在公園旁邊的馬路上，走過路面寬廣的柏油路。這個地方安靜到連皮鞋的腳步聲都會在四下迴響。放眼望去，多是設計住宅建案，許多房子的格局都很寬敞。速水是大出版社的員工，因此屬於高收入族群，但憑上班族的收入，在這一帶應該連塊地皮都買不起。

現在應該能更緊咬不放地採訪──速水想起小山內的話。時隔已久的夜襲採訪，頗讓人心情亢奮。

做社會記者那時候，根本沒有自由時間。一早就去警察署報到，白天上街尋找城市新聞，傍晚到法院確定起訴提訴，晚上則是去提供消息的刑警自家，或是向警署值班的熟面孔打招呼。當然，這段期間如果發生命案或火警，就要驅車趕往現場。假日也經常接到呼叫，總是睡眠不足，心情暴躁。

每當在報紙上看到人權云云的報導內容，速水就忍不住嗤之以鼻，但如今回想，他很慶幸年輕的時候受到那些磨鍊。他明白這種觀念早就過時了，但至少他學到了百折不撓。

多田家是西式建築，即使在夜黑之中，白色外牆仍顯得耀眼。小山內說，多田這棟房子是三年前蓋的。對於往後也得繼續支付房貨的速水來說，他無法想像年近六十，還能賣掉現在住的房子蓋新家。車庫停著進口車和小型國產車，但多田是搭電車上班，因此無法藉此判斷他是否在家。

速水看看手錶。晚上九點半。前前後後他已經等了兩小時左右。當記者的時候，他多半會打開廣播收聽夜間球賽，但下車之前，他是用智慧型手機收聽ＣＮＮ新聞。

據說多田幾乎每晚都以交際為名目，四處喝酒。不用說，杵在原地不動是最可疑的。或許多田還要一陣子才會回家，速水決定在附近走走。

速水慢慢地走向多田家所在的馬路對面。轉角的老房子掛出出售告示，前面的路旁停了一輛國產車。速水若無其事地看了一下駕駛座，沒人。

轉身折回原路的途中，前方來車的車燈射了過來，照得他一陣眼花。車頂有燈號，速水認出是計程車，加快腳步。車子停在多田家前面，本人從後車座走了出來。

速水無聲無息地走近。看到自己，多田一定會驚訝。問題是驚訝之後的表情。是笑逐顏開，還是蹙起眉頭？計程車離去，多田伸手要開門時，速水站到他背後。

「專務。」

多田肩膀一顫，慌張地回頭。不是平常的慈祥老爺爺神態或偶爾表現出來的傲慢，而是相去甚遠的狼狽老人模樣。

「速水……？你在這種地方做什麼？」

多田不快地皺眉——落空了。

「我有事想請教專務。」

速水振作起來，告知來意，多田手扶在門上，露出責備的眼神：

「三更半夜的，而且突然找上門來，你也太沒常識了！」

多田厲聲責罵的呼吸帶著酒味。速水看出對方是醉後易怒的類型，一個勁地低聲下氣賠不是。

「夠了，你快走吧。萬一被鄰居看見，像什麼話？你連這都不懂嗎？」

奇襲完全失敗了。乖乖撤退，能有效把傷害降到最低，但從前的記者血液不認為輕易撤退是好的。速水認為接下來才是重頭戲，從肩揹包裡取出一包香菸。是多田平常抽的牌子。

速水搖晃菸盒遞出一根，多田露出傻住的表情。

「請專務給我一根菸的時間就好。」

這是夜襲的技巧。當記者的時候，速水車子的置物盒裡總是隨時擺著好幾個牌子的菸。他會先把刑警喜愛的品牌香菸放進口袋，然後再出聲攀談。出於經驗，他知道幾乎所有的刑警都會因為對方知道自己愛抽的牌子而態度軟化。菸的話，需要幾分鐘才能抽完。就是趁這段時間詢問要打聽的消息。

也許是拗不過遞出菸來就此不動的速水，多田把手從門上放開，轉身面對他。

「你要問什麼？」

多田叼起菸，速水立刻遞上打火機點燃。

「是關於電子圖書館的事，除了說服二階堂老師以外，沒有別的方法了嗎？」

「果然是這件事。柏青哥那邊不是很順利嗎？就不能再加把勁嗎？」

「因為老師很難伺候……」

「你有別的主意嗎？」

速水不抱期望地說出其他大作家的名字，不出所料，多田搖搖頭：

「不夠格。不管怎麼樣，不說服二階堂老師，狀況不會改變。」

接著速水飛快地詢問「時間點非是現在不可嗎？」「真的有可能獲利嗎？」試著問出重點，但得到的只有曖昧的回答。

「總之，如果你想接相澤的位置，就得活得更貪婪點。」

多田的菸變短了，速水遞出隨身菸灰缸。速水說「這是最後一個問題」，從皮包取出篠田拿來的黑函影本。

「聽說今天早上有人在公司分發這種傳單。」

老花眼的多田接過紙張，把手伸得老長瀏覽，「哦，這個啊」，他哼笑了一聲。

「您知道是什麼嗎？」

「看到文章你也明白吧？是社長派在做傻事。明明做這種事，只會反過來被抓住把柄。」

「我的下屬很擔心，這跟柏青哥的事無關吧？」

速水提出中西的擔憂，多田大笑起來。可能是因為喝醉，無法克制音量。

「畏首畏尾的，是要怎麼去外頭拉廣告？甭擔心，百分之百是胡謅的。」

多田最後心情大好，微微揚手，直接開了門。走到玄關門前時，多田回頭再次揚手。

「抱歉深夜打擾了。」

速水深深行禮，直到聽見關門的聲音。速水嘆了一口氣，無意識地搖了搖頭，結果感覺視野一隅有東西在動。

是停在轉角人家前的車子。不知何時，駕駛座出現人影。速水覺得疑惑，想要走近，車子卻突然發動，車頭燈亮了起來。光線很強烈，他立刻察覺是遠光燈。

引擎聲逼近過來，速水急忙閃到路邊，眨了眨眼花的眼睛。瞥見駕駛座的短短一剎那，衝擊令他瞪大了眼睛。

秋村——

速水茫然目送高速離去的車子。周圍恢復住宅區的寂靜後，速水發現自己的腳在發抖。

現在是什麼狀況？

然而不管如何排列在半空中飛舞的模糊的拼圖碎片，都無法湊成一個合情合理的情節。無法壓抑的煩躁讓他忍不住咂舌。

襯衫內側散發出悶蒸般的濕氣，令人不快。速水回望多田家，二樓房間的窗簾倏地拉上了。

5

兩天過去了。

當天晚上，速水獨自進入酒吧。這家店他來過幾次，但不到常來的程度。在吧台坐下，喝著兌冰蘇格蘭威士忌，打開書本，然而目光卻未隨著文字移動，腦中浮現秋村的側臉。

那傢伙在多田家附近做什麼——？

這兩天來，思考一直原地打轉。換句話說，秋村也在想一樣的事嗎？他跟自己一樣是去訴苦的嗎？還是帶著專務會開心的消息去邀功？不管怎麼樣，秋村肯定找多田有事。或許他也知道黑函的事。

速水要了威士忌續杯，繼續思考。

即使能說服二階堂答應電子圖書館的事，這真的能成為赤字經營的免死金牌嗎？說到底，除非成功轉虧為盈，否則自己只會成為公司政治鬥爭的棄子吧？相反地，只要打造出能持續獲利的體制，就沒道理讓《三位一體》廢刊了。但是在購買和廣告收入持續減少的狀況下，要打造出新的體制，難如登天。

秋村有什麼想法？

思考又繞回原地。速水煩躁地喝光杯中物，再點了一樣的蘇格蘭威士忌。在自己不知情的地方，是不是有什麼決定性的事正在進行？速水感覺到地殼變動隱約的搖晃，坐立難安。

速水把接近純酒的威士忌灌入喉中，皺起眉頭，接著結帳離開酒吧。他打開皮包想要取出手機的瞬間，視野一陣扭曲。因為空腹喝酒，似乎醉得很快。

速水邊走邊按螢幕，打電話給小山內。他聽著鈴聲，疑惑現在幾點了，但自私地下了結論：對單身男子不需要客氣。

『喂？』

小山內厭煩的聲音傳來。

「現在幾點？」速水問。

『報時請打一一七。』

「我喝醉了。」

『我想也是。附帶一提，剛才已經進入新的一天了。』

「那還沒截稿呢。」

『別用早報的標準好嗎？你打來幹嘛？』

「我去了專務家。」

速水說明去多田家的「夜襲」失敗告終。雖然腳步搖搖晃晃，自己卻能要言不煩地說明，讓速水覺得好笑。

『那只好重新來過了。』

醉鬼三更半夜打來的電話肯定令人厭煩，但小山內耐性十足地應聲。「聽了可別嚇到，」速水利用同期的好意，說出秋村也到多田家去的事。

『你們碰上了？』

「沒有，他把車子停在附近，沒有下車。不過離開的時候，我看到他的臉。」

『有沒有可能認錯人？』

「不可能。這表示秋村也找專務有事。」

『唔，我知道你很在意，不過為此增加壓力也未免太傻了。』

速水覺得小山內這話是因為立場不同，但不能說出口。不過小山內似乎在短暫的沉默中察覺到速水的心情，玩笑地說：『那什麼空白？簡直就像在說「輪不到你來說」。』

「從一月開始，我腦子裡就一直擔心廢刊這件事，總覺得已經累了。今年犯太歲吧。」

自己有多久沒有如此坦然示弱了？速水用醺醉的腦袋思考著，有些困惑。

『我瞭解你不希望雜誌收掉的心情，不過多田、相澤和秋村——這三個人你最好先忘掉。偏離本質了。』

「本質？」

『包括雜誌在內，書是為了讀者而存在的。你從骨子裡就是個編輯。中間管理職的事，交給其他人吧。』

同期冷淡的語氣反而讓人感到溫暖，速水一手拿著手機，連連點頭。小山內的話很簡潔，但確實令人信服。

自己是不是被廢刊的威脅嚇得亂了陣腳，而把讀者的臉全部換成了數字？做雜誌的根本，是嶄新的企劃和有趣的內容。這麼一想，為了充實內容而奔走的這七個月，絕對不是全然白費。電子圖書館的事就向二階堂提起，如果不行，再專注做雜誌就行了。

速水感到輕鬆了些，向小山內道謝，並為深夜打電話道歉。

『噯，你家裡還有妻小，快點回家吧。』

「我會的。雖然我想她們早就睡了。」

速水掛了電話，招了計程車回家。

進玄關的時候，通往客廳的門內似乎透出光來。是飯廳的燈還亮著。看來早紀子還醒著，速水準備直接回自己房間。早紀子或許會為他酒醉回家而酸他幾句，他懶得跟她碰面交談。

脫鞋之後，他輕手輕腳地經過走廊。踩上階梯時，發出了刺耳的吱呀聲，他倒吞了一口氣。接著他竭力不讓體重壓在木板上樓，但背後傳來開門聲。

「老公。」

速水在陰暗的階梯途中咬牙切齒，但也只有一瞬間而已，回頭的時候，他的臉上已經換上了笑容。

「妳還沒睡？」

「嗯。」

早紀子也沒有責備丈夫假惺惺的偽裝，低下頭去。自從偷竊那件事以後，妻子從來沒有主動跟他說話，讓速水覺得很詭異。

「怎麼了？妳不睡嗎？」

「我有事想跟你說。」

早紀子的表情十分苦惱，速水無法隨便敷衍，無奈地下樓。前往飯廳途中，速水猜到應該不是什麼好事，但妻子會特地找他說話，或許是為了美紀的事，他不安起來。

兩人隔著只擺了一個木製面紙盒的餐桌坐下。擦拭得光澤明亮的桌面，似乎反映出早紀子的一絲不苟。他知道這是偏見，卻怎麼也奈何不了湧上心頭的窒悶感。

「你這麼累了，對不起。」

「不會，總是這麼晚回家，我覺得很抱歉……」

都已經深夜了，早紀子卻穿著有領的短袖襯衫和牛仔褲。一想到八成不是適合穿睡衣談論的事，他就坐立難安。

「這幾個月我想了很多……」

早紀子說，表情緊張地輕嘆了一口氣。速水也從椅背直起身子，等待下文。

「精神上也快支撐不住……我覺得已經到極限了。」

早紀子垂下目光，纖細的指頭抵住額頭。「離婚」兩個字浮現腦海，速水的心跳加快了。他試著整理狀況，但也因為酒醉的關係，無法正確捕捉五顏六色的感情。

「對不起，繼續跟你在一起，我實在很難受。」

「就算妳這樣說……」

速水只覺得早紀子太自私了。他們並非不用負責的情侶，而是有孩子的夫妻。這不是可以單憑喜歡或討厭來決定的問題。

速水從沉默下去的早紀子別開目光。

他不是對離婚這個選項感到意外。速水也曾經考慮過離婚。但那不是現在或最近的未來，而是更以後的事。他們是一對男女，但更是一對父母，這樣的感覺隨著美紀成長，變得更為強固。起碼在女兒獨立以前，而且是還在讀小學的時候，就讓她面對人生殘酷的一面，這是絕不能容許的事。一想到美紀，慌亂便鎮定下來，怒意湧上心頭。

「妳是說妳偷東西那天的事嗎？」

速水故意毫不婉轉地說。聽到偷竊，早紀子太陽穴的血管抽動了一下。

「不是。從更早以前……我一直很煩惱。」

她是想說她會偷竊，原因也在這裡嗎？速水一陣索然，沒有回話。

「結婚，生了美紀，一起生活，我漸漸不懂你這個人了。」

「只要上了年紀，想法當然也會改變。不長大是要怎麼養小孩？」

速水說著，明白這根本不算回答。早紀子傾訴的是更根本的問題。但他有確實的預感，如果把焦點放在那裡，談話將陷入死胡同。

「為人父母，真的是這樣的嗎？」

「什麼意思？」

「我一直在忍耐。美紀很可愛，所以對於讓她成為我人生的重心，我毫不迷惘。可是有時候我會想，我在做的事，就算不是我也做得到。」

「沒這回事。」

「你因為有天職，所以不懂。我還是想要好好找份工作。一直待在家裡，偶爾出去兼職，我覺得自己的世界愈來愈小……」

「可是就算是家庭主婦，也有人做得很開心啊。」

「所以說，那是那個人的天職。但我不一樣。或許你無法想像，但我現在已經沒辦法正常跟別人交談了。」

「妳在說什麼？」

「你一定不懂。可是整天做著不適合我的家事，成天看電視，遇到別人的時候，對話會持續不下去。以前的我不是這樣的。但是我真的沒有可以聊的事。連附和都沒辦法。」

這應該就是她所謂的「世界變得愈來愈小」，速水用編輯的腦袋思考。但他不認為這個問題嚴重到需要選擇離婚。

「開公關顧問公司的朋友說公司有職缺，問我有沒有興趣。」

速水看出早紀子以離婚為前提在行動，煩躁起來。早紀子對他視而不見的這幾個月之間，顯然正逐步推動計畫。

「美紀你打算怎麼辦？」

「我想要帶她回娘家。」

「妳這是什麼自私的話？我不會把美紀交給妳。」

「可是現實上你有辦法養育她嗎？」

速水的話哽住了。與早紀子的娘家能提供的資源相比，想都不必想，就算打離婚官司，十之八九他一定會輸。

「我也是美紀的父親。我不能拋棄我的孩子。」

「所以我覺得很抱歉。」

「說那種話沒有意義。」

「我會盡可能彌補。我不要贍養費，也不要教育費。這個家你可以繼續住下去……」

「妳就是這樣！」

速水的雙拳惡狠狠地捶在桌上。早紀子全身一震，整個人僵住了。看到她那張神經質的臉，速水更是怒火中燒。

「甚至做到這種地步，妳都要跟我離婚？」

早紀子沒有回話。

「剛結婚的第一個過年，我們一起回去妳娘家對吧？我到現在都還一清二楚地記得那時候的事。」

聲音變得冷峻無比，連自己都感到訝異。

當時美紀還沒有出生。早紀子的娘家還有別的親戚過來，圍著豪華的年菜用餐。食材的質和量固然令速水驚訝，但是看到每個人的筷袋上都用漂亮的毛筆字寫著各人的名字，更是讓他怯場。他知道有這樣的習俗，除夕的時候家長會在筷袋寫上全家人的名字，供奉在神壇上，但不管是年菜還是以筷子祭神，全都是速水過去的人生當中從未經歷過的——

「幹嘛現在提這個？」

「那個時候，妳爸拿出家譜給我看。嘴上說得謙虛，不過說穿了他就是想表達妳們家是名門望族。」

「別說了，你幹嘛說我爸的壞話？我爸不是很照顧你嗎？」

「沒錯，妳爸很照顧我。妳爸送我一整組高爾夫球桿，還請我坐高級遊艇……」

但早紀子和她的家人散發出來的從容，絕對稱不上高雅。只能用送禮來表達的關愛令人厭煩。岳父任職於廣告代理店，但跟他聊沒幾句話，速水就看出岳父就像那種靠關係進公司的人，毫無實力可言。岳母和早紀子都是從未吃過苦的樂天傻女人。他痛切地理解自己的母親不屑地咒罵他們的「臭不可聞」。

「我出國出差的時候，買過衣服送妳爸媽對吧？那個時候，妳甚至沒有把衣服拿給他們。妳記得妳說了什麼嗎？『他們不會穿的』。那些衣服後來呢？」

「幹嘛？不要找碴啦，你嚇到我了。」

「丟掉了。紙袋甚至沒有打開，沒有任何人穿過。這樣是對的嗎？」

「這跟現在在講的事有關嗎？」

「我的意思是，委屈的不只有妳一個人而已。妳就是嬌生慣養，才看不到周圍。所以才會只顧著自己想這些。」

皺著眉頭聆聽的早紀子嘲笑似地嘆了一口氣。她的嘴唇憤怒地顫抖著。速水悟出兩人之間出現了決定性的龜裂，怒意卻無法平息。

「什麼想要出去工作，美紀就要考試了。」

「你只是乖僻罷了吧？」

「什麼？」

「我也以為你是個更善體人意的人！我爸媽會對你那樣照顧，是想要讓你接觸更多的世界。他們也是為你好吧？」

「是同情。不，是憐憫。」

「跟你真是沒得談。」

雖然吐出一直積壓在內心的積鬱，但速水清楚這一點都無助於解決問題。陷入金屬疲勞的夫妻關係，再也不可能修復了。但唯有女兒，他不願意交給妻子。

「總之，說什麼現在立刻離婚，絕對沒門。」

早紀子重重地嘆氣，雙肘放到桌上，纖細的手指按住眼頭。速水注意到她在哭。看到那模樣，心又變得更冷了。

「我要去睡了。」

速水站起來，早紀子抬頭。濕潤的眼中有著明確的恨意。

「你把我當成什麼了？」

如果完全坦承真心，就會徹底畫下句點。速水早已不把早紀子當成一個女人去愛了。他沒有看早紀子，應道「家人」，早紀子的眼中浮現失望的神色。

「那妳又把我當成什麼了？」

「起碼我努力過要跟你做夫妻。即使價值觀不同，我也試著妥協過。」

「我也一樣。」

「不，不一樣。做為父親或許是這樣，但我老早就感覺不到你身為丈夫的愛情了。對吧？」

速水什麼都沒說，把拉開的椅子推回原位。

「喀嚓」一聲引得速水回頭，穿著睡衣的美紀正走進客廳。

「咦，你們還沒睡？」

美紀笑著走過來，經過速水旁邊，在餐具櫃前停下，取出為速水挑選的藍色馬克杯。

「要不要喝杯茶？」

她應該是察覺到父母之間一觸即發的氣氛了。速水搖搖頭說：「已經很晚了，美紀，妳也去睡吧。」美紀沒有回答，在早紀子旁邊坐下。

「爸爸，我想媽媽已經瀕臨極限了。」

「什麼？」

速水一陣錯愕：她在說什麼？美紀露出痛苦的表情，似乎拚命在思考要怎麼說。速水低頭等女兒開口。感覺就像在等待法官判決，時鐘的秒針滴答聲顯得格外刺耳。

「媽媽從以前就一直很煩惱，遲遲沒辦法說出口。」

「說什麼？」

「離婚的事。」

從美紀口中聽到「離婚」兩個字，速水受到強烈的打擊。這表示早紀子在告訴自己之前，就先告訴了女兒。

「妳告訴美紀了？」

聽到父親帶著怒意的聲音，美紀急忙開始辯解。

「美紀，妳先不要插嘴。爸爸是在問媽媽。」

早紀子看也不看速水，垂著淚濕的眼睛點點頭。居然先收買孩子，這種奸詐的手段讓速水氣得七竅生煙。

「再怎麼樣，這順序都錯得太離譜了吧？」

早紀子默不吭聲，或許是想要把傷害降到最小。

「喂，美紀就快考試了欸？妳居然在她這麼重要的時期吵什麼要離婚，妳是瘋了嗎？現在是她人生重要的階段啊！卯起來要讓女兒進自己的母校的，不就是妳嗎？」

早紀子只是流淚，不發一語。看在孩子眼中，媽媽就像個可憐的被害者嗎？早紀子卑劣的作法讓速水覺得奉陪不下去了，憤而起身。

「等一下，爸爸，聽我說。」

「不行，我沒辦法。妳聽著，美紀，這是爸爸和媽媽的問題，然而妳媽卻先告訴孩子，這太不公平了。爸爸現在沒辦法冷靜地聽妳說。」

「是我說的！」

美紀大喊，接著紅著鼻子放聲大哭起來。

「什麼意思？」

「是我叫媽媽離婚的。」

「妳？為什麼……」

美紀抽起一張面紙，擦拭眼睛。

「爸爸很少在家，所以都不知道對吧？媽媽身體一直不舒服，老是在吃頭痛藥。我待在她身邊，她看起來真的很難受……」

美紀再三說服母親去醫院，結果在春天左右，早紀子開始向女兒傾吐煩惱了。

「我實在看不下去了，所以覺得或許爸爸媽媽暫時分開一下比較好。」

夫妻之間的冷戰，不知不覺間為女兒造成了負擔。美紀會交男朋友，會不會也是想要有人聆聽她寂寞的心聲？但是從小嬰兒的時候就一直陪在身邊的女兒要離開的事實，令速水難以接受。

女兒第一次翻身時，他喜上雲霄；半夜哭鬧得太厲害時，他一整晚抱著她；還被她可愛的牙牙學語說錯話而逗得哈哈大笑。女兒幼時的回憶決堤而出，速水無法克制地紅了眼眶。

「妳要跟媽媽是吧？」

速水用鼻音問，美紀雖然猶豫，但還是點了點頭。

「就算爸爸不在，妳也無所謂嗎？」

聽到這話，美紀發出「嗚嗚」般的低吼聲，哭了起來。「對不起……」美紀說，哭得更慘了，速水實在看不下去。

悲傷與憐惜讓速水的胸口幾乎要被壓垮了。女兒選擇妻子傷了他，而自己害女兒痛苦，也讓悔恨湧上心頭。

「我懂了。」

速水說，起身背對兩人。他穿過飯廳和客廳，就這樣走出家門。美紀的哭聲在耳邊縈迴不去，他近乎疼痛地緊握住拳頭。即使想要忍住，淚水也流個不停，鼻子深處又酸又痛。

他用襯衫袖子揩去淚水，往平常不會走的方向走去。不久後來到看過的高架橋底下，背貼在牆上，雙手搗住了臉。他再也承受不住，當場蹲了下來。即使聽到自行車經過的聲音也不理會，哭個不停。

然後他總算悟出事情有多嚴重。往後美紀將在自己不知道的地方逐漸長大。隨著時間過去，自己的存在會漸漸褪色，如果早紀子再婚，她再婚的對象就會變成美紀的父親。

自己無法把孩子帶大——

速水從多愁善感的青春時期，就對自己發了兩個誓。而其中之一脆弱地瓦解了。

雖然想用酒精把自己灌醉，但他發現沒有把放皮夾的皮包帶出來，朝牆壁踹了一腳。他身上有的只有褲袋裡的手機。

速水寂寞難耐，打電話給惠。然而鈴聲空虛地響完後，切換成電話答錄機。他再打了一次，結果一樣。

「王八蛋！」

他咒罵不順遂的人生。這時手上的手機振動起來，他以為是惠，然而螢幕上的姓名是「高杉裕也」。速水實在無心工作，但還是義務性地接了電話。

『啊，抱歉這麼晚打電話過去，我是高杉。』

「不會……」

速水無法裝出平時應對作家的陽光口吻。聽到速水陰沉的聲音，高杉似乎慌了，問：『這麼晚打去……給你添麻煩了吧？』

「我有點不太舒服……」

『啊，這樣啊……』

這要是平常的高杉，應該會道歉掛電話。不，他根本不會在這樣的三更半夜打電話來。聽到高杉雖然猶豫，卻仍想繼續說下去的聲音，速水感到不耐煩。

『我有事想跟速水先生商量……』

「對不起，能不能明天再說？我真的不太舒服。」

『啊，說的也是呢，真的很抱歉！請多保重！』

「抱歉。」

掛掉電話後，速水內心萌生出罪惡感。過去不管對資歷再怎麼淺的作家，他都不曾用這種態度對他們。

明天打電話去安撫吧。速水扶著牆壁，折返原路。

汗涔涔的身體讓人覺得不舒服，但他不想見到任何人，決定早上再沖澡。走到家門前的時候，口袋裡的手機振動了。他以為是惠打來的，但寂寞的高峰已經過去了。

看看手機螢幕，是二階堂打來的。速水無力地喃喃「怎麼又是作家」，滑動通話圖示。

『哎呀，抱歉這麼晚打去。』

「哪裡哪裡，一天才剛要開始呢。」

『我就知道你會這麼說。沒有啦，我聽到一些奇怪的消息。』

「奇怪的消息？」

『不是有個叫多田的嗎？你們的專務。』

「是……」

速水想起「夜襲」那天的事。也許是多田等不及速水，直接去拜託二階堂了。他戒備起來：事情又要棘手了。

『聽說他不幹了？』

「咦？」

『你沒聽說嗎？哦，真的很奇怪，聽說他是被革職的。』

「革職……」

『對啊。好像是被迫辭職，他捅了什麼婁子啊？』

多田居然被迫辭職……速水因為太驚訝了，手撐到了門上。醉意雖然清醒了，但疲倦到極點的腦袋無法靈活運轉。

『應該不會被捕吧？』

聽到「被捕」兩個字，速水腦中的警報響到了最大聲。

如果這件事是真的，就意味著專務派的瓦解。亦即他過去的努力全都化成了泡影。

到底發生了什麼事？

二階堂在電話另一頭繼續問著，但速水的意識已經飛向遠方。速水把手機從耳邊拿開，仰望雲層厚重的夜空。

我連《三位一體》都要失去了嗎——？

第六章

1

據說今天將是東京今年最炎熱的一天。

太陽從日出就強勢出擊，連柏油路都諂媚地散發熱度。早晨和中午的境界變得極度曖昧，太陽下山的時候，身邊大部分的人都顯露出疲態。體感到夏季到來的同時，也會忍不住尋找季節的出口，這樣的習性自從迎接不惑以後，變得愈來愈顯著。

電梯停在平時的樓層後，速水輝也向認識的員工頷首走了出去。他把手中的手帕當扇子一樣搧著，打開《三位一體》編輯部的門。

還不到早上八點。對大部分的編輯來說，都還不是上班時間吧。速水本身也難得這麼早到公司。自己絕對是第一名——他沒留意周圍，唸出耳機傳出的英文，結果發現有一名員工。

「噢，嚇我一跳！」

他忍不住大聲說，卻沒有反應。因為那名員工在睡覺。速水摘下耳機，躡手躡腳靠近趴在辦公桌上一動也不動的高野惠。雖然看不到臉，卻微微聽見呼吸聲。是熬夜工作嗎？他拿起惠桌上的毯子，替她蓋在肩上。公司大樓很老舊，但冷氣很強。

速水在自己的辦公桌坐下，看了惠一會兒。深夜的離婚談判之後過了三天。速水在家都關在房間，慢慢地收拾行李。早紀子說要帶美紀回娘家，但速水只想要自己一個人。他和女兒用LINE連絡，但與妻子之間是深不見底的沉默。速水考慮暫時住在週租公寓等地方，等公司的忙亂解決之後，再來整理身邊事務。

『昨天沒接到電話，對不起。有什麼事嗎？』

隔天早上惠傳來的LINE有著一定的距離感。他們之間有肉體關係，但並非情侶。磁場只會在短暫的片刻毫無脈絡地扭曲，讓他們不再是上司與部下。就是如此遙遠的距離感。速水回覆說「我喝醉打錯電話了，抱歉」，但惠沒有再回覆。

早紀子的事，還有二階堂的電話。公私兩大支柱連續崩坍，速水依然處在被大浪吞沒般的混亂當中。每當想起女兒痛苦萬分的表情，他的胸口就被揪緊，即使一個人待在房間，也經常濕了眼眶。

速水有著模糊的預感，他與惠現在的男女關係將會告終。但速水並沒有特別的感慨，也不像年輕的時候那樣，獨占欲在心中翻騰。

他確定手錶的指針指向八點，站了起來。由於在家裡必須偷偷摸摸，待在職場更自在多了。從編輯部走出走廊時，總算有了到公司的感覺。他已經不再看惠了。

汗水褪去之後，背脊自然挺直起來。再兩個小時，工會的臨時中央委員會就要召開了。今天應該會是密度極高的一天。

速水敲敲編輯局長室的門。『進來。』門內傳來弛緩的聲音，速水開門入內。

相澤德郎坐在辦公桌前，一如往常，假惺惺地在看書。而速水走到相澤前面，問他在看什麼書，成了一種儀式。

「哦，組織這玩意兒真的就像生物吶。」

是從文化人類學的觀點剖析經濟的記者所寫的書，主題是穀倉效應（Silo Effect），也就是分工與專門化反而造成效率低落的現象。速水已經讀過，但因為不是新書，他浮現疑問：「怎麼會現在看這本書？」

「就算是上班族，只要走錯一步，前景也是一片黑暗吶。」

相澤把書換成白檀扇，站了起來。速水意會到他是在說多田的事，但沒有吭聲，跟著老狐狸上司在會客區沙發坐下。

接到二階堂的電話後，速水等到早上，打了相澤的手機。相澤似乎也正在蒐集資訊，他說「詳情等中央委員會那天再說」，單方面地掛了電話。這三天之間，多田免職的消息就像海綿吸水般，慢慢地滲透到整個公司，直到昨天傍晚，工會才總算接獲這個消息。

「不過多田也真教人傷腦筋吶。」

相澤已經拿掉對多田的敬稱了。自己追隨的老大才剛失勢，相澤卻悠哉遊哉。「今天也真熱吶。」他打開扇子，彷彿從和室飄來的白檀香味撩撥著速水的鼻孔。扇子裡夾著一張折起的紙，相澤用指頭捏了起來。

「那是什麼？」

速水指著問，相澤把紙打開放到桌上。是《三位一體》編輯篠田充發現的黑函影本。

「這是……」

「你也知道吧？故意寫得很模糊，不過內容指的就是多田。」

「專——多田先生做了什麼？」

「你知道那個人四處跟人喝酒吃飯吧？因為人面很廣，總是可以找到財源，所以公司也很器重他，但凡事都是過猶不及啊。」

相澤似乎完全忘了自己之前是專務的跟屁蟲，狐假虎威的事，說什麼「器重」，翻臉真是比翻書還快。

相澤說，多田認識總公司在關西的美容用品廠商社長，答應找幾名知名模特兒，做一本為廠商宣傳商品的書，但合作案卻不順利。

「廠商指名的人氣模特兒，每一家經紀公司都拒絕了。」

「為什麼？」

「那家廠商的社長很惡質。現在隨便就可以在網路上對競爭對手發動負面攻勢嘛。這要是正經公司，根本不會特地來找出版社。公司有錢，看要找廣告代理商還是電視都行，宣傳方法應該多得是。」

「簡而言之，多田先生開了空頭支票，說要為廠商仲介演藝經紀公司？」

「就是這麼回事。仲介協力費是現金三千萬圓。」

「三千萬？」

「當然，模特兒的酬勞等製作費用另計。多田誇下海口說什麼『會結合影片網站和社群網站，盛大宣傳』，結果連最重要的經紀公司都搞不定，慘不忍睹。」

「那三千萬……」

「都怪他要得意忘形，四處揮霍。貸款廣告不是都有說嗎？『消費前請務必做好規劃』。多田覺得社長是關西鄉下人，就瞧不起人家。」

看到相澤毫無節操的變臉，速水連點頭同意都覺得猶豫。他想起前些日子談到這名編輯局長時，同期的小山內甫那鄙夷的表情。

「相澤局長見過那位社長嗎？」

「唔，同桌吃過幾次飯啦。」

相澤突然含糊其詞起來，速水在心中嗤笑。這傢伙肯定也拿到了不少好處。

「對方社長說要提出刑事告訴，我們公司請他無論如何不要張揚。結果連社長道上的朋友都出面了，最後說定用一億圓解決。」

「一億圓！」

「當然，老頭甭想拿到離職金了，不過公司還是損傷慘重。」

被降格到「老頭」，根本不把他當號人物了。速水想起「夜襲」那天叫住多田時，他那副狼狽萬分的模樣。那個時候他已經被逼到窮途末路了吧。那棟豪宅也要脫手求售嗎？雖然不值得同情，卻覺得可憐。

「多田先生現在怎麼了呢？」

「不曉得。」

相澤打從心底不感興趣地說，毛躁地搖著扇子。

「聽說常務都亮出證據來了，他一開始還頑固否認。嗳，認了人生就毀了嘛。徹底招認的時候，聽說他還哭了呢。真慘吶。」

多田只差一步就要爬上薰風社的巔峰了。事實上甚至有人說多田比社長更具影響力，卻在出版人生的最晚年一瞬間墜落到谷底。不難想像，之前多田肯定是夜夜笙歌，受人吹捧，誇示力量，樂不可言。但這種泡沫一下子就會破裂了。對於沒有一技之長而且年近六十的男人而言，頭銜已經形同器官的一部分。光愈強，陰影也就愈深。不可能會有人再找他合作。即使在家中惹家人嫌惡，也只能窩在家裡。縱然鐵證就擺在眼前，多田也非搖頭否認不可的那種心情，速水也能夠理解。

「今天的中央委員會會怎麼樣？」

「好像池田常務會代替出席。」

池田是遊走於業務與廣告部門間的社長派中心人物。他從年輕時就是現任社長的左右手，冷酷無情的邏輯思考迴路是老大一手調教出來的。雖說免去了對多田無謂的顧慮，但若要與社長派的急先鋒交手，就需要無懈可擊的邏輯武裝。由於資方握有「數字」這把傳家寶刀，勞資協商的時候，從一開始就是資方占優勢。要打造出抵擋這把刀的盾牌，不是件易事。

「今天要以什麼樣的戰略上場才好？」

「什麼戰略？」

相澤搖著白檀扇子，露出不得要領的表情。

「我們編輯團隊不擬定對策，會被社長派予取予求的。」

相澤只是默默地搧著風，受不了似地埋怨說：「熱死人啦。」

「相澤局長？」

「沒想到會從你口中聽到派系爭鬥的話題。」

你有資格說這種話嗎？速水吞下這話，歪頭說：

「與其說是派系鬥爭，我是在思考該如何保住雜誌……」

「不過啊，公司裡的派系鬥爭也實在糟糕。完全就是穀倉效應呢。組織是生物嘛。」

是被書給感化了嗎？相澤說了跟剛才一樣的話。由於完全摸不透他在想什麼，速水不知該如何回話。他決定先把懸而未決的問題解決掉，露出溫和的笑：

「那電子圖書館的事該怎麼處理？」

「哦，那已經不用了。」

「什麼？」

「那是多田老頭提的主意嘛。反正八成是為了討好帝國出版的社長。」

高層這種草率的態度讓速水啞口無言。先前他為了說服二階堂而那樣絞盡腦汁，簡直就像白痴，速水再次對組織感到空虛。

「我就直截了當地問了，相澤局長對這次多田先生的事，是什麼看法？」

相澤停下搧扇子的手，目光炯炯地望向速水：

「唔，令人遺憾。」

「我也同意，但我想問的是往後的計畫。比方說雜誌，我認為社長確實是想要積極地刪減賠錢的部門，但以專務為中心的編輯局，應該是想要抵抗這樣的潮流的。」

「唔，真的能說是這樣嗎？」

相澤就像吃到什麼辛辣東西似地皺起整張臉。在速水的注視下，他用闔起的扇子「叩叩」敲打桌面。

「我倒認為世上沒那麼非黑即白。社長和專務之間的想法確實是有些不同，不過想要讓公司變得更好這一點，兩者的方向性應該是一致的吧？」

速水有種相澤的嘴巴是全自動在開合的印象。在派閥領袖失勢的這種緊急狀態中，他卻淨說些抽象的大道理，真意何在？一連串的對話讓速水察覺，這個人簡直寡廉鮮恥到了極點。

「局長的話太籠統了，我難以掌握，但多田先生離開後，會由相澤局長來率領編輯部門，我可以這樣想嗎？」

「不不不，我可沒那麼大的本事。你明知道卻這樣說，心眼未免太壞了吧？」

「抱歉，我完全摸不清楚狀況。」

「不必想得那麼複雜。」

「那麼，《三位一體》將會怎麼樣？」

「對對對，這才是重點。今天我叫你過來，不為其他。我想跟你討論《三位一體》的可能性。」

「可能性？」

「嗯，嗳，由於你奮鬥不懈，這一季或許可以轉虧為盈。不過考慮到雜誌往後的趨勢和人事費用，我認為從現在就建立起完整的體制比較好。」

相澤從藉口般的說詞開始談起，讓速水有了不妙的預感。從深夜接到二階堂的電話後便一直懷抱的疑念湧了上來。

「我認為還是無法阻止紙本減少的趨勢。」

「請等一下……」

「不。」相澤說，伸出右手制止速水。「我知道你想說什麼。不過既然多田老頭都變成那樣了，沒辦法再繼續沿用過去那一套了。有必要重整陣營。所以重點是，你有意思把《三位一體》做成線上雜誌嗎？」

「這……」

相澤說重整陣營，但他這個人已經毫無誠信可言了。想想這個人的作風，或許應該認為他已經對社長派搖尾輸誠比較妥當。換句話說，線上雜誌只不過是做為廢刊前的緩衝。顯而易見，是為了刪減經費，精減內容，裁減人員。小說連載應該是不用奢想了。

「我無法接受。」

速水連自己都感覺到臉色正逐漸發白。從一月起就把他耍得團團轉，卻只因為貪婪的專務遭到革職，就要把雜誌收掉，再也沒有比這更毫無道理的事了。即使叫自己冷靜下來，憤怒也在心中滾滾翻騰。

「一直以來，我為了讓雜誌維繫下去而付出一切，也對底下的編輯做出許多無理的要求。」

「狀況不同啦，速水。」

相澤冷淡地說，沒意思地哼了一下鼻子。

「二階堂老師的連載要怎麼辦？還有柏青哥的廣告合約。永島咲的連載也還沒有結束。」

「你身為船長，必須選擇讓船留下來，即使船隻會因此而縮小。留下幾名適任人選，往線上雜誌推進吧。」

意思是事情已經定案了嗎？速水沒有回話，別開視線。相澤賊笑著，彷彿沒把感情用事的部下放在眼裡，身子往前探過來說：

「我替你在文藝那邊準備了位置。如何？你還想再好好地做小說吧？」

調到文藝部門，這確實是個吸引力十足的條件。但是在任憑組織擺布的狀態下，他實在無法答應這樣的檯面下交易。

「我拒絕。」

速水冷冷地應道，站了起來。他已經沒有力氣去想這樣的行動，往後可能為自己帶來什麼樣的災禍。《三位一體》將踏上廢刊之路。這應是無可避免的局勢。但他絕對不想助紂為虐，跟著伸手推這艘沉船一把。

「噯，或許你現在正在氣頭上，不過你得放眼未來，冷靜一下腦袋。今天在中央委員會上，發言前你可得好好三思。」

「告辭了。」

「啊，這個。」相澤叫住他似地出聲，把黑函影本遞了過去。速水不解其意，投以詢問的視線。

「你知道這是誰搞的鬼嗎？」

開心地破顏微笑的相澤令人毛骨悚然。速水有了被拖入無底深淵的預感，無意識地後退。

「是秋村。」

「咦……！」

「他離婚的老婆好像是社長太太的堂妹。」

原來秋村是社長派的間諜？速水雙手按頭嘆息，彷彿作勢投降。在公司裡跋扈的魑魅魍魎令他作嘔。他想起「夜襲」那天開車離去的秋村光一的側臉，多田一把拉上窗簾的景象掠過腦中。

速水背對相澤，不讓他看見表情，默默走出房間。

2

大會議室裡人多悶熱。

格局縱長的房間裡，長桌一路擺到對邊牆壁，形成八個桌區，坐著各職場選出來的代表「中央委員」，而沿著房門對牆設置的長桌，則是由「執行部」所占據，他們將做為工會全體代表，與資方談判。

「好多人……」

一走進會議室，速水身後的女性雜誌總編便發出讚嘆聲。藤岡裕樹說約有五十人，但放眼望去，起碼也有七十人。這次的會議也兼交接，因此新舊成員都出席了。換言之，人數有平時會議的兩倍之多。每個人都別著紅色臂章，上面以留白字寫著「團結」。

薰風社的工會採取工會廠場制（Union shop），因此只要一進公司，便自動成為工會會員。除了一般業務以外，還要在一整年當中與資方進行嚴峻的協商，因此沒有人想加入執行部。中央委員會雖然負擔比執行部輕一些，但擁有秋季年底工運、春季工運、夏季工運這三大工運的可否權，因此在工運期間，必須離開職場，參加協商到三更半夜。

工會一方的長桌以「縱」的方向設置，但前方有一張長桌是「橫」向擺放。資方——池田常務與相澤編輯局長將要坐在這裡。從這樣的構圖，也可以看出是「七十對二」的對決。但這「二」的壁壘極高。

速水以目光示意藤岡自己到了，不過有許多中央委員向他打招呼，他花了點時間才走到執行部陣營。他和後輩的女性雜誌編輯一起向工會首長的委員長和書記長寒暄問好。新舊任總共四人，速水與他們稍微閒聊了一下，在他們旁邊的特別座坐下。說是特別座，也只是簡陋的折疊椅，總共有三把。是速水和旁邊的女性雜誌編輯以及秋村的份。原本還有其他兩名雜誌總編預定出席，但他們一得知多田遭到免職的消息，就拒絕出席了。

『因為不想被社長派盯上，所以落跑了。』

昨天打電話討論時，藤岡冷冷地說。如果談判窗口的勞務主管是多田，或許對編輯的說法還會有所理解。但社長並不把構成內容創造核心的編輯部門視為聖域。說得極端點，只要能提升收益，不管是什麼都無所謂。

速水望向桌上的會議行程表。上午的時程，似乎對要求提高獎金的訴求毫無成果的夏季工運進行了總括，並交接本期尚未解決的事項。速水瞄了手錶一眼。快下午一點了。午餐休息時間差不多快結束了。接下來將要針對夏季工運餘下的「針對雜誌陸續廢刊的質疑」這個議題進行討論。

速水從手錶抬起頭，看見門打開來。秋村一手拿著西裝外套走了進來。他還是一樣，領帶邋遢地掛在脖間，臭著一張臉。沒有半個執行部成員和中央委員和他眼神交會，委員長和書記長也只是稍微頷首。

「差點遲到呢。」

速水對秋村說，旁邊的女性雜誌總編客氣地往旁邊挪了一個位置。

「早到也沒好處。」

秋村說，穿上皺巴巴的外套，在速水旁邊坐下。相澤說秋村是間諜，但不知有幾分可信度。不過秋村當時確實在多田家附近，肯定做出了某些行動。

冷氣很強，腳部幾乎被吹得冷颼颼，但由於人口密度太高，也覺得悶熱。這種混濁的空氣，工會報應該也會用「熱情」來形容吧。

門再次打開，兩名穿西裝的肥胖男子進來了。是常務池田和相澤。他們坐在高高掛在牆上的巨大「團結旗」前方，看起來不再是單純的上司，而是「另一邊」的人。面對難以看到解決之道的問題，尚未開戰，氣氛已陷入詭譎。

「感謝兩位在百忙之中抽空出席。」

擔任主持人的本期執行部書記長對兩名幹部道謝。池田只是點點頭，而相澤揚起一手，熱絡地說「多指教」。

「那麼，我想立刻切入正題。在我們出版社，這三年之間，有十五部雜誌廢刊了。相較於其他出版社，不得不說這個數字高得異常。我希望今天能請兩位資方幹部聆聽我們現場的聲音，開誠布公地進行意見交流。那麼，請多指教。」

書記長致詞完畢，向編輯職場的眾中央委員打信號。舉手站起來的是漫畫雜誌的年輕編輯。在團體協商或像這次這種重要的會議裡，前幾名發言人都是預定決定好的。當然，這是委員長的指示，也是為了先發制人，製造風向。

漫畫雜誌的年輕編輯感謝幹部的出席後，提高音量：

「眾所皆知，在出版業界，紙本市場規模不斷地縮小。我們出版社的漫畫雜誌也是，三年前還有九部，但已經有四部廢刊，現在有兩部電子漫畫雜誌，而紙本只剩下現在我所屬的《週刊少年王》在內的三部而已。但是原本對於出版社而言，漫畫應該是非常重要的。現狀已令人憂心忡忡，往後也無法遏止這縮小的趨勢嗎？」

速水雖然並不直接認識這名青年編輯，但他的發言井井有條。池田推起肥厚臉頰上的眼鏡，以全然不悅的表情看著編輯：

「你也知道，原本是編輯龍頭的勞務主管離職了。坦白說，我是門外漢，能夠回答的也有限。再說，為了編輯的問題召開臨時中央委員會也實在奇怪。我不懂多田先生答應這種事，到底是在想什麼……」

常務劈頭就擺出瞧不起工會的態度，令會場一陣譁然。他把資方問題的多田的醜聞說得事不關己，這樣的態度就是最好的證明。也許他打定主意今天就這樣完全不談論具體內容，閃躲到底。

「不過既然常務都答應出席了，希望您能聆聽我們的心聲。」

「這件事在夏季工運時也講過了吧？工運已經結束了吧？教育宣傳部長不是做出整合見解了

嗎？」

「但是整合見解裡面也提到，這件事要在後續進行討論。」

所謂整合見解，是春季工運或夏季工運等工運結束時發表的總結。主要由發行工會報的教育宣傳部長撰寫，下一期由藤岡負責。

「夏季工運的協商時也說過，現在還有五部漫畫雜誌留下來不是嗎？五部還不夠嗎？如果現況沒問題，那不就好了嗎？」

相澤接到池田的眼神暗示，一副接到棒子的神情，上前回應說。

「現在這時代，漫畫也不是出了就一定會賣。為了得到高品質的稿件，需要一定的數量。其他出版社也會編列預算，用來挖掘新人。如果只是一逕增加當紅作家的負擔，結構會扭曲的。」漫畫編輯說。

「就算你說要追求數量，但漫畫雜誌減到五部以後，利潤率提高啦。」

「這只是暫時性的，顯而易見地，打造內容的體力會逐漸流失。」

「簡而言之，公司就是要去蕪存菁，更有效率地賺錢，廢刊並不是目的啊。拿電子版漫畫當例子好了，電子版漫畫的市場規模已經變成兩年前的六倍了。換句話說，你們的《少年王》除非搶先廢除紙本，轉移成線上雜誌，否則是無法生存下來的。」

聽到編輯部門的幹部做出裁撤紙本的發言，工會成員噓聲連連。

「意思是要廢掉《少年王》的紙本嗎？這實在不可能接受！」

漫畫雜誌的年輕編輯大喊，相澤笑著反問：「為什麼？」編輯語塞，編輯部門的本期委員長舉手：

「編輯局長剛才提到電子版漫畫雜誌的市場規模，還只有三十億圓左右而已。相對地，紙本漫畫雜誌高達一千億圓以上，根本無法拿來相提並論。」

「不過，紙本漫畫雜誌整體也跌落了十三％左右，沒法說大話。」

「《少年王》是少年雜誌，而且還有行動閱讀設備和付款的問題。紙本讀者不一定會全數自動變成電子版的讀者。」

「不管怎麼樣，漫畫和電子的親和度很高，所以將來大有可期。問題是做法。如果不先下手為強，只知道觀望別人怎麼做，客群會流失的。」

相澤和委員長在對話時，常務池田完全心不在焉的模樣。他心裡一定完全把工會當成了過時的遺物。速水深切感受到這是一場贏面極低的鬥爭，同時確信相澤已經倒戈社長派了。

「《少年王》的紙本會留下來嗎？」

「我們從夏季工運的時候就一直說要看數字決定，但也只能這麼說了。不能只特別偏袒漫畫。」

相澤簡慢地打發了逼問的年輕編輯。

工會的目的是設下一個期限，要資方保證這段期間不會再讓雜誌廢刊。他們想要得到「至少幾年內不會收掉雜誌」這樣的承諾，但應該極難達成。雜誌銷路不好，資方實在不可能平白提供這樣的緊箍圈，自縛手腳。能夠做到的，只有不斷地展現員工反抗的態度，找到延遲廢刊決定的妥協點。

接下來編輯部門與業務部門的中央委員以職場士氣及書店反應為主軸，說明雜誌的重要性，但相澤左閃右躲，而池田幾乎不開口。會議開始後一個小時，議論已陷入膠著。細微的噓聲與嘆氣聲愈來愈多，讓人感受到工會成員的不耐。

「今天我們請來三位雜誌總編參加，想請實際在現場指揮的他們進行發言。」

第一棒是速水。他站起來，向就在近旁的兩名資方高層行禮。池田看也不看他，相澤則是露出笑意，就像在說「拜託你啦」。速水冷冷地別開視線，短促地嘆了一口氣。

「創造需要難以想像的漫長時間，而破壞只需要一瞬間，雜誌也是一樣的。這三年來，有十五部雜誌遭遇廢刊的不幸，但每一部雜誌，應該都曾經凝聚了許多的才華。不只是文字寫作者和編輯，設計師、廣告、業務負責人亦然。雖然需要許多人手，但也因此才能打造出一部包羅萬象、精彩紛呈的讀物。毀掉一部雜誌，就像雞蛋掉到地板上，才華四散，再也無法恢復原狀。」

工會成員都嚴肅地點頭，而相澤露出意外的表情，低下頭去。

「出版不景氣這話已經說了很久了，但不知不覺間，雜誌成了代罪羔羊。一直以來，雜誌應該支撐著出版社，最重要的是，雜誌滿足了讀者的求知欲。而現在我們出版社以無人能及的速度不斷地收掉雜誌，理由只有一個，那就是收益面的問題。」

速水一邊說著，卻仍無法釐清自己的心傾向於哪一邊。他確實想要保住《三位一體》，但也明白狀況無比嚴峻。還有就像相澤說的，回到文藝部門去做小說的選項應該是比較好的。但是那樣做，自己的願望真的就能實現了嗎？

「漫無計畫地收掉雜誌，也有可能損害出版社的信譽。比方說《小說薰風》。我聽說儘管還有許多未結束的連載，卻毫無緩衝時間，直接廢刊，引來大量的抗議。此後似乎也有許多人氣作家拒絕了我們出版社的邀稿。這對公司而言真的是有利的嗎？演變成這種局面，只能說毀掉雜誌，似乎成了公司的目的。」

「就是啊！就是啊！」

視野一隅的藤岡贊同道，工會成員不斷地附和：「完全同意！」、「還有讀者啊！」在眾人的憤怒推動下，速水的腦中鮮明地浮現這七個月以來的奔波辛勞：為部下捅的婁子收拾善後、不斷地向大作家哈腰鞠躬、被電視人簡慢地對待。結果還鬧得妻離子散。

自己為什麼選擇了當編輯的人生——？

「出版社的業績會不斷下滑，原因不只有雜誌而已。出版之外的其他事業，應該也沒有獲得多大的成功。雜誌已經充分配合刪減赤字了。我認為現在需要時間冷靜地分析情勢才對！」

全員鼓掌起來，大會議室裡的工會成員融為一體。負責攝影的執行部員瘋狂地打閃光燈，交互拍攝速水與資方。

速水認為如果有什麼能對資方施加壓力，那就只有這樣的團結了。調升無望的獎金、實質上已經固定下來的零調薪。在出版業界也被譽為最強悍的薰風社的工會，對毫無成果的協商顯露出疲態，最近連成員的員工自己都放棄了：「落後時代的工運沒有意義。」但即使如此，數量的力量還是很偉大的。

「當然，速水說的話，還有大家的想法，我們都懂，可是啊……」

相澤開口，結果池田懶散地身子往前傾說：

「這有意義嗎？」

多達七十名以上的工會成員全都傻住了，整個會場落入死寂。但本期委員長一問：「這話是什麼意思？」工會成員的不滿立刻爆發開來：「認真一點好嗎！」、「你出席是什麼意思的！」、「為什麼勞務主管辭職了？」

在一片混亂的會場中，速水一個人獨自站著。一臉不滿的池田看向旁邊，相澤諂媚地衝著他笑。這半年來，速水已經切身體認到幹部多麼無法信任。自己深愛的公司已逐漸消失的感覺，讓速水嘆息。

「對話是有意義的。我們靠什麼吃飯？不必說，是出版。如果對創造出來的東西沒有敬意，製造收益的母體就會衰弱下去。這三年來已經大刀闊斧刪減了許多經費，現在應該先停下腳步觀察狀況才對。如果母體撐不住，施打抗癌劑會是飲鴆止渴。」

速水以清朗的聲音傾訴道，又引來一陣掌聲。相澤想要開口，池田伸手制止。他面露傲慢的笑，盯著速水：

「噯，雖然同樣是人，但想法如此南轅北轍，溝通起來實在辛苦。看來我們對母體的看法從根本上迥異。你聽好了，先有母體，才有商品，這個順序是絕對的。因為有錢，才有製作費、有人事費、有宣傳費。首要之務是保住母體。檢討賠錢的部門，是經營的常識吧？要是勉強設下限制，連船都會沉掉。這才叫本末倒置不是嗎？」

「這要視船隻現在是什麼狀態。薰風社這艘巨大的船隻並非現在立刻就要滅頂。以現狀來看，取得平衡更重要。我認為過度朝一邊傾斜更危險。起碼在雜誌這方面，這三年來流了相當多的血。」

「看到不斷縮小的市場規模，居然還能說那種悠哉的話，真教人啞口無言。依照常識來看，我們的薪水也應該要隨著一起減少才對。然而實際上呢？你們的薪水沒有少吧？」

池田環顧工會成員，一副「這是資方掌舵有方」的神情。那高高在上的態度，實在是再典型不過的惡人嘴臉。

「同業的其他公司怎麼樣？你們不認為我們的薪水算是很好的嗎？」

「但是背後呢？常務。員工遭到兩百名規模的大量裁員，承受著事與願違的事業規模縮小。」

「我們也是在設法撐著。我們把縮小定期調薪比例的提案撤回了對吧？時薪分母也改善了。關於人事費用，已經是在極限邊緣了。」

「定期調薪在九年前已經調降過一次比例了，而且時薪分母調近理論值，才是原本應有的樣子。這些不能拿來當做反駁的籌碼。」

「你以為公司的錢包是無限的嗎？公司可沒有能單獨分給雜誌的錢包。錢包就只有一個，所以才有許多問題要考量。」

「公司總不可能已在滅頂邊緣了吧？」

「總不能貼在地面低空飛行吧？你們也不想要公司下個月開始薪水全面減半吧？」

工會成員憋著大氣看著速水與常務的唇槍舌劍。雖然編輯的詞彙本來就比較豐富，但是面對資方，能夠如此理路清晰地你來我往的人，實屬難得。速水因為知道眾人想要保住雜誌的期待，肩上感到沉重的負擔。

「不好意思，我可以插個嘴嗎？」

秋村毫無預警地舉起手來。由於他不是那種會主動發言的人，嘈雜聲在會場擴散開來。速水坐下，就像翹翹板似地，秋村站了起來。工會成員雖然有些人面露困惑，但也有相同數目的期待眼神。不過速水無論如何都無法信任秋村這個人。

「從剛才開始，焦點就完全集中在是否要廢刊，但如果要讓雜誌存續下去，還有其他方法吧？就像編輯局長剛才提到的，也是有裁掉紙本，以電子版的形式留存下去的做法。」

由於不明白秋村發言的目的，工會成員都一臉訝異。相對地，相澤假惺惺地用力點頭。

「大家應該都已經發現了，紙本雜誌沒有未來。休閒嗜好或藝術等類型或許還有一定的需求，所以這類雜誌可以保留。只要電子版能獲得收益，也不用說什麼廢刊了。」

「沒錯，完全就是這樣！」

相澤發出迎合的聲音，彷彿在說救世主到來。工會成員發出失望的嘆息，新舊委員長露出苦不堪言的表情，交抱起雙臂。

這傢伙果然是社長派的間諜。那天晚上他會待在多田家前面，是在監視紙醉金迷的專務嗎？如果他的前妻與社長一家人有往來，或許秋村根本也不是什麼孤狼。

速水倏地站起來，看也不看身旁的男子，面對資方幹部說：

「如果能透過切換成電子版解決問題，根本不勞請兩位過來。就是因為紙本讀者有可能因為雜誌電子化就離去，所以我才提議靜觀其變。」

「我認為沒必要只是唱衰。雜誌的定額讀到飽的會員數目正在增加，營收也提升了。時鐘的指針無法逆轉，所以只能就這樣繼續改變體制，讓營收穩定下來。靠著雜誌漲價來增加收益的時代老早就結束了。」秋村說。

相澤立刻拍手贊同：

「說的沒錯！物價不斷上漲的前提已經不適用了。速水眼裡只看到黃金時代的殘像，根本不肯正視現實。」

敲打鍵盤的聲音愈來愈大。藤岡正把發言逐字打下來，好整理成工會報的內容，打字聲傳達出他的煩躁。沒想到自己找來的說客竟做出通敵行為。基本上藤岡是個認真的人，他一定會深感自責，氣憤難平。

速水停頓了一下，望向旁邊的男子。兩人的視線對上了。

「那，秋村要停掉《翻轉》的紙本是吧？」

速水的聲音滲透出怒意，秋村對他送上冰冷的視線：

「沒錯。所以我才持續充實線上版內容，增加訂閱數。」

工會成員紛紛抨擊：「怎麼會……」、「少擅自決定！」

「什麼時候要收掉？」

「隨時都可以。」

「員工知道嗎？」

「做決定的人是我。為了避免廢刊，我要先發制人。我用這個方法保護員工。」

根本言不由衷——但又難以當場揭穿他的謊言。由於秋村說的也有一番道理，工會成員之間也開始出現溫差了。這是會引發內部分裂、最棘手的敵人。

「就像秋村說的，增加線上版訂閱數很重要。我們業界正處於過渡時期，所以不能坐視問題而不解決。必須更根本地去追究為什麼需要雜誌、為什麼需要紙本這些問題。速水剛才批判我們，說毀掉雜誌成了公司的目的，但你才是為了保住雜誌，而看不到整體大局。」相澤說。

即使有期限，但要得到「停止廢刊」這樣的承諾愈來愈困難了。速水拚命地動腦，這段期間秋村說「那麼，這就是編輯自己的事了」，完全站在資方立場發言後坐下。

「你開什麼玩笑！」

藤岡忍無可忍地大叫，激起現場一片對秋村的怒吼：「你是哪邊的人！」、「你退席！」

速水下定決心，如果秋村要為資方說話，自己就要站在工會這裡。與其坐以待斃，奮力一搏，轟轟烈烈地犧牲，心情上更能釋然許多。往後即使被調到文藝線，也找不回理想的環境了。退路完全被封死了——

「在中央委員會召開前，相澤先生找過我！」

速水扯開嗓門說道，會場頓時靜如止水。相澤一臉不是滋味地垂下頭。

「他叫我把《三位一體》做成線上雜誌。」

現場一片騷動，對相澤噓聲不斷。

「叫我只留下幾名員工，大幅縮小規模。換句話說，這是廢刊的第一步。今年一月，相澤局長告訴我《三位一體》面臨廢刊的危機，因此我沒有一天敢休息，不停地為了轉虧為盈而奔波。」

速水回想起過去的種種辛勞，逐一舉例說明。若說不會心有不甘，那是騙人的，但他意外地能夠保持冷靜。

「我們在實質少了兩名人力的狀態下，設法做出雜誌特輯和再利用作品。」

「職場是沒有定數的啊。」

也許是擔心速水獨占舞台，相澤奚落道，但速水不理他，繼續說下去。

「如果就這樣變成拿不到預算的線上雜誌，毫無疑問，讀者會跑光。這樣一來就無可挽回了。」

「沒錯！沒錯！」

在歡呼與掌聲中，速水把目光從幹部移開，望向中央委員：

「《小說薰風》廢刊，連《三位一體》都消失的話，薰風社就幾乎沒有刊登小說連載的媒體了。明白地說，現在這種狀態，在我們出版社與作家之間留下了禍根。如果再讓關係更進一步惡化，對我們出版社毫無益處可言。」

相澤咳嗽，打斷速水的發言：

「到時候就是改善出書的條件，設法說服暢銷作家寫稿，總是有法子的吧？我們已經沒有餘力從頭栽培新人了，所以沒辦法只為了拿到稿子而讓雜誌存續下去，這樣太沒效率了。」

「鮮少有作家是一下子就變成暢銷作家的。是透過連載，在相互往來的過程中，建立起信賴關係，得到高品質的稿件……」

「不過與其擔心作家，應該要先想想怎麼拿到賺錢的商品吧？」

「小說就是不折不扣的賺錢商品。」

「你們出的書，每一本都賠錢不是嗎？」

「薰風社一百五十年的歷史，也是培育文化、守護文化的歲月。」

「你是要出來選舉嗎？說的是很動聽，但讓這樣的歷史在我們的時代斷掉也無所謂嗎？」

「這裡有一封信。」

速水從西裝外套內側取出以前《小說薰風》廢刊時收到的信。然後他向藤岡使了個眼色，在丹田使勁，朗讀起來：

「這突如其來的離別，令我茫然若失。我是這三十年來《小說薰風》的忠實讀者……」

速水不漏掉一字一句，仔細地唸出信來。

對《小說薰風》催生的許多作品充滿誠意的感想、為了能在出書之前「搶先感動」而感到驕傲、參加雜誌企劃的喜愛的作家的簽書會，結束後與作家一同喝酒，接觸到創作辛苦的經驗——

雖然都是些小插曲，但信中充滿了喜悅。

速水能夠流暢地朗讀，是因為這封從藤岡那裡拿到的信，他已經讀過不知道多少回了。以前他在《小說薰風》時，收到過筆跡相同的信。速水到現在依然萬分珍惜地保管著那封讀到折痕都磨破的信箋。

這位匿名的寄信人曾經立志成為作家——

「長年以來，辛苦各位編輯了。謝謝你們。」

速水讀完最後一句時，會場沒有半點聲響。沉浸在靜寂片刻後，速水把信箋收進信封裡說：

「我們必須更誠懇地回應讀者的期待才行。光憑數字就決定廢刊，真的是正確的嗎？」

相澤慵懶地搖搖頭，打開白檀扇子：

「靠賺人熱淚來擊出逆轉全壘打這種事，只會發生在小說裡。」

那過於露骨的言詞，讓編輯局的中央委員抗議連連。

「你們有那麼多意見，先讓出版的書打平成本再說！」

關西腔的挑釁，讓整個會場就像炸了鍋。

多田被革職，使得對立派閥瓦解，礙事的存在也消失了。資方若要削弱工會的力量，現在應該是最佳時機。速水能夠歷歷在目地想像出這家出版社在不久後的將來傾頹的景象。公司是人所組成的，不能忘了這個事實。

速水感到一抹寂寥，對相澤說：

「我以為編輯局長對自己創刊的《三位一體》也有感情。」

「那當然了。不過更正確地說，我是對薰風社這家公司有感情。」

即使引來工會成員的失笑，相澤也滿不在乎。就連池田都在苦笑，卻似乎完全影響不到這個人。

「沒有了雜誌，就無法培育編輯。編輯與許多作家同甘共苦，搶先時代潮流推出企劃，在這樣的過程中成長。或許無法讓讀者直接看到，但優秀的編輯，是出版文化的財產。」

「噯，這也是時代潮流吧。我說過很多次，人們需要雜誌嗎？需要精裝版小說嗎？即使回顧過往，不符合時代潮流的事物，總是要面臨淘汰的命運吧？在這網路時代養傳信鴿也沒用啊。」

「雜誌是人做出來的！」

「這我知道。」

「不，您不瞭解。人們為了一部雜誌聚集在一起，這樣的感性不應該失去。現場的每一個人，應該都理解『工作就是人脈』。人與人連繫在一起，才能誕生出前所未見的創新事物。雜誌是有靈魂的。沒有靈魂，就無法讓讀者興奮。一切的泉源都是『人』啊！」

「你是怎麼啦？已經要去登記參選啦？」

相澤苦笑看池田。到了這時，速水才總算深切感受到多田的失勢帶來的損害有多巨大。然後他悟出從一開始就沒有談判的餘地。

「秋村和《翻轉》已經靠著線上版獲得相當大的收益。每個月起碼都有一億次的瀏覽數量。廣告數目和單價也都提升了。我們追求的，就是這種嶄新有活力的媒體。」

相澤詭異的吹捧沒有人在聽。如果事物的評量尺度是「利潤」，那麼再也沒有比編輯更空虛的職業了。唯有實際踏入現場，才能得到讓「多餘」在作品中發揮的感性。但是成果只會反映在行間，它的特性是潛藏在隱微之處。編輯置身的地方，距離一目瞭然的數字太遙遠了。

速水認為，工作會造成壓力，並不是因為忙碌，而是是否得到回報的問題。現在這個業界的人會陷入疲憊，是因為相對於付出的汗水，得到的回報實在少得可憐。往後應該會有愈來愈多的出版人單純地把它當成一份糊口的工作，貫徹領薪族的態度。盲目地沿用別人打造的雛型，不管作品能否得到肯定、能否暢銷，只要不影響自己的人生，那就足夠了。然後漸漸地，連自己打造的作品是好是壞都辨別不出來了——

自己是為了什麼而成為編輯的？

速水再次自問。單純當編輯的時候完全不曾感受過的動搖令他不知所措，這二十年的歲月讓他覺得宛如一場空，他感到空虛、悔恨及憤怒。但是這些最後也都變成了悲傷，令他只能咬住嘴唇。

「就不能請你們以長遠的眼光來評估嗎？」

無意識之間，聲音顫抖，語氣變得像在懇求。兩名傲慢的幹部意外地抬頭，自己人的工會成員也都露出驚訝的表情。速水並不覺得丟臉。他只是全然地悲傷。

「速水，我也是編輯的一份子，收掉雜誌，也不是我願意的。但是如果本體先垮掉了，豈不是本末倒置了嗎？」

「雜誌是生物。一旦殺死，就無法復生了。」

「說得那麼恐怖。就算雜誌沒有了，編輯減少了，還是會有作家繼續寫故事、傳播資訊啊。端看怎麼做，還是可以找到優質的稿子，我們的意思是，要以重新創造新事業的眼光，去思考這一點。」

新的時代，真的還需要出版社嗎？電子數位的大海又深又冷。相澤和秋村都只是憑自己的想像在發言。現在的社會需要的，是理解出版本質的有智慧的人才。放棄培育這樣的人才，只是打造出空殼，根本毫無意義。

「減少人手、撤除紙本，東刪西減……拿精實體制當理由，削弱組織的根本，往後會是什麼結局，編輯局長也知道吧？」

「怎麼愈說愈玄了？我聽不懂。」

速水一語不發，狠狠地瞪著相澤，相澤冷哼一聲，露出受夠了他的表情。

「那麼你說說，結局是什麼？」

「什麼都沒有。」

「你在胡言亂語些什麼?」

相澤頭一次表現出不耐煩。速水覺得累了，把視線從編輯局長移開，茫然望著半空中。緊繃的線似乎斷了。

「也就是根本不需要出版社了。」

速水無力的話，讓整個會議室陷入一片死寂。工會成員大半都垂下目光，秋村抱著手臂閉上眼睛，兩名資方幹部一臉尷尬。

勝負已定。無法守住雜誌。真正的理由，速水自己最清楚。

速水緊抿嘴唇，沒有對象地行了個禮，無力地坐了回去。

3

沒有其他瘋狂的員工會在盛夏時節挑選室外座。

速水坐在木製露台上的四人座桌子旁。清爽的風吹動櫻樹青翠茂密的綠葉，也為遮陽棚下的室外座帶來短暫的涼意。今天速水已無心工作，因此考慮提早下班，去各家房仲商看看。他想要盡快在可以獨處的房間放鬆。

「喂。」

背後傳來聲音，秋村把罐裝咖啡擺到桌上。

「嚇！世上真有稀奇事。」

秋村在對面坐下，喝起自己的罐裝咖啡。

「自從一起做週刊那時候，咱們就從來沒有像這樣面對面坐著聊天了吧？」

秋村應道「是啊」，把罐子放回桌上。

「你要恨我就恨吧。」

想到這傢伙也有罪惡感，速水覺得很有趣。他搖了搖頭，打開咖啡罐的拉環。

「事到如今，也沒什麼好說的了。」

七十名以上的工會成員，敗給了兩人——不，三人。後來女性雜誌的總編只是傾訴第一線人員有多努力，但完全不受幹部理睬。場子沒有特別再起波瀾，臨時中央委員會就這樣靜靜地落幕了。

薰風社的工會將以此為契機，不斷地弱化下去吧。再也沒有比這次的協商更令工會成員感到徒勞的。正視到根本沒有所謂的勞資平等原則，他們應該刻骨銘心地體認到只要資方堅持「這是為了維持公司營運」，比賽就結束了。

這七個月以來，速水被幹部耍得團團轉的狀況，接下來應該會以社長派裡的派系鬥爭的形態繼續上演。

「你居然會與工會為敵。這對你來說也是一場賭注吧？至少我學不來。」

「多田專務失勢的時候，就可以預見今天的局面了吧？我還以為你會不痛不癢、高明地閃過。」

這如果是以前——不，半年前的自己，或許會這麼做。但現在不同了。在急劇變化的公司裡，速水迷失了自己的位置。

「你不僅是雜誌總編，更一直努力是個小說編輯。」

所以才無法堅持攻勢。所以才輸了。對小說的愛，讓他在討論雜誌存亡危機時模糊了焦點。

「確實，我不適合做雜誌總編。」

「這下我也沒有後路了。畢竟我是向資方搖尾諂媚、徹頭徹尾的叛徒。」

也就是說，《三位一體》將會廢刊。二階堂的連載、柏青哥廠商的全年廣告、永島咲的小說……《三位一體》打造起來的成果逐漸崩解。就像沙城一樣。

「你之前把車停在專務家附近對吧？」

秋村冷淡地「嗯」了一聲。

「你一直把消息洩漏給社長？」

「我算是間諜。」

「黑函也是你幹的嗎？」

「沒錯。我料定退休金的事只要假裝向小山內探聽，就一定會傳進你耳裡。」

速水只覺得秋村的手法高明，奇妙地並不感到憤怒。

「話說回來，相澤局長也太精彩了。他那副德行，根本是社長派了嘛。」

「相澤局長之前找過你吧？」

「你說在走廊擦身而過那時候？」

速水想起那時候秋村說「我會第一個裁掉小說」，與他互瞪的事。

「那不是他叫我去，是我主動去找他。去告訴他專務快要地位不保了。」

「我好像可以看到接下來的狀況。」

「因為相澤局長也早就察覺多田那樣很危險。他就像老樣子，賣弄那三寸不爛之舌。不過他那人很容易懂，所以對付起來也很容易。」

「他馬上就讀起穀倉效應的書了。」

「那本書是常務的最愛。那麼沒原則的人也真罕見。」

聽到毫不留情地將相澤貶得一無是處的秋村，速水想像相澤遲早會在睡夢中被自己人抹脖子的下場。

兩人不約而同拿起咖啡罐喝起來，沉默持續了一陣。由於勝負已分，因此並不特別感到侷促。

「老實說，我一直很怕你。」

彷彿抓準了時機，蟬放聲鳴叫起來。坦承真心的秋村，眼中浮現剎那的不安。之前小山內說過一樣的事。

「你這個地下特務還真敢說。」

聽到地下特務這樣的挖苦，秋村微微搖頭：

「但結果你總是會如願。我不曉得你有沒有意識到，但你想要做什麼，周圍的人都會為你行動。而我，只能一個人掙扎。」

「你太抬舉我了。今天的中央委員會，你也看到了吧？」

「公司真心打算只留下能賺錢的雜誌。我會及早推出《翻轉》的線上版，是因為社長叫我這麼做。對一般訪客，增加了軟性文章，對於付費會員，則是提供分析政經動向的報導。」

聽秋村的口氣，彷彿仍在與他較勁，令速水感到奇異。秋村是把這當成了最後一次面對面談話嗎？不管怎麼樣，現在對兩人而言，都無疑是分歧點。

「《三位一體》從一開始就沒有勝算嗎？」

「《三位一體》的內部狀況，我一清二楚。」

「什麼意思？」

「從特輯的內容到柏青哥廠商的廣告合約，我都知道。」

雖然被知道了也不會如何，但總覺得在不知不覺間，牆壁全成了透明玻璃，讓人不舒服。

「你是說，《三位一體》也有內奸？」

「是篠田嗎？」

見秋村點頭，速水腦中浮現篠田的臉。篠田動輒拉團隊後腿，黑函也是他拿來的。

秋田說「不，是柴崎」，速水聞言失語。一方面是為了慰勞，速水經常帶副總編柴崎去喝酒。當然，無法告訴團隊的事也都告訴了他，與他共享資訊。

「我完全沒發現。那傢伙居然穿吊嘎在進行諜報活動？」

雖然感到意外，但也不至於影響情緒。無法守住自己的雜誌和作家發表場域的失望太大，一點小事無法讓他的心起波瀾。

「那傢伙我會接收。」

「隨你的便。不過我完全沒想到你居然會真心對出人頭地感興趣。我一直以為你跟權力欲望是兩個極端。」

秋村一反常態地露出有些受傷的表情：

「介紹我跟前妻認識結婚的是社長。他對我的工作表現還算肯定，而且我熟悉新媒體，似乎讓他很滿意。起初我並不起勁，但隨著談話機會增加，我瞭解到要在大公司掌舵，需要相當的膽識及智慧。」

「你的意思是，即使就這樣繼續在編輯圈打滾，將來也可想而知？不管是做書還是做雜誌，連名字都不會留下來。與其如此，乾脆當上船長，駕船穿越這過渡時期的驚濤駭浪，是嗎？」

「唔，大概就是這樣吧。」

「看來你我的思考迴路果然不一樣。我完全只想要打造出新作品，讓它們面世。這樣就足夠了。」

速水為咖啡道謝，站了起來。

「速水，你為什麼要這麼執著於小說？」

秋村難得叫住速水，速水回以苦笑：

「幹嘛？我又不是現在才這樣。」

「不，你那執念太不尋常了。文化雜誌都要廢刊了，你卻第一個跑去找二階堂老師對吧？」

速水抿著嘴巴搖搖頭，以此做為回答。

「以後你打算怎麼辦？」

秋村似乎還是很在乎自己。到了這時，速水才總算體認到這名同期的「恐懼」。

「也沒什麼打算。得看到人事異動結果才知道。」

「你在想什麼？你怎麼會去上什麼口譯學校？」
「是柴崎那傢伙告訴你的嗎？只是學點外語而已。」
「我聽說你只要有空，就一直在讀英文。」
「我大學的時候去紐約留學過。外語能力都荒廢了，所以想要好好刷新一下。」
「我還是不懂。我怎麼樣都不認為你會就這樣夾著尾巴逃走。」
「你把我當成什麼了？將來要往上爬的人擔心自己就夠啦。」
「你除了做書以外，沒有任何能力。這一點我最清楚。」
眼前的秋村表情和平常不同。不是友情也非關愛的特別的感情，連「恐懼」都吞沒了，就像微電流似地在速水和秋村的心底竄流。這種感情沒有明確的形貌，只能用二十年的歲月來形容。
「速水先生！」
有人大聲喊道，速水回頭。藤岡氣喘吁吁地跑到露台來。
「都幾歲的人了還這麼不穩重。怎麼，這次是常務被開除了嗎？」
藤岡看也不看秋村，抓住速水的肩膀用力搖晃。
「高杉老師他……」
「高杉？你說作家高杉裕也嗎？」
「對，剛才帝國出版的編輯連絡我……」

藤岡說到這裡，瞪大了眼睛。速水只看得出事情非同小可。

「他怎麼了？」

「死了。」

「什麼！」

「他死掉了。」

「怎麼會！」

藤岡無力地放開速水的手，然後擠出聲音似地說：

「好像是上吊自殺。」

4

埼玉縣春日部市。

太陽早已西沉。孤伶伶地佇立在國道旁的殯儀館正面玄關是整片玻璃，建築物內部看起來明亮得近乎不敬。

速水連絡與高杉裕也有親交的作家和編輯，回到家裡，準備喪服等物品，花了許多時間。早紀子不在家，讓他鬆了一口氣，但因為找不到唸珠和綢巾放在哪裡，讓他煩躁不堪。

看看手錶。晚上八點多了。在殯儀館前的圓環下了計程車後，速水扣上外套鈕釦走進裡面。守靈好像只有高杉家的人參加。他很快就找到櫃台，一名中年婦人負責收取奠儀。

「請節哀順變。」

速水說，婦人抬頭，一臉疲憊地回應：「謝謝。」看到收下奠儀的婦人哭腫的眼睛，速水不由得感到悲憫。

「誦經呢？」

「已經結束了，師父已經回去了。」

簽完名後，速水踏入大廳。

這應該是這座殯儀館最小的房間。然而這過於冷清的室內，有許多「多餘」引人注目。中央的祭壇很小，寒酸的兩側空間顯得醒目，約五十把椅子恐怕幾乎都沒有人坐過。放眼看到的各個地方，都反映出這是一場只有家人近親參加的不幸葬禮。

祭壇前的人影也很寂寥。四名男女當中，男的是藤岡和前《小說薰風》的責編；嬌小的婦人是高杉的母親，苗條年輕的是妹妹。速水記得在高杉的新人賞得獎慶祝會上看過她們。那個時候母親穿著淡粉紅色套裝，妹妹穿著水藍色無袖禮服，站在遠處，驕傲地看著高杉。那是三年前的事。而現在她們穿著烏鴉般的喪服，一臉沉痛地站著。速水重新認識到一個人的死亡有多重大。

他必須先調整呼吸，才能開口。走近的時候，藤岡以眼神向他致意。

「我是薰風社的速水。請……」

「速水先生！」

高杉的母親聽到速水的名字，拿起手中的手帕按住了眼頭。反應之大，把速水嚇了一跳，想起最後一次和高杉對話的那通三更半夜的電話，不安在胸中擴大。妹妹沒有抬頭。

「真的很遺憾。」

速水說，母親點了幾次頭，說「謝謝您遠道而來……」，接著又閉口拭淚。

「裕也總是在說速水先生的事……他說您是個很棒的編輯。大概五月的時候吧，他說『速水先生大力稱讚我的故事大綱』，開心得不得了……」

想起高杉那蓄勢待發的表情，罪惡感刺進心胸。對於被逼到絕境的高杉來說，那份小說企劃案是一場賭注。他必須靠這部作品起死回生。但自己的注意力全放在雜誌的廢刊和家庭的挫折上，疏忽了為他找到連載版面的工作。如果別人聽了，或許會說這也是沒辦法的事，但身為編輯的自尊讓他無法原諒自己。

母親領他前往棺木。看到小祭壇上的遺照，速水發現這也是新人賞頒獎典禮時拍的照片。遺照上的高杉中規中矩地打著領帶，靦腆地露出矜持的笑。從這樣一張照片，就可以看出他在三十歲時夢想成真，心中正充滿了希望。

看到祭壇上聊勝於無地裝飾著白菊和百合、淡藍色的翠雀花，速水感受到家人對自殺這樣的死亡方式所感到的羞愧，心痛不已。

「請看看他最後一面吧。」

母親打開棺木的小窗。看到那張毫無血色的臉，速水的胸口猛地揪緊，呼吸不過來了。表情安詳，但看上一眼，就知道那雙閉上的眼睛再也不會張開了。毫無生氣的臉，讓速水強烈地認識到「高杉死了」。

「高杉先生擁有很傑出的文學才華。真是令人萬分遺憾。」

上完香後，速水對家屬說。這是他的肺腑之言。年輕作家過世的事實逐漸滲透內心。速水感到無地自容，望向藤岡等人，示意告辭。

「不好意思！」

一直沉默的妹妹下定決心似地開口。

「二樓準備了簡單的餐點，如果各位方便的話……」

應該才二十多歲吧，妹妹膚色白皙、五官立體的臉繃得緊緊的。似乎是面對編輯，讓她很緊張。

「溫子，怎麼可以挽留人家……」

名叫溫子的妹妹打斷母親，加重了語氣說：「我想知道哥哥的事。」速水承受著溫子強烈的注視，反射性地應道：「如果您不累的話。」

五人默默地搭上電梯，進入二樓的家屬休息室。偌大的房間中央有兩張簡陋的長桌。其中一張擺著三個圓型壽司桶，還有瓶裝啤酒和烏龍茶。殯儀館提供的餐飲只是裝飾，沒必要勾起食欲。家屬和薰風社社員分成兩邊，隔著被冷氣吹得乾縮的壽司坐下。

沒有人拿起啤酒瓶，各自的杯子自然地倒滿了烏龍茶。藤岡再次說起他對高杉有很大的期待，惋惜他的才華。

「他的出道作和第二部作品，都對女子體育界進行了詳實的採訪，他還這麼年輕，卻是個很能描寫人物的作家。正因為如此，更讓人覺得遺憾。」

高杉的出道作與第二部作品，主題分別是女子職棒和女子競輪。這兩種競賽項目都曾一度差點被廢除，然後復活了。故事將主角等登場人物的東山再起與這樣的過程結合在一起，雖然是新人作家，但作品充滿了引人入勝的劇情發展和角色魅力。

「兩部作品，都是我協助我哥採訪的。因為我大學老師裡面有個熟悉業餘體育的人……」

一臉蒼白的溫子發出幾乎要聽不見的聲音，用手帕按住眼睛。一定是想起了當時的情景。

「我陪我哥去採訪過幾次，不管是對選手還是教練，他都會恭敬地行禮，仔細地提問。如果聽到有趣的內容，他就會很開心，有一次還請我吃壽司。這支錶也是他用新人賞的獎金買給我的……」

溫子亮出粉紅色纖細的腕錶，表情扭曲了。高杉一定是個很疼妹妹的哥哥。速水難過起來，垂下頭去。

「我哥還說如果他的作品暢銷，要買『MINI』的車給我。因為我成天吵著想要……」

三名編輯感受到妹妹已經不想要什麼車子的心情，想不到該如何安慰。對話中斷後，是一段寧靜而感傷的氣氛。速水等人喝著變溫的烏龍茶，努力撐過空白。

「原來裕也先生搬回家了。」

前責編說道，母親點點頭：

「他讀國二的時候，外子過世，所以我們家一直是單親家庭。」

「原來是這樣……」

速水情不自禁地應聲。他知道高杉的父親過世了，但沒想到那麼早。得知失怙的家庭狀況，暗影籠罩速水的心胸。

「先夫和我的父母也都早逝，所以我們一直是三個人相依為命。裕也和溫子離家以後，我就一個人住，不過去年的時候，大概是擔心我吧，裕也搬回家來了。」

除了孝心以外，或許還有經濟方面的問題，但速水把這種低俗的揣測逐出腦中。

「沒有任何自殺的前兆。我們家雖然過得並不富裕，但應該沒有任何會逼他走上絕路的要素。反倒是許多人的兒子外出工作之後就杳無音訊，我能跟兒子住在一起，真的很幸福。」

「裕也先生是在家裡寫作嗎？」

速水問，母親用力點點頭說：「他好像相當投入。」接著母親和妹妹一點一滴地回想起高杉得到新人賞之前的辛勞，訴說回憶。看在速水眼中，也像是母女倆藉由傾吐來逐一排遣悲傷。對她們來說，這三名編輯就是高杉裕也活過的證明。

「我曾經想過，要是裕也可以再早一點出生就好了。」

速水很清楚母親的意思。面對兒子的意外死亡，她正處於百感交集、千頭萬緒之中。這種時候，人會想要找個發洩憤怒的對象。速水身為對時代感到焦慮的編輯之一，坦然點頭同意。

「這也是我們的努力不夠，但是就像您說的，如果高杉先生再早生個幾十年，我想他早就爬上更高的舞台了。」

藤岡和責編也跟著速水一起熱烈抨擊這不幸的時代。現在他們只能藉由這樣來安慰家屬。

編輯說完後，就像熱潮退去一般，寂靜造訪室內。沒有人伸筷夾眼前的壽司。只有老舊的冷氣偶爾發出聲響。

「有件事……」

母親說，用手帕按住嘴巴。速水預感到她要傾吐某些事，放下手中裝烏龍茶的杯子。

「我兒子過世大概一星期前，難得網購買了東西。」

「買了東西？」

母親望向速水，微微點頭，用鼻音接著說：

「他買了繩子。」

不必全部說出來，眾人也都知道結局了，速水等三人發出嘆息。

「我問他要做什麼用，他說『小說要用』。因為也沒有什麼不對勁的樣子，我就這樣信了……」

聽說是母親發現在房間上吊的兒子的，但不清楚詳情。不過氣氛實在讓人無法提出質問。高杉是用他網購的繩索上吊的。身為母親，一定會自責「應該要好好追問一番的」，再怎麼後悔都不足夠。或許這原本是應該深藏在心底的話，但可以感受到母親幾乎快被強烈的自責給壓垮了。

母女倆彼此安慰哭泣，速水開始無法忍受繼續坐下去了。速水等人正在斟酌告辭的時機，這時母親慢慢地站了起來。她從放在房間深處榻榻米上的皮包裡，取出一只A4信封袋。

「媽……」

溫子責怪地說，但母親只說「沒關係」，從袋中取出一疊厚厚的紙。上面放了一只純白色的信封，正面什麼都沒寫。

「書桌上放著這個……」

一整疊的紙張是稿子。只看了序章幾行，速水就知道是那份大綱的小說了。即使只有短短數行，也看得出用心琢磨的痕跡。稿子寫到第五章，以未完成的狀態中斷。

母親從信封取出幾張信箋。速水察覺那是遺書，驚訝地抬頭，看向母女。母親點點頭，女兒很困惑。

「可是這……」

「沒關係。」

母親似乎意志已決。速水雖然遲疑，但還是接下信箋。

——我不知道該如何道歉才好——

開頭的字跡很流利，看不出情緒激動的樣子。只是淡淡地陳述感謝，而沒有提到具體內容，是為了不讓讀到的人傷心嗎？但甚至沒有分別寫給母親和妹妹，也讓人懷疑或許他在精神上已經徹底疲憊了。

這是速水第一次讀到認識的人的遺書。

信箋從第三頁開始，寫到創作不出小說的苦惱，以及不管再怎麼苦思，都只想得到似曾相識劇情的絕望。不管再怎麼寫，都只是寫到表面的感覺。無法重回青春小說的焦躁。面對稿紙的時間愈長，就愈覺得彷彿陷在無底沼澤一樣。

也有對暢銷的都是些輕薄小說的怨懟。高杉對出版業界，尤其是無法和編輯溝通感到痛苦。似乎也有經濟上的不安。信上提到，他瞞著母親打電話給銀行的融資部門，去了無人貸款機。

——那是連冷氣都沒有的角落。用上面的電話機，在職員的遙控指示下進行各種操作，我漸漸覺得自己這個人一點價值都沒有——

記得高杉的前女友會和他分手，就是因為無法忍受他沒有保障的未來的不安。當時高杉笑著說：「就好像從沉船逃離的老鼠……這樣形容太老套呢。」

看到信箋最後一頁的話——我想以作家的身分死去——，速水再也承受不住，流下淚來。他急忙抬頭，不讓淚水沾濕信箋。他拿手帕按著眼睛，好半晌就此茫然。

他回想起那天深夜的電話。等於是在他冷漠回應之後兩天，高杉就上吊自殺了。高杉在那之前就買好了繩索，因此並非一時衝動之下尋短。

自己為何要對他那樣冷酷？速水這輩子從來沒有用那種口氣對作家說話過。為什麼隔天連一通詢問的電話都沒打？高杉是在為寫作而煩惱嗎？還是無法安排採訪，寫作停擺？事到如今，高杉的那通電話是為了什麼，已經永遠得不到答案了。

當時的他處在多麼迫切的狀況中……？他就站在死亡前面一步而已。如果速水聆聽他傾吐，或許就能改變今天的結局。這不是傲慢，而是速水再清楚不過，對孤獨的作家而言，編輯的話是他們心靈多麼重要的支柱。不，高杉選擇了他。比起編輯，他更想依靠速水輝也這個人。然而

後悔幾乎就要撕裂速水的胸口。

他沒能拯救作家、沒能拯救年輕的才華。

速水把信箋還給母親，以哭聲說：「真的對不起！」頭抵在了桌面上。他知道看不到的地方，每個人都被他的反應嚇到了。但是他無法抬起頭來。

只是聽他訴說，應該就能救他一把。

速水想起津津有味地吃著鰻魚飯的青年的表情，無法克制要落淚。自己錯了。自己為什麼選擇做編輯？他已經迷失了初衷。

速水抬起頭，母親把稿子交給他。

「這個能不能……能不能登在速水先生的雜誌上……？」

母親和妹妹雙眼赤紅地垂著頭。

速水呼吸困難，甚至無法回話。

沒有雜誌了。他在今天失去了。速水對自己的無用咬牙切齒。這份未完成的稿子，就是高杉的人生。自己根本沒有資格自稱編輯。

收下的稿子實在太沉重了。

5

在店面停下腳步時，忽然嗅到一陣金桂的香氣。

走路已經不會再逼出汗水，讓人感受到季節確實在變遷。這讓速水輝也覺得是在推他一把：變化的時候到了。他分開短繩簾，打開拉門。

二樓的包廂裡，編輯部成員都已經到齊了。這是庶民居酒屋的包廂，榻榻米曬得褪色，木桌腳到處都有剝落的痕跡。親民的氛圍，很適合為自己拉下布幕。副總編柴崎不知是否出於贖罪心理，客氣地提議說：「最後一次了，就吃得豪華點吧！」速水回道：「秋村會給你預算嗎？」讓他頓時就像洩了氣的皮球。

速水用他一貫的率性態度，裝傻地說著：「今天有什麼好事嗎？」進入包廂。

十月在即，再幾天速水就要離開公司了。失去高杉裕也這個年輕的才華後，速水的行動非常迅速。守靈隔天，他看完高杉未完成的稿件，下定決心，第二天前往編輯局長室，向相澤提出辭呈。就連相澤也不禁大吃一驚，難得低聲下氣地希望他回心轉意。

「我已經幫你在文藝線安排好位置了。」

相澤會挽留速水，是希望把他置於自己的控制之下。尊敬速水的後輩不光是編輯局裡的人而已。雖然臨時中央委員會無法從資方那裡得到任何承諾，但速水挺身設法阻止廢刊，肯定更加凝聚了團結力。

但速水已經不再迷惘了。相澤開始說他要拒收辭呈，速水冷冷地丟下一句「已經夠了」，離開局長室。

乾杯之後，眾人把酒言歡。正職與約聘共十名編輯，再加上三名校閱的女職員，組織不大，因此沒有分成小團體，從一開始就由速水主導全場。

「最令人驚訝的還是角色扮演特輯那一次吧。篠田拒絕負責特輯，結果居然私下出現在活動會場，真是嚇死我了。」

「呃，這件事已經說過五百遍了吧？」

「企劃會議的時候，你不是一副『我對角色扮演才沒興趣』的態度嗎？」

「就算角色扮演已經得獲得社會普遍認知，但是對上班族來說，仍是個需要勇氣的嗜好啊。速水總編是歧視主義者，所以我這副外貌去參加角色扮演大會，不曉得會被虧成什麼樣子……我當然只能隱瞞了。」

篠田還是一樣，頂著西瓜皮髮型，臉上冒著一層淡青色的鬍渣。雖說人不可貌相，但如果可以貌相，篠田就是一副典型的阿宅樣。

「我身為文化雜誌的編輯，自認為對角色扮演是很寬容的。我質疑的是，篠田，你居然角色扮演『麗子像（註25）』！」

「才不是麗子像，是《神隱少女》的白龍啦！」

「不，在我看來完全就是長了鬍渣的麗子像。如果你是拿大砲的攝影師，還比較有救一點。」

「說到底，為什麼偏偏是速水總編跑來採訪那一場啦？我真是詛咒自己的不幸。」

「中西感冒了，有什麼辦法？喏，這是當時的麗子像。」

速水從皮包裡取出白T恤，在眾人面前打開。看到上面印著篠田角色扮演的「白龍」，全場都笑翻了。

「今天我特別多印，一人一件，請大家穿去公司吧。」

由於速水的巧思，送別會得以免去陷入感傷。這裡的每一個人都知道速水在公司政治鬥爭中敗下陣來，又因為高杉裕也的死而情緒陷入谷底。《三位一體》將在明年四月大幅縮小規模，成為線上雜誌。團隊裡也有人認為速水是為此負起責任而離開公司。

速水說得累了，暫時離座，前往一樓的廁所。上完廁所後，他在鏡前整理外套和襯衫領子。他不想就這樣回去，走出店外呼吸戶外空氣。夜風溫柔，又飄來金桂的香氣。

店前有條流速平緩的小溪。路燈照耀下的水面呈現深綠色。遠方傳來汽車駛過的聲音。眼下水邊的草叢響起細微的蟲鳴。速水抓著扶手，環顧整個視野都被建築物給填滿的東京。來到東京

註25：「麗子像」為日本西洋畫家岸田劉生（一八九一～一九二九）以自己的女兒麗子為模特兒所畫的系列作品。畫中麗子的髮型為典型的日式女童西瓜皮頭。畫風寫實，獨特的氛圍讓有些人覺得詭異。

之後已經過了四分之一個世紀，不知不覺間，他不再感到窒悶了。

身在大都會中心，卻一片寂靜。自己完全正立於歧路中心。

「醒酒嗎？」

回頭一看，是中西清美。她收起了平日神經質的表情，面露柔和的笑。

「突然辭職，真是抱歉。」

「不會。老實說，我很想在速水號上坐到最後一刻，但你真的對我們很好。在我不知道的地方，你一定吃了很多苦。」

中西就像被淨化過似地，整個人十分平和。

「一定是發生了什麼讓你必須離開公司的大事。」

她是來刺探軍情的嗎？或者只是純粹的感傷？速水無法判斷，但不管是哪一邊，他都不覺得受冒犯。

「沒什麼，是我個人的問題。」

秋天開始，柴崎就成了總編，而中西是副總編。這兩名同期雖然勢同水火，但因為只有短短半年，應該會成熟地區分公私。當然，柴崎是秋村的間諜一事，速水沒有說出去。

「你聽到那個傳聞了嗎？」

「傳聞？」

中西用打鬼主意的眼神看速水：

「高野啊。」

聽到惠的名字，速水的心臟猛地一跳。也許在自己不知道的地方，已經流竄出某些傳聞。但速水沒有表現出這樣的擔憂，歪頭催促中西說下去。

「有人看見她和相澤局長手挽著手走在路上。」

「跟相澤局長？」

就好像天外飛來一記球，迎面直擊上來。速水遭遇到這樣的衝擊。

「這……太令人驚訝了……」

「我倒是覺得不出所料。」

「為什麼？」

「她就是那種人啊。以前我跟她在女性雜誌做過一陣，她才半年就調走了。」

「原因是男人嗎？」

「當時鬧得天翻地覆。」

忘了是什麼時候，兩人一起喝酒時，惠在嵌地桌底下把腳伸過來挑逗他。惠問了相澤的問題後，對速水說：「別輸囉。」

自己果然是輸了嗎？這麼一想，連惠的沒節操都讓他覺得有意思。

「最近一般的不倫，已經沒辦法讓人驚訝了呢。」

直到中西提起為止，速水都沒有特別在意過包廂裡的惠。她已經成了過去的人。

兩人回到包廂後，速水也繼續逗樂眾人。聽到中西的話以後，往惠那裡一看，發現她正不停地對自己送眼神。或許她有什麼話想說。

送別會就快接近尾聲，速水從惠手中接過花束，並收下大夥給他的卡片。除了篠田以外，每個人都眼眶泛淚。但即使是沒有哭的篠田，也是打從心底捨不得對自己多番伸出援手的總編離去的樣子。

「我認為速水總編是獨一無二的編輯。你能吸引別人，在不知不覺間讓對方坐上自己的船。因為你是這樣一個人，我從沒想過你竟然會主動下船……」

也許是對背叛一事感到懊悔，柴崎的表情痛苦地扭曲。明年四月以後，他應該會調到《翻轉》。等於是順利逃離了滅頂的船，但速水並不想否定他。畢竟柴崎的吊嘎也幫了他不少。

速水對每一名部下道出感謝。雖然是每一個都很難搞的團隊，但沒有一個是壞人。他這麼想，懷著純淨的心情說話。

目前內橋奈美這些約聘員工無法得到續聘。速水對於無法保障她們的生活感到抱歉，言詞真誠地道歉。內橋用手帕按著眼睛，不停地搖頭。

「就像各位知道的，我們業界目前處在過渡時期。十年以後，出版社的組織將會改變，工作形態也將會不同吧。應該沒辦法只是漫不經心地待在公司了。必須嚴肅思考該如何做出讓每個人雀躍期待，或是打動人心的作品，還有確實將它們送到讀者手上的方法。所以我希望大家好好把心思考，你真的喜歡這份工作嗎？」

團隊成員沒有人吭聲，聆聽著速水嚴肅的聲音。這是他身為薰風社編輯最後的道別。

「紙本《三位一體》要消失了，但我們一直以來的累積，全都變成了我們的血肉。剛才柴崎也說過……真的很抱歉，我先一步下船了。不過，我會在遠方看著大家的工作表現。能和大家一起共事，我很幸福。真的謝謝大家！」

離開店裡後，眾人在居酒屋男店員的協助之下，一起將速水高高地拋上天空。拍完合照後，眾人互邀續攤，但速水婉拒了。大家似乎不敢相信，噓聲連連，但速水甩掉強硬的邀約，一個人踏上歸途。

有幾名員工一樣不參加續攤，因此速水說「我還有事」，走向與車站相反的方向。當然，他根本沒事。他只是想要獨處想事情。

「速水先生！」

走進國道北邊一條路，住商大樓櫛比鱗次的馬路時，有人叫住了他。那聲音讓速水立刻認出是惠。抱著花束的速水回頭，揚起右手。

「你其實沒事對吧？」

可能是用跑的過來的，惠來到速水前面，手按在胸脯上調整呼吸。

「嗯，我要回家了。」

「回家……」

惠欲言又止，眼睛朝上看著速水。他已經離婚，現在自己在外租公寓，是眾所皆知的事。

「我有事想回家處理，所以也不算沒事。」

「我從以前就想問，你會離婚，是因為我……」

「跟妳完全無關。而且根本沒有人發現。」

看到惠鬆了一口氣的表情，速水萌生惡作劇的念頭，想要為相澤的事酸她個幾句，但連這都懶了。

「是對以後的我應該必要的事。」

惠一臉不解，速水對她說「加油吧」，轉過身子。

「你以後要怎麼辦？」

速水加快腳步遠離惠。她已經是過去的部下，沒有更多了。有句話說「男人的戀愛是另存新檔」，但對速水而言只是胡扯。

「速水先生！」

惠在遠處喊著，但速水沒有停步。

即使背後感覺不到視線了，速水依舊沒有回頭。

── 終章 ──

那個時候也是雨天。

喁喁細語般打在傘上的雨聲刺激著海馬迴。把傘往後方傾斜，悠然坐落在忙碌大都會的商務飯店映入眼簾。記憶復甦，他想起是同一家飯店，感覺到一絲孽緣。

小山內甫在入口前的拱型屋簷下甩掉傘上的水滴，折成螺旋狀，扣上帶子。手濕掉令人不舒服，但他沒有隨身攜帶手帕。他把傘柄掛在手腕上，不管水滴，雙手插進外套口袋裡。附近穿制服的門房向他頷首，為他打開鑲著金色門框的玻璃門。

臉上帶著鬍渣、一襲寒酸西裝，也都跟「那時候」一樣。他向門房行了個禮，踩過堅硬光亮的地板。不管他年紀多大，這些所謂的高級飯店總是讓他不自在。

搭電扶梯上去二樓，經過樓層時，似曾相識的感覺更強烈了。前年十二月，小山內懷著憂鬱的心情前往會場。漫畫家被後輩搶走，他過著宛如應付消化比賽般的總編生活。討好大漫畫家的日子，如今也成了令人懷念的過去。後來過了一年五個月。雖然難以正確形容目前的心境，但絕對不是憂鬱。反倒是站在通往未知世界的門前，他內心激動不已。

他看到櫃台旁邊的電子告示板，停下腳步。

「三位一體」股份公司　公司成立紀念會

看到這行文字，似曾相識感消失無蹤。他不知道自己的人生是在前進還是後退，但時間確實地在遷移。不可能與過去相同。

因為彼此都決定性地改變了。

在櫃台簽完名，把雨傘寄交給人員。一想到他們也是公司員工，他湧出一股「真了不得」的感嘆。他重新打好皺巴巴的領帶，踏入會場。

就和上個冬天的二階堂大作紀念會一樣，會場兩邊擺滿餐點飲料，大人們圍在等間隔放置的圓桌旁談笑風生。放眼估算，兩百個人跑不掉。出席者比二階堂那時候更多。

出版、影視、演藝經紀公司，以及財經界——有許多當時參加二階堂紀念會的面孔；也有氣質嚴肅、應該不是媒體界的人士，熱鬧滾滾。正面掛了塊大型看板，大大地寫著剛才在電子布告欄看到的文字。前方紅龍柱伸出的紅色帶子隔出一塊長方形空間，專供記者採訪。

有模有樣嘛。

小山內在內心喃喃著像是佩服也像是挖苦的話。

端著盤子的侍者請他拿飲料，但他覺得會妨礙採訪，拒絕了。右後方站著一名苗條的女子。她穿著套裝，一個人交抱著手臂，對著無人的舞台，一臉裝模作樣。

「喔，是來報仇的嗎？」

小山內從背後搭訕，高野惠慌張地回頭。

「小山內先生……你怎麼……」

小山內去年九月底離開了公司。現在他在故鄉大阪和母親同住。他幫忙弟弟繼承的父親的酒行事業，同時為朋友當總編的商業資訊雜誌寫稿。雖然處於所謂「窮忙」的狀態，但他對這樣閒適的生活很滿足。

「今天怎麼能不來呢？」

舞台旁邊的講桌前站著一名臉蛋小巧的套裝女子，打開麥克風開關。

「各位好，現在『三位一體』股份公司的成立紀念會即將開始。」

場內的喧囂平息下來後，舞台上放下了螢光幕。照明轉暗，開始播放影片。是介紹「三位一體」業務的內容。

創作、創刊、創業。一切「想要」的，都在「三位一體」

文字以特效呈現，出現與公司簽約的二階堂等知名作家的推薦詞：「一通電話、一封電郵即可搞定採訪安排」、「全方位的強力宣傳體制令人折服」。

小山內覺得彷彿目睹怪獸從蛋裡孵化的一刻，看著螢幕，發出嘆息：「啊……」

三位一體——Trinity，亦有「三重」之意。「創作」部分是與小說家、漫畫家、紀實作家等從企劃案階段就開始合作，從採訪安排到稿件編輯，都跟在作家身邊全面支援。「創刊」則集中在電子出版，並且開始在格式易於閱讀的電子報進行連載。「創業」是所謂的跨媒體結合，不只是與影視業，也透過和其他業種的合作，提升內容的銷售能力。將過去分散的各種服務集中成為一家公司，以實現降低成本。換句話說，就是扮演類似樞紐機場的角色。

大部分的出席者都專心地看影片，只有出版相關人員露出啞巴吃黃蓮的表情。儘管這是對出版業明確的侵門踏戶，但既然作家被對方掌握在手中，他們也難以採取反制，陷入兩難。

影片結束，螢幕捲起。水晶燈恢復光亮，女司儀再次打開麥克風開關：

「讓大家久等了。那麼現在有請『三位一體』代表董事社長速水輝也向各位致詞。」

講台後方的屏風背面出現一名拿小型攝影機的男子，往後退去，很快地速水接著現身。傳聞有個貼身型的人物紀錄片正在對速水進行採訪，看來是真的。那是民營電視台的長壽節目，每集三十分鐘，成為鏡頭焦點的人物，就等於得到了「當代風雲人物」的認證。採訪區的攝影師同時按下閃光燈。

舞台上沒有麥克風台，速水的外套衣領別著小型麥克風。他來到中央，深深行禮。會場響起盛大的掌聲。

公司成立後過了約三個月。短短九十天，「三位一體」已經成為娛樂業界無法忽視的存在。這是周全的準備與強大的好運造就的成果。

「讓各位久等了。我是『三位一體』股份公司的社長，速水輝也！」

熱烈的掌聲再次響起。已經沒有人奚落「沒人在等你！」了。

「抱歉開頭就講私事，其實我會想要成為編輯，是高一的時候萌生的念頭。我本來就喜歡讀小說，但契機是第一次看到某人的親筆稿件。結果那篇小說沒能呈現在世人面前，但我到現在還是忘不了那篇作品。從此以後我就一直在想，希望我將來能夠盡可能挖掘出世上被埋沒的才華，協助他們的作品問世。」

個頭挺拔的速水穿著沒有多餘皺紋的西裝，應該是量身訂製的。他的表情燦爛，聲音也很嘹亮。確實風采翩翩。

「我在以前任職的出版社，以編輯的身分，和許多一流作家共事，參與了許多精彩作品的誕生，那真的是一段無比幸運的編輯生涯。然而面對現今出版業界的變化，我開始感到疑問：『安於現狀真的好嗎？』我不斷地思考『現在的業界真正需要的是什麼？』，最後的結論就是這家『三位一體』。」

小山內知道在一旁射出挑釁眼神的惠也被速水的話吸引了。

「創作、創刊、創業。我簡單談一下這些理念。」

速水介紹「調查部門」的創設，支援寫作不可或缺的採訪，以及訂閱電子報連載的人能用半價購買電子書的制度、與人氣作家一同參觀作品舞台的旅遊行程等企劃。

「點子很多呢。」

小山內對惠說，惠蜷起背來，就像講悄悄話那樣指著站在前方的男人們。

「那邊的柏青哥廠商的清川先生……」

惠才說到一半，速水就叫了清川的名字，小山內驚訝地望向台上的男子。

「或許也有人知道，這位清川先生就是把二階堂老師的《忍者的夙願》做成柏青哥機台，締造熱銷佳績的功臣。」

不知不覺間來到舞台附近的二階堂大作朝速水舉起兌水酒杯。他身旁是作家久谷亞里沙。

「清川先生為了轉型成綜合內容企業，除了本業的柏青哥以外，還擁有五花八門的點子。目前也開始推動將柏青哥機台使用的《忍者的夙願》的動畫重新構成一個完整的故事，在網路上播出的計畫。在清川先生指揮下製作的動畫，預定將在日本最大的入口網站『颱風』的首頁播出。」

速水提到「颱風」時，惠露出苦不堪言的表情來。

「此外，『颱風』也將派出特別採訪小組，貼身採訪二階堂老師的新作諜報小說的創作歷程，製作成紀錄片播出。被稱為名作的小說，它的創作過程必然也是一部戲劇。請各位務必拭目以待！」

全場沸騰之中，只有惠一個人眉心緊蹙。小山內戳戳她纖細的肩膀，下巴朝前方努了努。

「三島也在。」

「對，他成了『三位一體』的幹部。」

看到三島雄二，小山內也湧出一股微苦的情緒。二階堂的紀念會當時，速水看到三島時說：

『或許就得要像他那樣，才有辦法生存吧。』

「全都是跟雜誌《三位一體》有關的人。全被挖走了。往後如果不透過速水先生的『三位一體』，或許就沒法工作了。」

眾人就像被開場白給唬得一愣一愣，同時點頭，發出笑聲。

「就像我說的，與不受傳統框架限制的業界合作，就能實現全新的跨媒體結合。以前我和演藝經紀公司人員合作時，得知他們面臨與出版業界相同的課題。各位知道是什麼嗎？」

速水稍微停頓，環顧會場。水晶燈的光輝反射在他身後的金屏風上，讓他彷彿身負光環。

「外國。日本的創作內容在外國有充足的需求。漫畫和動畫具備容易跨越國境的性質，但我希望可以設法把小說推銷出去。因此我們正在與能夠確實傳達出原作魅力的優秀翻譯家簽訂合約。」

目的應該是為了往後在原作翻拍成影視作品時，與經紀公司合作。字幕翻譯家有時似乎能成為日本的演藝經紀公司及外國電影公司之間的橋樑，速水就是想要讓它形成制度。

「速水先生之前每天都隨身攜帶英語教材。移動的時候也都在聽ＣＮＮ新聞。」惠說。

「他還去上口譯學校。聽說他直到最近都待在紐約。」小山內回應。

速水介紹完公司後，露出更加燦爛的表情，笑道：「那麼，讓各位久等了！」會場響起快節奏的音樂。

「歡迎女星、以及小說家永島咲登場！」

記者數目比一開始多了兩倍，閃光燈一陣亂閃，幾乎讓人眼花。

永島咲一身鮮艷的櫻花色禮服，步上舞台，與速水交換位置。她有著一雙目光炯炯、幾乎與端正五官不平衡的眼睛，看到她的微笑，那神采會讓人不由自主地想要俯首稱臣。裙襬露出纖細的腳，小腿形狀優美，幾乎不像真的。用偏頗的眼光去看，她的每個器官都是美麗的商品。

「感謝各位今日百忙之中出席這場活動。」

咲提到與自己同一家經紀公司的藝人，說那名藝人正在不同的地點舉辦非正式記者會，玩笑地說「你們選擇了我，讓我好榮幸」。不知道是不是速水訓練的，她的演說技巧相當高明。

「又會被盛大報導了。」

惠一臉掃興地看著舞台。

前些日子，咲才剛得到全國書店店員票選出來的極具影響力的獎項。由於是第一次有女星得獎，儘管是處女作，但已經賣破一百萬本了。

「不過那本書是薰風社的吧？」

「不是……」

惠搖搖頭，同時背後傳來睏倦的聲音：「版權在速水手裡。」領帶鬆垮地掛在脖間的秋村光一插了進來。

「秋村……」

「聽到版權的事時，連我都傻了。」秋村說。

「我第一次聽說的時候，也懷疑自己聽錯了。」

惠受不了地說，秋村嗤之以鼻：

「不是妳介紹『颱風』的公關給速水的嗎？他打算跟柏青哥企業聯手，狠狠地賺它一筆。妳自以為把他操縱在掌心，其實……」

「不要再說了。」

「不過不只是妳而已。好像有一份『速水筆記』，他在裡面對認識的薰風社社員做出極苛刻的評分。據說那些評語簡直冷血無情。」

一臉凝重的惠忽然伸手指去：「啊，那個人……」她的視線前方，一名嬌小的女子正快步走過，消失在舞台旁邊的屏風裡。

「誰？」

小山內問，惠隔了一拍呼吸，說：「是以前雜誌《三位一體》的約聘員工內橋。」

「看來她的實力被『社長』肯定了。」

惠難掩震驚的模樣，一旁的秋村露出冷然的笑說：

「之前這裡舉辦過二階堂先生的紀念會對吧？你們記得那時候速水上台致詞嗎？」

小山內「嗯」了一聲，望向秋村。是一瞬間便扭轉全場尷尬氣氛的「龍蝦致詞」。

「那也是他預先設計好，讓二階堂先生第一個指名他的。」

惠喃喃「真是個怪物」，小山內對秋村說：

「你說速水很可怕……我現在總算瞭解你這話的意思了。」

「你們看那邊，那個五官深邃的男人。」

「啊，杉山先生……」

惠望向秋村指的方向驚呼。好像是核心電視台戲劇組的製作人。

「那個製作人也是來向速水輸誠的。」

「可是那個人在我擔任責編的小說想要改編影視時，甚至不把速水先生當一回事……」

「速水手上掌握了人氣腳本家啊。這年頭的電視連續劇，收視率有兩位數就萬萬歲了。在這麼難成功的狀況下，有實力的腳本家當然是人人搶著要，速水就是料中了這一點。很快地，他的觸手也會伸進電視界。」

看著對舞台誇張鼓掌的製作人側臉，小山內覺得他有如象徵著沒節操的業界，心情一冷。

「出版、電視、內容企業、入口網站……他抓住這新舊媒體交替之時，送出自己的小說家、漫畫家、劇本家和翻譯家是嗎？真是，簡直賺翻了嘛。」小山內說。

「管它是寢技、立技，總之不擇手段。二階堂先生也因為《忍者的夙願》柏青哥機台大賣，更離不開速水了。就連那柏青哥，應該也有『社長』的仲介費。」秋村說。

「真的全被他拿光了吶。」

速水上前迎接結束致詞後步下舞台的咲，出版相關人員一擁而上。現在永島咲完全成了業界的搖錢樹。能不能得到她的稿子，是天堂與地獄之分。

「等一下，很危險啊！老師，永島老師！請往這邊！」

以格外響亮的嗓門分開眾編輯的是相澤德郎。

「你們啊，這樣真的很危險啦。給永島老師名片又沒有用！」

雖然在人群中推擠著，相澤卻顯得樂在其中。為永島咲處理經紀事務的是演藝經紀公司，是「三位一體」公司。身為外人的相澤那張油膩的臉上，透露出他想要在這場慘烈的稿件爭奪戰中脫穎而出的企圖。

「還『老師』咧。那個人在連載的時候，明明就大肆批評什麼『稿費太貴』、『停掉連載』。真不敢相信。」惠說。

「一定是想要討好速水吧。他是個沒節操的老頭嘛。」

小山內露出冷笑，看著前上司興奮的模樣。

「我果然選錯人了。」

聽到惠的喃喃，兩名同期面面相覷。

「好了，我差不多該走了。」

秋村繫好領帶，頸脖處形成漂亮的倒三角領結。光是這樣，邋遢的印象便一掃而空。

小山內揚起單眉，像是詢問，秋山丟下一句「跟社長吃飯」，往門口走去。

「秋村先生一定也大受打擊。我現在也是，什麼都無法相信了。」

「我認為速水說的『守住作家發表的場域』這個信念是真的。不過，人畢竟無法非黑即白。每個人都是灰的。所謂的好人或壞人，說穿了只不過是灰色的濃淡罷了。」

「一直以來，我還自以為活得很強悍呢。」

惠害臊地笑道，看向小山內。

「那傢伙就像一張錯視畫。」小山內說。

「錯視畫？」

「以為畫的是個豔麗的女人，但換個角度一看，卻變成一個呲牙咧嘴的惡魔，這樣的畫。」

速水面對靠攏上來的編輯，露出一貫的爽朗笑容。與一年五個月前相同的會場，相同的笑容，然而心象卻是南轅北轍。小山內有種看到蹩腳戲的感覺，轉身要走。

「小山內先生也要回去了嗎？」

「我有點事要調查，得去一趟滋賀才行。」

「滋賀？」

小山內沒有回答，揚起右手說「加油啊」，快步走到門口前。他原本打算直接走出大廳，但也許是第六感使然，又或是以前當週刊記者的直覺，他感到背後強烈的視線。

一回頭，與速水四目相接了。是讀不出感情的冰冷瞳眸。雖然只有短短一剎那，但那顯然不是看著朋友的眼神。

錯視畫的惡魔別開眼神，若無其事地露出潔白的牙齒。

左邊是自衛隊駐屯地，計程車從滋賀縣大津市內南下開去。

完全看不見應該就在前方的琵琶湖。即使問他根據，他也答不上來，但小山內總覺得有辦法徹底利用手中掌握的僥倖。

櫻花的淡紅色從街道上消失，馬上就要迎接五月了。雖然是不到兩星期的短暫調查，但如果是為了自我滿足，結果應該算不錯。就在他認為差不多該收手時，不知是老天爺還是女神眷顧，總之上天給了他一個落幕的地點。他有自信至少可以把收尾的運氣拉向自己。

「客人是要去搭船嗎？」

與司機在後照鏡裡對望了。小山內應道「對」，司機歪著頭說：「下一班是幾點呢？」

「應該是一點半。」

「這樣啊。那我得開快點才行。」

聽到司機的關西腔，小山內想起某個男人的黑暗面，心情鬱悶起來。自從同期進入薰風社以後，小山內一直以為速水是東京人。這不單純是小山內的誤會，而是速水如此宣稱的。但事實上並不是。

速水那樣再三勸告小山內不要衝動離職，自己卻一下就離開了公司。專務輕易垮台，引發公司內部勢力的重整，最後以排除掉一名深獲同事及作家信賴的編輯的形式結束了。撤除紙本，徹底去蕪存菁。現在的薰風社裡，就只剩下這無趣的軸心，而重視心意與氣概等口號的社員全被歸為反抗勢力，形成了可笑的二極化。

速水要離職的傳聞傳開時，慰留他的人真不知道有多少。不光是編輯部門，連業務、廣告和行銷部門的人都設法說服他回心轉意。自己也是其中之一。每個人都認為，挺身與資方對抗的速水，是對這家荒唐的公司絕望了。小山內也從許多人那裡聽到，共有四家大型和中堅出版社的編輯，拚命想要挖角這個絕不算年輕的四十五歲男子。

每當有更多人想要讓速水改變心意，波紋就更進一步擴大，重新讓他們認識到速水的存在感有多大。組織必定都有核心人才，速水輝也就是這個核心人才。再也沒有比他的離去更符合「一片惋惜」這樣的形容。與沒得到什麼慰留就退出舞台的自己是天壤之別。結果小山內與速水在同一天進公司，在同一天離開了公司。

但柴崎總編的《三位一體》為了出書的方向性與永島咲的事務所發生糾紛時，速水就像亡靈一樣現身，搶走了版權。接著，三島對自己的所做所為就彷彿只是序章一般，速水開始搶奪薰風社擁有的作家人脈。事實上，小山內到現在都還鮮明地記得他發現速水與三島聯手合作時的衝擊。不光是自己而已。這是這幾年直擊薰風社——不，出版業界的最大級的龍捲風。

速水輝也到底是什麼人——？在個人的範圍內，沒有比這更吸引人的題材了。發現自己看到的其實是一張錯視畫時，湧上小山內心頭的不是憤怒，而是純粹的好奇。

比別人更細膩體貼、受上司重用、被同事喜愛、受後輩景仰。速水一直想要守住文化雜誌《三位一體》、守住薰風社的雜誌，最重要的是守住小說。然後他在一瞬之間將這些徹底顛覆。

在終極的雙面性之間，唯一相同的就只有「編輯」這個軸心——

小山內請前職場的總務部同期找出約二十年前的應徵履歷，發現速水其實是滋賀縣出身時，也沒有受騙的不愉快，而是彷彿聽見宣告調查開始的槍聲，興奮不已。

然後現在載著小山內的計程車，正以有些忽視法定限速的速度駛向終點。下午一點半的時限分秒逼近，但幸好縣道沒什麼行車。

近兩星期的期間走過的調查軌跡，比想像中的更要簡單。小山內利用搜尋老同學的網站，編了個動機假稱「我有樣東西無論如何都想還給他」，從小學時期依序打聽。

「速水……班上沒有這個姓氏的同學呢。」

小山內連絡到速水在履歷上填寫的小學的同屆畢業女生，發現他當時名叫「岸輝也」。小山內硬是向家裡的酒行及寫稿的編輯部請了假，前往滋賀縣北部的鄉間小鎮。「岸同學很內向……我不太有印象」、「感覺他好像總是一個人」——四處詢問相關人士的過程中，意料之外的資訊逐漸鞏固了周邊。

岸輝也是在母親再婚的國二時改姓為速水的。小山內循著母親上班的地點等細微的線索持續調查，在昨晚查到了速水的母親淳子的住處。

小山內指著計程車窗外的橫長型建築物問司機。有許多像煙囪的高塔伸向天空。

「這棟褐色的大建築物是什麼？」

「噢，是競艇。」

「啊，是競艇場嗎？」

小山內拜訪淳子在大津市內的住家，謊稱自己是電視製作公司人員，說「要為出版業界的風雲人物速水做節目」，進入家中。這是連棟式的出租房屋，一個人住大小剛好，但實在是老舊了。被帶到雜亂的客廳時，小山內判斷這不是出於個性，而是無力。淳子整個人十分寒酸，一臉疲態，完全不像萬人迷速水的母親。

「現在電腦……您知道網路嗎？網路有一些麻煩的規定，所以我想要預先仔細調查一下。我正在替速水先生本人蒐集各種往事。」

「輝也知道這件事嗎？」

「當然知道。即使有什麼不方面公開的事，我也可以在事前過濾。」

看到淳子安心的表情，小山內質疑自己是不是瘋了，為什麼要為了這種連一點好處都沒有的事情騙人？答案之一當然是對速水的興趣，但他的心底有個尚未成形的預感。

「請不要在電視上播出會造成他麻煩的事。」

「所以請您趁現在盡量說出來吧。我們的節目是要為速水先生做宣傳，您可以放心的。」

淳子毫不懷疑，接下來不用小山內詢問，她便娓娓道出速水難說是幸福的前半生。聽著她沙啞的嗓音，小山內想起速水出生的縣北的木造公寓。已經無人居住的那棟公寓，就彷彿毒性緩慢地擴散一般，已然腐朽。

輝也的生父岸清次郎是參加過國民體育大賽的柔道選手，開了一家運輸公司。但淳子說的話很不具體，不太可靠。唯一具有可信度的，是清次郎是個賭鬼。比起公營賭博，他似乎更喜歡私下開賭，淳子懷念地說，有時候她也會煮飯招待聚集在家裡的三教九流之徒。

就像昭和時代的無賴個個都是如此，清次郎也會打老婆小孩。尤其是喝醉以後，不曉得什麼會踩到他的地雷，形同是為了打人而動怒。

「玄關門的鉸鍊只要一響，我就會立刻醒來。冬天寒冷的日子，只要聽到踩過積雪靠近的聲音，我就會全身緊繃。就連大人的我都這麼害怕了，輝也一定更害怕吧。」

淳子說她經常保護輝也，但丈夫整個抓狂，完全無法溝通時，她自己也會嚇到不敢動，只能額頭貼在地面，跪拜似地不停地賠罪。她至多只能不去看被打得號哭的兒子。「喝酒就放過你！」丈夫還曾經這麼說，強灌輝也喝日本酒。即使報警，警察趕來，也當成是家務事，隨便訓個兩句就走了。輝也是獨子，父母又不喜歡和親戚往來，因此少年只能自己保護自己。

輝也小三的時候，覺得這樣下去自己會被酒鬼父親打死，逃到導師家求救。導師去找父親勸說，卻沒有結果，因此輝也在老師家暫住了一段時間。

「輝也因為那個老師的關係，開始看起書來。」

輝也就是在老師家接觸到小說的。對輝也來說，這是逃避現實的手段。輝也向愛書家的老師借書閱讀，國文成績突飛猛進。另一方面，據說他也是從這時候開始模仿表演。也許是少年為了吸引恩師的關心，自己想出來的方法。

若說清次郎是輝也人生中的黑暗隧道，那麼出口就是冷不防冒出來的。清次郎向產業廢棄物業者承包工作，某天被同事開的挖土機壓死了。在徒具形式的冷清葬禮上，輝也連一滴眼淚也沒有流。反倒是那天晚上，或許是出於解脫感，他把家中所有的啤酒瓶都砸碎了。

母子相依為命的生活，是兩人短暫的休息。輝也家是全班唯一沒有電視的，但他一點都不在乎，總是在放學後跑去圖書館，或是聆聽廣播連續劇，然後將書本和廣播的內容生動有趣地轉述給母親，享受和母親聊天的這段時光。

淳子靠著當事務員和家庭代工設法籌措生活費，輝也也會幫忙家事和家庭代工，但國一的時候，淳子病倒住院，一家的生活頓時陷入困苦。身邊的人勸他們申請生活津貼，淳子卻堅持不肯。她說這是個小地方，一定會惹來閒言閒語，不肯聽勸。在鄉下生長的人，都本能地瞭解無處可逃的偏見有多可怕。而且淳子相當害怕到公所或銀行辦手續，覺得那很丟臉。這應該是一種常人難以理解的強迫觀念。

家計靠著少年打工、家庭代工及少得可憐的存款來維持。有時幾乎沒有來往的親戚會上門，狠狠說教一頓之後，遞出薄薄的信封離去，但顯而易見，生活的崩壞近在眼前。

「遇到速水先生時，我是懷著連一根稻草都想要抓住的心情。」

輝也國二的夏天，淳子在以前上班的製麵公司上司的撮合下，與速水健吉再婚了。銀行存款老早就已經見底。淳子追求的不是女人的幸福，而是可靠的生活能力。輝也終於脫離「岸」這個姓氏，成為「速水輝也」。

「應該來得及吧。」

聽到司機的聲音，小山內回過神來，心不在焉地應了一聲，把手中的稿子收進皮包裡。從縣道左彎，再稍微前進一段路，計程車駛進了圓環。小山內付了錢，拿了收據。下車一看，眼前就是琵琶湖。

距離船隻出發只剩下五分鐘。對趕時間的小山內來說慶幸的是，大津港這個湖泊玄關口十分小巧。在小音量的古典音樂聲中，小山內跑到售票口買了乘船券，穿過閘門，跑到已經靠岸的觀光船「密西根號」。

但即使即將出航的廣播響起，還有人在拉動船首的鐘，意外地頗為悠哉。事實上，看到四層樓高的白色豪華汽船，小山內也忍不住興奮起來，幾乎忘了來這裡的目的。走到門口時，情緒高亢的攝影師拉生意說：「要不要拍張照？」小山內靦腆地笑著拒絕。

應該很多人都在開船前一刻才上船。一樓樓梯前，乘客擠成了一團。船就這樣任由乘客擠在一起，動了起來。小山內放棄上樓梯，決定先從一樓開始尋找。他從推進船隻的紅色外輪旋轉的船尾，到攝影景點的船首都仔細地找遍了，卻不見目標蹤影。

他走上已經無人的階梯，來到二樓，開門進入占據樓層大半的餐廳。咖啡廳深處連接無限供應形式的餐廳。咖啡廳裡，乘客舒適地坐在觸感柔滑的絨布椅上休息。即使在遊艇上，仍有近半數的人在滑手機。裡面的餐廳有許多外國觀光客，期待也空虛地落空了。

小山內走出餐廳，來到甲板扶手前，望著薰風季節的琵琶湖。高高低低的建築物鑲在湖泊邊緣般林立，另一頭雲朵的背後是山脈稜線。欣賞著悠閒的景致，焦躁漸漸地平靜下來。船隻已經離港了。除非那個人中途跳湖，否則絕對就在船上。

三樓的大廳熱鬧非凡。舞台上的女子正在講述琵琶湖的歷史知識，但觀眾席上不見速水的蹤影。表演者開始演出短劇，因此小山內離開大廳。也不在這一層。只剩下最上面一層了。

或許不是這一班。不過雖說已經生鏽不少，但以前當記者的直覺告訴小山內機率是一半一半。走上四樓的途中，腦中響起淳子的話。

「我找到幾本兒子忘記處理掉的日記。我已經讀過好幾次了，但每次讀都覺得輝也真是個好心腸的孩子。」

再婚以後，母子遷到了大津市內。速水的新父親健吉在食品公司擔任會計，是個文靜的男子。如果論外貌，清次郎更勝一籌，但健吉喜歡閱讀，速水立刻就接受了繼父。

「喜歡看書的人，多半性情都很溫柔。」

速水寫在日記裡的這句話，應該也是指小學時收留他到家中避難的導師吧。從古典文學到純文學、從本格推理到歷史小說，速水主要喜歡看小說，不過升上當地高中以後，也開始讀起非虛構類和遊記了。

淳子的再婚，讓速水第一次得到父親。特別在知道健吉的嗜好是寫小說後，速水更喜歡繼父了。他總是在假日點滴創作，縝密地調查資料，因此遲遲難以完成，這似乎也令他心焦難耐。

當時健吉在寫的，是一名在戰後赤色清洗中被奪剝教職的男子的故事。速水讀高一的秋天，健吉完成了這部據說花了整整五年創作的小說。速水央求說想讀，健吉慨然應允。這份稿子影響了速水輝也後來的命運。

在中學任教的主角某天被當地教育委員會叫去，單方面認定他是共產主義者，命令他離職。不論主角如何申辯「我不是共產黨，也不是共產黨支持者」，也不被接受，只能在失意之中離開講台。在教學之餘持續創作小說的主角決心把這段荒誕無理的經驗寫成故事。然而他在寫作的過程中，內容被採訪對象洩漏出去，讓主角的處境更惡劣了。最後岳父說服他「就當作是為了孩子」，讓他選擇了一個人活下去。後來落入孤獨黑暗深淵的父親，與尋找下落不明的父親的兒子，以意想不到的形式再度重逢——

內容對高中生稍嫌艱澀，但立志成為小說家這一點，讓速水把主角和繼父健吉重疊在一起，因此他可以沉浸在故事裡。即使撇開對親人的偏袒，這部小說也十分精彩。速水對繼父不為人知的才華興奮極了。

——自己的父親或許可以成為作家——

日記的文字很激動，也提到「再也沒有比這更令人開心的想像了」。但是真正的歡喜還在後頭。那就是編輯速水輝也即將誕生。

速水覺得作品中主角兒子說話的台詞有些過時和生硬，便向繼父建議了一些高中生會說話的口氣。健吉依言重新寫過，光是這樣，整份稿子便散發出不凡的光輝。由於體驗到這種「微妙的差異」，速水的眼界大大地開闊了。他發現從一開始就認定很難而不去做，「是不是一種損失？」

速水幫忙謄寫稿子和影印，支持健吉投稿新人賞，卻遲遲沒有好消息。沒有門路的父子能夠做的，就只有等待。年關過去，一月的時候，總算吹起了順風。某家大出版社的編輯想要把小說的開頭部分刊登在文學雜誌上。當然，並不是決定要出道文壇了。不過只是作品可以讓世人讀到，就讓健吉和速水歡天喜地。

在編輯邀請下，兩人從滋賀前往東京。出版社替他們出旅費，所以他們第一次從京都搭乘新幹線。美麗的車體、可以調整斜度的舒適座椅、從未體感過的高速流過的窗外景色。時代已經來到泡沫經濟如日中天之時，但是對於悄悄地生活在鄉間的少年而言，一切都讓他感動萬分。

健吉和速水被東京震懾了。「到處都是梅田（註26）、到處都是人，我都快呼吸不過來了！」、「不管什麼時候搭電車，班班都是客滿，裡面還有衣著招搖到難以置信的女人」、「為什麼工地這麼多！」速水少年的東京旅行記十分生動。隨便走進一家餐廳，豬排的美味令他驚嘆；飯店的服務之周到，也讓他畏縮。

隔天踏進出版社豪華大門時的緊張，似乎幾乎讓愛書的少年無法形容。編輯就像個典型的知識分子，稱讚健吉的小說一以貫之的熱情，讓速水感到驕傲極了。編輯也提到一些需要克服的課題，當時聽到的「視點不統一」、「去蕪存菁的勇氣」、「描寫人物的困難」等專家的指摘，令速水大受銘感，更加深愛小說了。

和編輯說定修改完稿件後，要將一部分刊登在雜誌上，健吉和速水離開了出版社。回去關西之前，他們一起看了才剛上映的電影《末代皇帝》。回程的新幹線上，一半是聊電影，一半是聊要如何修改小說。不知不覺間，兩人不是以父子關係，而是以作家和編輯的關係相處。

回到滋賀的隔天，速水向母親炫耀健吉的事，活靈活現地向她描述這趟東京之旅。當晚三人舉辦了一場小小的慶祝會，這件事淳子至今仍記得一清二楚。

健吉應該是太開心了，告訴公司裡的人他去東京見了出版社編輯的事，結果原本毫無存在感的男子，一躍成為鄉下地方食品公司矚目的焦點。文靜的健吉神氣地說明自己在公司如何出風頭，令速水感到莞爾。

父子倆每天交換意見，總算完成了修改後的定稿。雖然也發生過爭吵，但由於兩人都朝著相同的目標邁進，很快就能夠和好如初，不知不覺間，繼父繼子之間的隔膜完全消失了。得到編輯的肯定時，兩人陶醉在成就感中。寫稿的是父親，但自己應該也有不小的貢獻。日記中有這樣得

註26：梅田位於大阪北邊，是大阪北部的門戶及鬧區。

意的一句：「哪裡還找得到像我這樣的十六歲男生？」

速水和健吉引頸翹盼作品登上雜誌的日子。他們真心相信，一旦作品登上雜誌，就能改變人生。然而卻遲遲沒有接到好消息。沒有多久，即使打電話給責編，也找不到人了。夢想就這樣懸在半空中，速水迎接了高二的春季。

四月下旬，責編打電話來了。是兩人去東京之後三個月的事。

「咦……！」

看到健吉拿著話筒就此啞然，速水的心中烏雲密布。「不能登了」——健吉只說了這句話，卻不肯告訴他為何稿子沒被錄用。速水很好奇編輯說了什麼，不過還是鼓勵健吉寫新作品。然而自從那通電話以後，健吉再也沒有提筆寫作。

到底出了什麼事？失去小說這個共通點，兩人再次變回了沒有血緣關係的人。這讓速水傷心極了。健吉食欲減退，愈來愈常在假日默默外出。

一家崩壞的日子就在眼前。

最上層的甲板因為周圍沒有遮蔽物，視野遼闊。幾名乘客坐在椅子上，但沒看見要找的人。果然不在船上嗎？小山內大失所望，前往樓梯，準備再次從一樓找起。這時前方的操舵室走出一名男子，橫越視野。從船上的導覽圖來看，操舵室有參觀區，或許要找的人在那裡。

忽然直覺作用，小山內回過身去，追趕腦中的殘像。那應該是他看到的最後一名乘客。在加快腳步的過程中，小山內的心跳加速了。就在看到那名男子的背影時，興奮到達最高點。

那個人抓著船首附近的格狀柵欄，遠眺琵琶湖的景色。身形高佻的那名男子，毫無疑問就是速水。小山內默默無語，站到男子旁邊。速水注意到小山內，「呵」地一聲笑了。

「偵探登場是嗎？」

他並沒有特別驚訝的樣子，應該是早就預期小山內會來到這裡。

「讓我想起當週刊記者那時候。追查案子的時候，總是會想像歹徒究竟是個怎樣的人，全身哆嗦呢。」

「相隔許久又想要查案，結果對象是同期嗎？那，歹徒是個怎樣的傢伙？」

小山內看著速水說：

「我弄不明白。」

速水露出淡淡的笑。長髮在強風中舞動。

「我從沒看過關西出身的人能夠徹底抹去關西腔。你就算跟我聊天，也從來不曾冒出過關西腔。」

離開淳子家時，她這麼笑道：「其實你是薰風社的小山內先生對吧？輝也的同期同事——」

她說是速水告訴她小山內應該會來訪。也許是在調查過程中，消息走漏到速水耳裡了。

「我明白那孩子離我愈來愈遠了。不過這絕對不是壞事。想要抹消自己的出身的人，或許意外地多。」淳子說。

從船上眺望湖上釣船和帆船的期間，兩人都沒有說話。但也不感到特別窘迫。

「公寓大廈變多了吶。」

小山內第一次聽到速水的關西腔。儘管速水一直假冒東京人，但那新鮮的語調還是讓小山內覺得開心。不管喝得再怎麼醉，和自己及相澤等關西人說話時，速水也徹底不透露出家鄉口音。

「我開了那樣一家公司，把你嚇到了吧？」

「全被你搶光了嘛。這麼一想，在公司裡偷偷摸摸行動的秋村，根本是小巫見大巫。」

「嗯，可是我也只能前進了。」

「不好意思，我看了你以前的日記。」

「的確是該不好意思。」

「可是你也讀過《安妮的日記》吧？而且我最想要知道的地方，後面就沒有了。」

速水什麼也沒說，靜靜地笑。他應該早就料到小山內會查到他的老家。但他沒有堵住母親的嘴。淳子瞭解一切，對小山內道出過往，甚至讓他看兒子的日記。然後告訴他返鄉的兒子一定會去的地方，把他重要的東西交給了小山內。

這個人一定是想要傾吐一切。想要在真正的啟航之前，按下重設鍵。

「是高二夏天吧？」

「沒錯，就快暑假之前的事。」

這天，健吉邀速水開車去兜風。接到編輯的電話後，一個季節過去了，健吉依然沒有恢復，精神狀態反而更加惡化了。駕駛期間，健吉不停地看後照鏡，把車子停在無人的市道上，謹慎地環顧周圍後，他回到駕駛座。

「我就快被抓了。應該只是時間的問題。」

健吉說，說出JR湖西線某個車站的名稱，把一支小鑰匙交給速水。

「那裡的投幣式寄物櫃裡有五百萬。暫時不可以動用。」

這突然的聲明讓速水好半晌說不出話來。自從接到那名編輯的電話以來，速水一家的前景就變得詭譎。但少年涉世未深，無法將這些解讀為前兆。離別來得太唐突了。後來不管速水再怎麼追問內情，健吉也只是堅稱「你不用知道」。

或許再也見不到繼父了。這麼一想，速水難受到幾乎無法呼吸。即使沒有血緣關係，健吉依然是他的父親，在創作小說上，他們是同志。

「你再也不寫小說了嗎？」

健吉一直表情緊繃，就彷彿用蓋子掩住了心房，但只有聽到這句話時，他用力咬緊了牙關，然後不甘心地重重敲打了方向盤兩下。

「我喜歡那部小說。」

現實無法改變。即使這麼想，速水還是忍不住要說。健吉說著「對不起、對不起……」啜泣起來。看到他這樣子，速水確信再也無法回到原本的生活，無法一起創作小說了。

一大一小兩個男人，懷著社團遠征賽般的心情前往東京，在緊張中聽職業編輯給予建議，滿懷希望地一起看了電影。這是親情或友情都無法說明的、只屬於兩人的羈絆。健吉和速水都相信作品一定會問世，真摯地面對稿子。那是一直活在陰暗處的少年生平頭一次體驗到的幸福。

兩星期後，健吉由於涉嫌賄賂遭到警方逮捕。他任職的食品公司在縣內興建工廠時，由於受到許多當地居民反對，健吉一手攬下骯髒事，送錢收買市議員及市政府負責的職員。投幣式寄物櫃裡的錢，應該是公司給的封口費。但健吉完全沒有供出錢的事。

是公司有人嫉妒父親，向出版社告密。編輯拒絕刊登稿件，警方又即將追查到頭上來，這種狀況對健吉來說，是何等的恐懼？沒有一技之長又有前科的男人，不可能扶養一家三口。

「警方到我家搜索，在整個屋裡翻箱倒櫃。應該是在找帳冊或筆記本之類的東西。所有的抽屜都被抽出來，筆記本全部丟進紙箱帶走。小說的創作筆記和稿子也是。我抗議叫他們不要動稿子，卻被刑警咆哮，一句話都說不出來了。根本沒有人在乎在一旁哭泣的我母親。」

速水緊緊地握住扶手，短暫的片刻蹙起了眉頭。

「後來我被帶去警察署，詢問錢的事。警方說找不到業者給父親的錢。起初我在像會議室的地方被問話，但我堅持一問三不知，最後被帶到只有三張榻榻米的無窗關係人室。警察不准我坐下來，不停地猛拍桌子。」

「就連對家人都毫不留情吶。」

「嗯，警方翻箱倒櫃，讓我很不爽，所以我態度也很差。不過只要想起以前被我死掉的父親拳打腳踢的事，那根本不算什麼。」

附近有幼兒啼哭起來，但速水面無表情，毫無反應。

不管遭到警方多嚴厲的訊問，速水都沒有說出藏在學校寄物櫃裡的鑰匙。過去的人生讓他再痛切不過地瞭解到了。要脫離身陷的這窪泥沼，他需要錢。健吉死守到底的那筆錢，對少年來說形同救命繩。

健吉被判有罪，獲得緩刑，被逐出公司。也許是認為沒有工作的人待在家裡也只是讓吃飯的嘴多上一張，健吉就此沒有返家，從速水母子面前消失了。

「我第一次花我父親留給我的錢，就是買這艘船的船票。」

「那是天上掉下來的錢，怎麼不拿去揮霍掉？」

「笨蛋，這可是『密西根號』呢。不過，看著四方被陸地包圍的這片景色，我漸漸難受起來。湖泊一定有終點，這讓我感到窒息。我心想既然要做，至少也得把日本的小說推廣到美國還差不多。」

或許是憶起了當時，速水露出遙望的眼神，看著他說令人窒息的風景。哭泣的幼兒不知不覺間不見了。

「所以雖然很對不起我媽，但我讀到大學，還出國留學，把幾乎所有的錢都用在自己的將來了。我媽也完全沒有問錢的事。」

速水為了一掃高中時代的陰霾，克服了孤獨的備考生活，進入東京的頂尖私立大學。是為了攻讀出版。大三的時候，他去紐約的大學留學了一年，切身感受到網路媒體的崛起。

「社群網站是在十年前出現的，不過我和當時的朋友，到現在都還保持連絡。唔，雖然出版社的求職考全軍覆沒了。」

速水當上報社記者，在中途考進薰風社後，如同他所希望的，全心全意為了編輯事業奉獻人生，締造出一年之間推出兩本百萬暢銷作品、並且讓負責的作家的五部作品改編成影視的記錄。他積極推動跨媒體結合，也有人稱他為「薰風社的小說銷售王」。

平日工作不必說，眾所皆知，就連假日速水都和作家、媒體人士、公司內其他部門的人進行交流，除了家庭旅遊以外，小山內從來沒有看過速水休息。大作家、中堅作家不必說，速水也熟讀各新人賞的得獎作品，隨時更新潛力新星名單。他掌握了絕大多數作家的基本資訊，閱讀負責的作家在雜誌上的連載作品，持續提供可能派上用場的資料。

這個人對小說投注的不屈不撓精神，已經脫離常軌了。

當然，這是有理由的。

船隻抵達停靠港，停了下來。活動的東西停下來了，只是這樣而已，兩人之間的空氣就變得有些乾燥。小山內打開皮包，拿出剛才淳子給他的手寫稿紙。

「我讀了你父親寫的小說。」

速水有些驚訝，接著露出苦笑。這是高中生的速水與健吉一起夢想過的證據。

故事最後，成為編輯的兒子，收到下落不明的父親的稿件。是耗費漫長的光陰終於完成的赤色清洗的小說。兒子把那篇稿子刊登在自己的雜誌上，實現了與父親的約定與訣別——

小山內讀到小說結局時，不寒而慄：世上有這樣的巧合嗎？故事近乎奇妙地吻合速水父子的人生。健吉也立志成為小說家，以荒謬的形式被剝奪了工作，而兒子承襲父志成為編輯。

小山內以充滿確信的聲音宣布：

「你之所以拚了命也要保住雜誌，是為了以編輯的身分，等待速水健吉的稿子。」

停在一旁的船隻傳出歡呼聲。甲板上有一群盛裝打扮的人，正在舉辦婚禮。初夏明亮的陽光，讓正要踏出人生新階段的新郎新娘顯得格外光輝。

「我還在《小說薰風》的時候，收到過讀者的來信。」

「讀者來信？」

速水指著小山內手上的稿紙。

「筆跡跟那份稿紙一模一樣。」

「那……」

速水點點頭，朝著鄰船熱鬧的年輕人用手指吹了聲口哨，獻上祝福。

「那封信稱讚我負責的作家稿子。讀著讀著，我漸漸確信那就是我父親，信末寫著『我也想完成自己的故事』。」

小山內發現自己因為太興奮了，呼吸亂了拍。有多少是偶然、有多少是必然，難以劃分。但唯一確定的是，這是速水輝也的宿命。

「《小說薰風》廢刊的時候，也收到了來信。」

小山內讀過工會報，立刻就察覺是速水在中央委員會上朗讀的那封信。《小說薰風》廢刊這突如其來的消息，是不是讓健吉擔心起兒子來了？但是他能夠做的只有寫信。隱去自己的名字

——

「郵戳呢？」

「兩封都是直接送到公司。」

「直接送到公司……」

小山內感覺到健吉決心遁世的強烈意志，難受得嘆息。

「即使換了雜誌，版權頁還是會掛上名字。所以我不能讓《三位一體》廢刊。當然，我也認為保護作家發表的場域，是我的使命。」

「健吉先生有寄稿子來嗎……？」

速水慢慢地搖頭。沉重的東西慢慢地落向小山內的心底。

「這近三十年來，我一直想要再見我父親一面。我死掉的生父就像一頭野獸，不知道會為了什麼原因突然抓狂。我被抓著頭髮拖來拖去，被打到連耳朵都快失聰，只能不停地祈禱『快點結束吧、放過我吧』。」

看著速水凝重的側臉，小山內說不出話來。在少年置身的黑白世界裡，唯一帶給他色彩的，就只有編織著美好故事的書本。但健吉讓他的意識從閱讀轉為創作，速水擁有了五彩繽紛的夢想。

「我好想念他……」

說完後，速水咬住下唇。擠出來的聲音中痛切的情感，讓小山內覺得第一次看見了速水的心底深處。這個人一直憑藉著對繼父的感情、對小說的愛情來克服逆境。既然都收到健吉的信了，表示兩人接近到只差一步的距離了。

「我和我父親去東京的出版社時，雖然緊張得要命，但我對他驕傲得不得了。」

小山內想起少年時期的速水寫的生動活潑的日記文字。

「那個時候我第一次看到編輯的『鉛筆』，真的好驚訝。只是一支鉛筆，就讓稿子彷彿施了魔法一樣，閃閃發亮。編輯的鉛筆就是外科醫師的手術刀。我想要進出版社，讓更多的稿子因為自己的手術刀而起死回生。不，我更想要為我父親……為那份稿子用鉛筆寫下指摘……」

「你的『三位一體』公司不出版紙本嗎？如果只做電子書，健吉會不知道該把稿子寄去哪裡吧？」

速水沒有回答，好半晌望著揚起白帆的一群帆船。他不時噘起嘴唇靜靜地嘆氣。長年來的交情，讓小山內發現他是在尋思該怎麼說。風不知不覺間歇止了。

「結果我是被囚禁在過去裡。」

小山內還以為速水是沉浸在對健吉的思念裡，所以感到一陣意外。速水恢復了看不出感情的表情，與剛才說著「我好想念他……」的男子判若兩人。他覺得短暫的沉默，讓看到的圖像再次變化了。

「我因為執著於父親的亡靈，失去了年輕的才華。」

是在說高杉裕也吧。高杉自殺以後，速水立刻向有如公司組織化身的相澤遞出辭呈。然後為了追求新的出版形式，自行創業了。

速水做出的結論，意味著與健吉的訣別。

「之前我女兒到我住的地方來。」

速水仰望萬里無雲的天空，一臉放空地喃喃道。

「美紀去找你？」

「嗯。這陣子很忙，連收拾搬家的時間都沒有，所以還住在套房裡。」

「說什麼套房，該不會有一百二十五坪大吧？」

「不，只有四坪，是典型的鰥夫住處，滿是灰塵，衣服也堆著沒洗，感覺連日光燈都是暗的。」

速水害臊地笑了笑，嘆了一口氣：

「我煮了熱水泡紅茶給女兒，她低著頭，完全不喝。然後我發現她在哭，嚇了一跳。」

看到速水扭曲的表情，小山內感到呼吸困難。一起去居酒屋喝酒時，速水老是聊女兒的事，表情總是既開心又有些安心。

「她一定是覺得父親過得很慘吧，一直說『對不起、對不起』，眼淚掉個不停……」

想像孩子哭泣的模樣，小山內也難過地垂下目光。

「她認定是因為她對母親說『離婚也沒關係』，所以我們才會離婚，不管我怎麼跟她解釋不是這樣，她就是聽不進去。雖然我工作很忙，但畢竟從她還是小嬰兒的時候就生活在一起。儘管現在她會神氣兮兮地說話，但一想起她小時候的各種表情，像是給她一瓶彈珠汽水就願意唱歌給我聽、遇到尷尬的事情就裝睡……連我都跟著哭了。」

離別並非只發生在名為健吉的過去，也逼近了獨生女這個現在——不，未來。小山想到一些安慰的話，但感覺都毫無份量，他沒有開口。

「我跟我老婆徹底結束了。這無所謂。既然價值觀南轅北轍，實在無法共同生活在一起。但是美紀、我的女兒……我想繼續跟她一起生活……」

父母養育孩子，絕非理所當然。讓一個人誕生在這個世界、拉拔長大，有許許多多的壁壘需要克服。其中也有一些人面對壁壘，就這樣蹲下了。岸清次郎和速水健吉也是如此。

除了身為出版人以外，速水追求的生命意義就只有女兒。想要以父親的身分陪伴孩子的心意一定是真實的。但是對速水輝也來說，這是難以兩全其美的事。就和他的兩個父親一樣。

「美紀問『爸爸真的沒辦法再跟媽媽和好了嗎？』我心如刀割，心想：啊，我害孩子做出殘忍的選擇了。一想到美紀會看著以前的全家福照片一個人哭，我就……太難受了。」

小山內悄悄地把手放在速水肩上，速水喃喃：「我害她變成沒有爸爸的小孩了。」

無論如何都非得犧牲什麼不可嗎？小山內感到憤怒。然而他沒有對象可以發洩這樣的憤怒。只要心眼稍微扭曲一下，要製造出多少壞人都行，但這是沒有意義的事。每個人都選擇了自認為正確的路，卻在不知不覺間一點一滴地偏離，造成了扭曲。陷阱就存在於這樣的必然當中。

一陣柔和的風吹過，晃動停佇在遠方的船隻白帆。

小山內抓住扶手，挺直背脊。仍未蒸發的想法在心中悶燒著。

「以前我採訪過一起小詐騙案，那個時候我發現了一件事。」

聽到小山內的話，速水詢問地揚起單眉。

「也就是意外地有許多受騙的人會保持沉默。『想要快點忘記』、『不想被人知道自己受騙』、『甚至不願意承認自己受騙』。各式各樣的人都有。」

旁邊沒有特別的反應。但小山內知道他在聽。

「現在在薰風社，你的名字似乎成了禁忌。要是可以惡狠狠地咒罵你一頓，那就大快人心、可以忘懷了，但對你卻無法這樣。因為沒有人願意承認——承認速水輝也還有另一張臉。像你這種人是最棘手的。」

「每個人或多或少都有表裡兩面。」

速水看著小山內笑道，是想要表達「你也說得太誇張了」嗎？

「沒錯。如果不某程度無視於自己的黑暗面，人就無法活下去。但如果光明面實在是太鮮明突出，會希望那個人就是那個樣子，或許也是人之常情。」

「所以才會遭到詐騙是嗎？」

「有強光就有深影。」

小山內不理會速水的抬槓，繼續說下去。

「根據鐘擺原理，這次目光會全部集中在黑暗面上。」

「你是在說，我是為了自己的野望而利用你們嗎？建立起作家的人脈、為了雜誌東奔西走，全都是為了自己開公司而做的？」

「要是能這樣想就輕鬆了。說到底，把事物放在勸善懲惡的框架裡解釋才讓人安心，否則就會混亂。不過，這樣做雖然簡單明瞭，卻並非真實。不管是完美迷人的速水，還是為了自身的目的冷酷行事的速水，或不斷地等待父親的稿子的速水，都是真的。」

底下的樓層傳出盛大的笑聲和掌聲。是剛才看到的表演者博得喝彩吧。

「工作這回事不是這麼單純的。熬過辛苦的作家總算暢銷，一起流淚舉杯慶祝；不可靠的後輩因為一點成功而建立起自信，連神情都不同了；雜誌企劃成功，雖然只有一丁點，但感覺影響了世界的瞬間。在每一個場面，你應該都拚了命去做。身為編輯得到的歡喜，是你認真投入的結晶。」

小山內一口氣說完，從速水身上別開視線。

人不可能輕易完全理解另一個人。身為朋友、同期，最重要的是同為出版人，他無論如何都想對接下來的速水忠告幾句。速水離開公司以後，小山內一個人走訪相關人士，從他母親手中拿到日記，總算找到了答案。這不是受騙上當、或遭到背叛這種低次元的問題，重要的是出版業的未來。

往後才將要正式跨入「資訊世紀」。從今以後，媒體會不斷地朝更快、更個人、更方便、更廉價的方向變質。洪水般的資訊，將每個人誘進量身訂做的舒適世界，社會將不斷地細分化。結果所有的業界都將面臨薄利危機，而由於分散，連多銷的機會都沒了。但不能只是坐視世界不斷地衰弱下去。

持續思考的人，具備鑑定真假的眼光。小山內相信，培養出能挑選出真貨、精品的慧眼，才是不會被資訊洪流沖走的唯一對抗之道。思考的源頭是語言。持續尋找詞彙，培育文化，正是出版人的使命。

而在這個過渡時期出現的速水輝也，有可能成為連繫新舊時代的巨大橋樑——

「抱歉打擾，要不要拍張合照？」

剛才在上船處婉拒拍照的那名攝影師站在後面說。只是拒絕一次，似乎無法讓他死心。

小山內看速水，他面露笑容，戴著平時的面具。感覺就像在宣布比賽結束，讓小山內感到一抹寂寥。

兩名同期相視苦笑，低調地擺出拍照姿勢。

「請露出最燦爛的笑容……！」

攝影師在檢查數位相機拍下的照片時，速水沒有看小山內，悄聲呢喃：

保重——

透過在這裡傾吐出自己的過去，速水讓自己重生了。這是小山內在淳子家感覺到的預感。

這是最後一次見到他了。

攝影師把寫有價格的小卡遞給小山內後離去。

鄰船發出盛大的歡呼聲。參加婚禮的人同時吹起泡泡。就像魚兒產卵般凝結成一團的圓形泡泡乘著琵琶湖的風高高地飛起。

速水一語不發地離開了。小山內沒有追上去，視線回到在空中飄盪的泡泡。

船再次動了起來。

最後一顆泡泡被燦陽吸入，發出耀眼的光輝。光輝意外地刺眼，小山內瞇起了眼睛。

遊艇行駛在既定的航線上，緩緩地激出水花，返回起點。自由飛舞的虛幻光輝，逐漸輕盈地遠離。

小山內抓住扶手，就這樣閉上眼睛。在平靜的內心道別。

泡泡最後沒入風中，破裂並消失了。

透明變色龍

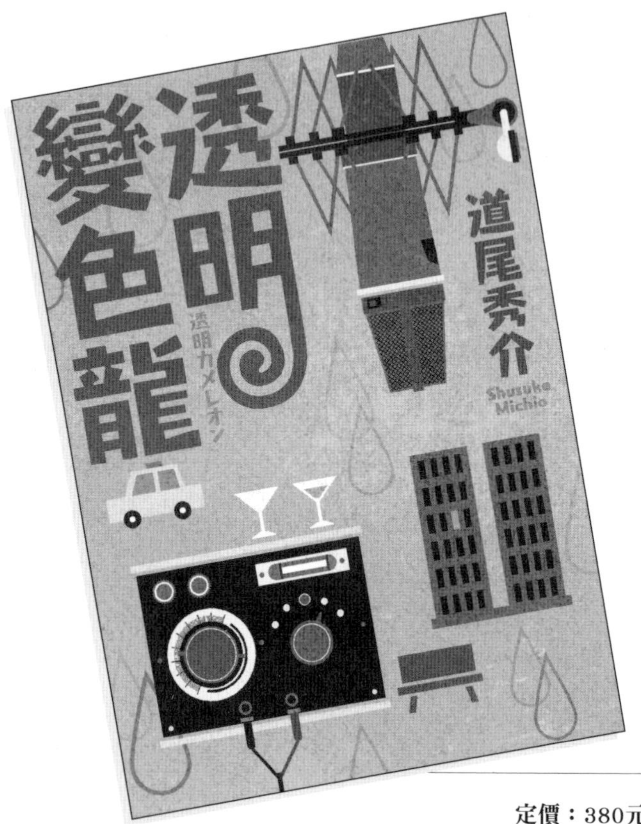

定價：380元　發售中

道尾秀介◎著
江宓蓁◎譯

桐畑恭太郎，電台節目主持人。擁有極度平凡的外貌與異常迷人的嗓音。唯有在好友環聚的酒吧「if」，他才能自在地與女性交談。一個雨夜中，身處「if」的恭太郎聽見可疑的聲響。自此被捲入了由神祕女子策劃的殺人計畫當中——

代體

發售中 **定價：399元**

山田宗樹◎著
鄭曉蘭◎譯

能讓抽出的意識暫時進駐的人工肉體「代體」，正隨意識轉移產業的發展而急速普及。在此情況下，正在使用代體的男子無故失蹤，後來卻在谷底發現其殘破的身軀，那他之前被轉移到代體的意識，到底去了哪裡……生存於此的人們之欲望、糾葛、絕望與希望……

國家圖書館出版品預行編目資料

錯視畫的利牙 / 塩田武士作 ; 王華懋譯. -- 一版.
-- 臺北市 : 臺灣角川, 2019.02
面 ; 公分. -- (文學放映所 ; 121)

譯自 : 騙し絵の牙
ISBN 978-957-564-741-4(平裝)

861.57 107022173

錯視畫的利牙

原著名＊騙し絵の牙

作　　者＊塩田武士
主　　演＊大泉洋
譯　　者＊王華懋

2019年2月12日　初版第1刷發行

發 行 人＊岩崎剛人
總 經 理＊楊淑媄
資深總監＊許嘉鴻
總 編 輯＊呂慧君
主　　編＊李維莉
美術設計＊吳佳昫
印　　務＊李明修（主任）、黎宇凡、潘尚琪

台灣角川

發 行 所＊台灣角川股份有限公司
地　　址＊105台北市光復北路11巷44號5樓
電　　話＊（02）2747-2433
傳　　真＊（02）2747-2558
網　　址＊http://www.kadokawa.com.tw
劃撥帳戶＊台灣角川股份有限公司
劃撥帳號＊19487412
法律顧問＊有澤法律事務所
製　　版＊尚騰印刷事業有限公司
I S B N＊978-957-564-741-4

香港代理＊香港角川有限公司
地　　址＊香港新界葵涌興芳路223號新都會廣場第2座17樓1701-02A室
電　　話＊（852）3653-2888